春秋丹徒

张国金 主编

江苏大学出版社
JIANGSU UNIVERSITY PRESS
镇江

图书在版编目(CIP)数据

春秋丹徒/张国金主编. —镇江：江苏大学出版社,2016.12(2021.3 重印)
ISBN 978-7-5684-0360-3

Ⅰ.①春… Ⅱ.①张… Ⅲ.①随笔－作品集－中国－当代 Ⅳ.①I267.1

中国版本图书馆 CIP 数据核字(2016)第 296462 号

春秋丹徒
Chunqiu Dantu

编　　者/张国金
责任编辑/林　卉
出版发行/江苏大学出版社
地　　址/江苏省镇江市梦溪园巷 30 号(邮编：212003)
电　　话/0511-84446464(传真)
网　　址/http://press.ujs.edu.cn
排　　版/镇江文苑制版印刷有限责任公司
印　　刷/镇江市朗润数码印刷有限公司
开　　本/718 mm×1 000 mm　1/16
印　　张/18.25
字　　数/280 千字
版　　次/2016 年 12 月第 1 版
版　　次/2021 年 3 月第 2 次印刷
书　　号/ISBN 978-7-5684-0360-3
定　　价/58.00 元

如有印装质量问题请与本社营销部联系(电话:0511-84440882)

序

刘文平

即使走遍天下，其实也还是走在从家乡出发的延长线上。家乡永远是一个人的根，是每个人的精神原乡。

最近，很高兴读到讲述家乡故事的书稿——《春秋丹徒》，激发起对家乡的深深眷恋和一种特别的情怀，对家乡丹徒的认知也有了更宽、更广的视角。当年，我曾在上党公社通讯报道组工作，十里长山、凌塘水库、千顷良田、百亩茶场、壮阔的水利工地、紧张的三夏大忙……记忆中的家乡不仅风光旖旎，家乡的乡亲也很质朴勤劳、和蔼可亲，家乡的干部群众，为改变家乡面貌而辛勤劳作，田垅街巷，到处洋溢着勃勃生机。沐浴着改革开放的春风，家乡发生了巨大的变化，可谓旧貌换新颜。

透过《春秋丹徒》，上下几千年，纵横上百里，丹徒的历史画卷徐徐展开，丹徒的自然山川、物产资源、文化风貌和风土人情，齐奏着和谐的交响乐，丹徒的历史变迁、社会发展、文明进步已然汇聚到奔腾向前的时代洪流之中。《春秋丹徒》以通俗易懂的文字、趣味盎然的故事，展示了丹徒的历史经纬，谱写了丹徒的时代华章，唤醒了人们的文化记忆。这是记载，这是讲述，这是传播，这更是传承。这是一部记录和弘扬乡土文化的好读本，也是一本推介和传播丹徒的小百科。

作为丹徒人，我不仅为家乡的美丽山川而欣喜，更为家乡深厚的人文积淀而自豪。从丹徒走出去的名人,跟丹徒有关的名人,可谓数不胜数。南朝宋的开国皇帝刘裕是丹徒人;刘勰在丹徒写成中国文学批评史上第一部系统性著作《文心雕龙》;宋代著名书法家米芾长期居住在丹徒,并终老于此;清朝著名书法家王文治,就是从辛丰镇东石村走出去的;清末谴责小说代表作《老残游记》的作者刘鹗是丹徒人;国学大师柳诒徵是丹徒人;有"现代桥梁科学之魂"之称的茅以升也是丹徒人;茅盾文学奖《江南三部曲》的作者格非在自我介绍时称自己是江苏丹徒人;中国配位化学奠基人、南京大学戴安邦教授是丹徒辛丰人……

人文积淀正是文化之源。一代代的积淀,造就了丹徒独特的地域文化,而地域文化反过来又对风土人情和社会发展产生积极的影响。这些年来,家乡的经济发展速度很快,城乡面貌发生了翻天覆地的变化,但是淳朴的民风没有变,尚文的传统没有变。听说丹徒几乎每个乡镇都有民间剧团,他们不为名、不为利,进城市下乡村演出,承续文化血脉;集展示、创作、旅游、休闲、研习和培训诸功能于一体的中国米芾书法主题文化公园,建成几年就成功入选 2015 年江苏省十大新景区;家乡的书法篆刻爱好者有了自己的篆刻协会……凡此种种,都说明家乡在发展经济和改善民生的同时,地域文化和特色文化相映生辉,物质文明和精神文明协调发展。

费孝通先生在《乡土中国》一书中写道,文化本身就是传统。我以为,乡土之爱是家人、亲友、邻里、族群之爱的延伸,也是社会、国家、世界和人类之爱的基础,乡土文化则是这种爱的灵魂。故里故土,说不完的故事;乡愁乡音,割不断的乡情。重视、整理和发掘乡土文化,既是对传统地域文化的传承和弘扬,某种意义上,也是一种探索和创新。

通读《春秋丹徒》,于我而言,既是感知家乡变迁与发展的过程,也是触摸家乡地域文化的过程,更是增强对家乡的认同感和归属感的过程。

丹徒的历史是久远而多彩的，丹徒的今天是美好而令人自豪的。期许明天，丹徒的历史画卷更加绚烂多姿，人民的生活更加殷实幸福，地域文化的独特魅力亘古弥新、光耀华夏！

2016 年 7 月 12 日于南京

（作序者系丹徒人，原《新华日报》社副社长、《群众》杂志社总编辑）

原版序

李忠杰

我们常说:“一方水土养一方人。”

这一方水土,既是物质的存在,也是一种文化的存在、历史的存在、精神和心灵的存在。

这水土一方,既养育着一方人,也生长着一方文化、一方历史、一方代代承继的传统和精神。

这“一方”,也许并不那么辽远、并不那么显赫,但它总是与那么一些特定的人联系在一起。生于斯、长于此的人们,无论岁月的流逝将其带向何方,他们的生命、他们的生活、他们的文化和精神,都已经必然地打上了这“一方”的烙印。历史,将记下他们的足迹;文化,将在他们的心头流淌。

丹徒,我们的家乡,就是这样钟灵毓秀的一方水土,也是文深德厚的水土一方。

这“一方”,栖息于长江的肩头,与运河的血脉贯通。世世代代,承受着水土的滋养,培育着长江的精神,高扬着长江的风帆。祖祖辈辈,在江河边耕作、经营,利用着交通的便利,活跃着长江之经济。风雨同舟,弄潮于汹涌的波涛之上;精雕细刻,描绘着江南的旖旎风光。送走过一次次“山雨欲来风满楼”的险峻,又迎来过一次次“日出江花红胜火”的辉煌。江河奔海,开拓着广阔的视野和境界;浪花飞溅,激发着无穷的灵感和遐想。

这“一方”，横卧于茅峰的脚下，与丘岗的起伏共舞。世世代代，承受着绿野的关爱，锤炼着山川的风格，展露着山川的坦荡。祖祖辈辈，在坡岗上开垦、采摘，播种着山野的秀色，发展着如锦的繁荣。登高望远，摇撼着浑厚的林涛呼号；筚路蓝缕，修筑着走向富裕的坦途。既有着一年年“蚕事正忙农事急”的辛劳，又有着一季季“稻花香里说丰年”的喜悦。修理地球，奉献着不竭的智慧与汗水；拥抱自然，架设着过去与未来的桥梁。

这就是我们生长的“一方”，也是我们祖祖辈辈居住的“一方”。远古的荒野，留下了先人的足迹。江南的古邑，开创了文化的渊源。遗存至今的一处处名胜古迹，镌刻着千百年来的风雨沧桑。圌山、宝堰、三茅宫、四县抗敌总会……它们像诗、像画，记录着一代代人们的奋斗业绩、创造精神；又像鼓、像号，跳动着抵御外侮的火焰，演奏着革命斗争的交响曲。流芳于世的名人大家，树立起一座座精神和文化的丰碑。南齐刘勰写下了我国古代最系统的融史、论、评为一体的文学批评著作《文心雕龙》。近代马相伯创办复旦大学，积极参加抗日救亡运动，被誉为爱国老人。抗战时期的陈毅元帅，挺进江南，在茅山地区建立根据地，“弯弓射日到江南，终夜喧呼敌胆寒。镇江城下初遭遇，脱手斩得小楼兰。”丹徒地区，也成为新四军的游击区之一。如果说以文字记载的人与事构成历史主干的话，那么，民间的习俗和传说，则构成别具一格的历史花絮。那一个个口述心传的故事，以独特方式表达了人们对美好生活的向往和不懈奋斗的风貌。至今仍然流传在民间的风俗习惯，在传承着社会文化的同时，也给我们带来无穷的生活乐趣。历史，就这样编织着长长的画卷；文化，就这样书写在我们的心间。

历史如山，巍然、庄严，但并不是静止的。时光如水，一浪高过一浪，总是奔腾向前。丹徒——我们这一方水土，在送走了一个个历史的春秋之后，正伴随着时代的脚步，回荡起新的昂扬的旋律。20 多年来，特别是近年来，在家乡的土地上，改革不断深化，开放不断扩大，现代化建设的步伐不断加快。在邓小平理论和“三个代表”重要思想的指引下，家乡人民与时俱进，开创着建设中国特色社会主义的崭新局面。

历史，属于过去，更属于现在；家乡，属于这方水土，更属于这方水土上的人们。曾经吮吸过家乡乳汁的人们，无论是你，是我，还是他；无论是留守家乡，是遍布全国，还是走向世界，都不可能割断与这方水土的血脉联系。家乡的山水，深深地印在我们的脑海之中；家乡的文化，静静地深化在我们的血液之中。“谁家玉笛暗飞声，散入春风满洛城。此夜曲中闻《折柳》，何人不起故园情？”故园情，是思乡之情，是爱乡之情，也是人之常情。爱乡，与爱国是相通的；爱乡，与建乡，也是相融的。热爱家乡，就要建设家乡。热爱家乡，就要了解家乡，认识家乡。正因如此，丹徒区委宣传部组织编写《古邑春秋》（江苏古籍出版社，2002年）一书，我认为是很有意义的。本着存史、资政、育人的原则，深入挖掘丹徒的历史和人文资源，用具体的乡土教材展现丹徒的历史、现在和未来，一定能够更好地激发丹徒人民、特别是青少年热爱祖国、热爱家乡的感情，增强全区人民振兴丹徒、建设丹徒的责任感和使命感。全书内容丰富多彩，资料翔实有据，语言流畅优美，将科学性、知识性、趣味性、可读性融为一体。无论对于现在丹徒还是不在丹徒的“一方”人们，都是值得一读的。

“窗含西岭千秋雪，门泊东吴万里船。”在诗圣杜甫的笔下，窗棂定格，所见的不是庭院梨花，而是千秋积雪；门户剪影，所见的不是小桥流水，而是万里舰船。莫非杜甫的眼光怪异？非也。这正是近与远、小与大的辩证法。近中寓远，小中见大。近与远、小与大是紧紧联系在一起的。同样，这一方水土的“一方”，不是自我封闭的壁垒。知家乡，不是只知家乡；爱家乡，不是局限于家乡；建设家乡，也不是关起门来建设家乡。随着人类生产力的发展和经济联系的加强，随着交通工具的发达和通信工具的改善，人类的相互交往迅速扩大，整个世界正在变成一个小小的“地球村”。家乡的生活、家乡的建设，也日益与整个国家的发展和世界的变化紧密地联系在一起。热爱家乡，要与热爱祖国、热爱中华民族结合在一起。了解家乡,也要与了解全国、了解世界结合在一起。对这一方水土的长处、优点,我们要珍惜、爱护;对这一方水土的不足、弱点,我们也要清楚、正视。新的时代,要求我们以更加开放的眼光,全面对待自己的一方水土、对待一方水土与外部世界的关系;要求我们以更加进取的姿态,扩大开放,走向全国,走向世界,到更加广阔的舞台上去拼搏竞争。这是一种不可或缺的新型文化观、世界观。所以,对于《古邑春秋》这本书,我希望,它不会成为我们认识家乡的终点,而只是一个起点。从这里出发,我们所走向的,不是窄小的天地,而是无限广阔的空间和时间。

遵嘱,作此序,敬献于家乡的人民。

2002 年 7 月 26 日于北京

(作序者系丹徒人,时任中共中央党校校委委员、科研部主任)

目　录

胜迹寻芳

名人大家

传说故事

风土人情

江南古邑

惟吾丹徒

乡愁是什么?

乡愁是那迢迢春水,渐行渐无穷?乡愁是那脉脉斜晖,肠断白苹洲?乡愁还是那落梅如雪乱,拂了一身还满?

落日的余晖,将谷阳湖偌大的湖面,皴染得如梦幻般迷人。几只不知名的水鸟,轻盈地掠过水面,丢下一串串清脆的鸣叫声。微风轻漾,芦花轻拂。整个人蓦然呆立在了这美景之中,浑然不知今夕何夕。

对于家乡丹徒的每一寸土地,似乎都是再熟悉不过。自小生于斯,长于斯,那些生命里一路流淌的朵朵浪花,从不曾走远,一直珍藏在心房的某个角落。丹徒人无论走得多远,无论走得多久,家乡永远都是自己的根,都是融进自己血液和灵魂的地方。

丹徒是婉丽的,婉丽得典雅清纯。远远看着,是那般的袅娜;近了,却又感到无比的亲切。丹徒的山山水水间,总是氤氲着一种特别的韵味,这份特别,引来多少骚人墨客,唱酬风月,流连忘返。

行走十里长山,常令人痴迷陶醉,不知归去。连绵的山峦间,云蒸雾绕,时有小溪横穿而过,流水潺潺。一二怪石颇似随意地点缀在溪涧之畔,野趣无穷。这是怎样令人魂牵梦萦的地方!难怪素有"石痴"之誉的北宋著名书画家米芾会终老于此。米芾后半生曾寓居长山,他创作的"米氏云山"技法,许是汲取了这里的钟灵毓秀之气吧。米芾死后葬于长山脚下,可谓与长山结下了不解之缘。

每逢“七夕”,怎能不去槐荫村?村口那棵老槐树,见证了董永和七仙女的千古情缘。“两情若是久长时,又岂在朝朝暮暮”。古往今来,董永和七仙女的故事,打动了多少人的心扉。七仙桥、土地庙、织锦楼……作为《天仙配》故事的发源地,走进槐荫村,空气里似乎随处飘散着甜美的味道。这座千年古村落,见证着来自全国各地年轻人的爱情故事,正日渐成为爱情旅游胜地。

在黄墟马迹山,在上党西林寺,在上会仙人山……无论走到哪里,总让人怦然心动。那山、那水、那树、那寺,无不成景,如入画中。还有什么画作比这来得更宏伟、更富感染力呢?

是大自然的鬼斧神工,赐予了丹徒山水如此独特的禀赋。置身其中的人,对此也许没有那么真切的感受。因为再美的景致,司空见惯,也便成了寻常。苏轼的那句“不识庐山真面目,只缘身在此山中”,道出的正是这一层况味。经历了岁月沧桑,时光荏苒和都市的人声鼎沸,灯影憧憧,那颗熏染了焦灼的心,来到童年生活过的地方,蓦地发现,这里竟有那样宁静的美!这美,或许一直藏在心房的某个角落,从不曾遗落。

梅子黄时,细雨霏霏。油纸伞下,黄墟清代民居尽收眼底,寂寥的雨巷,信步而行。那高高的马头墙,那被岁月写满了皱纹的青砖黛瓦,那精美绝伦的壁雕作品,一时间,令人如痴如醉。这是梦中的江南吗?这是记忆里的家乡吗?

岁月犹如一杯醇酒,历久弥香。吉光片羽,悄然留痕。丹徒绵长的民俗文化,值得静下心来,细细体味。她一如那寂寥的雨巷,在不经意间,便会和你撞个满怀,击中你心中那块最柔软的地方。

喝过那醇美香甜的新丰酒吗?新丰酒在南朝至唐时名气很大。梁元帝有“试酌新丰酒,遥劝阳台人”之句。李白亦有“南国新丰酒,东山小妓歌”之语。《旧唐书》里有这样一则故事:永王李璘叛变,唐朝军队平乱到达新丰(也就是现在的丹徒辛丰)之后,赵侃等大将首先是喝酒,而且喝了个大醉,“皆因醉而寐”。由此想来,新丰酒有着多么妙不可言的滋味。

听过那激越悠扬的南乡山歌吗?在山坡上,在田野里,在房前屋后,千百年来,丹徒的这片土地上,到处飘荡着南乡山歌优美的旋律。“什么花开一条线?什么花开一大片?什么花开一盆金?什么花开白如银?”多么诙谐有趣的歌词,那般质朴而活泼。邻家大哥在唱,东家阿婆在唱,村后阿婶在唱,屋前小妹在唱……勤劳智慧的丹徒人民,用山歌唱出了对生活的热爱,对劳动的赞美,对家乡的深情。

吃过风味独特、口感舒爽的宝堰干拌面吗?清晨,走在宝堰古镇那幽深的青石板路上,街头巷尾一家家面店里飘出的扑鼻的香气,令人垂涎欲滴。还是那般熟悉的味道,亲切而诱人。此情此景,总能勾起人们许多童年的回忆。当年,爷爷牵着孙辈的手,赶上几公里的路,来到这古街上,为的是吃上一碗干拌面。店老板早已熟悉了食客,热情地和大家打着招呼……记忆的闸门一旦打开,那些并未走远的似水年华,便会如潮水般涌上心头。

去上党瞧瞧挑花吧,去谷阳听听吴歌吧,去高桥看看那热火朝天的现代作坊吧……古人说“月是故乡明”,想来是颇有道理的。故乡的一草一木、一砖一瓦,永远是那样真实而生动的存在,在你瞥见它们的那一霎,总会给你带来那么一丝感动,告诉你什么是白驹过隙,什么是活色生香。哪怕走到天涯海角,它们也会伴随你悄然入梦,温存你的梦境,让你睡得更踏实、更香甜。

丹徒的历史是厚重的,厚重得如同一部大辞典。虽已皓首穷经,却难探求万一。这究竟是怎样一片古老的土地呵!这片古老的土地上发生过太多的故事,或可歌可泣,或惊心动魄,或荡气回肠。过往所有的故事,虽已尘封进那些金戈铁马、鼓角铮鸣的日子,可每一个热爱这方土地的人们,又怎能掩住内心那份探究的冲动呢!

襟吴带楚,一水横陈。丹徒历史文化的渊源,最早可以追溯到西周时期。那件举世闻名的“国宝级”文物——宜侯夨簋告诉人们,丹徒最古老的地望是宜。作为吴文化的重要发祥地,丹徒历史的厚重,正体现在宜侯夨簋的出土,体现在那些大大小小的吴国墓葬——土墩葬的发掘,体现在那么多精美绝伦的青铜器的重见天日……

当年秦始皇东巡至朱方邑,感觉这里隐隐有王者之气,于是使三千赭衣徒,掘断了这里的龙脉,这就是“丹徒”这一地名的由来。丹徒倒还真有王者之气,龙脉虽然断了,多年之后,这里还是出了个平民皇帝——宋武帝刘裕。“斜阳草树,寻常巷陌,人道寄奴曾住。”辛稼轩的《永遇乐·京口北固亭怀古》写得够酣畅,够霸气。秦始皇没能断了丹徒的王者之气,或许,这是他所始料未及的吧。

翻阅史书,那些跳动的文字,总能给我们带来另一份震撼。西汉“七国之乱”,吴王刘濞兵败丹徒;东汉末年赤壁之战,“虽获捷于赤壁,实决机于丹徒”;南宋黄天荡一役,韩世忠夫妇截江而战,打得金兀术狼狈而逃……远去了刀光剑影,岁月一如光影魔术手,让很多历史印迹消失得无影无踪。就像吴王刘濞的墓地一样,早在唐代时由于长江坍江,已是没于江中。岁月更迭,沧海桑田,一切皆似冥冥注定。可这些定格在岁月长河里的曾经呵,又岂能一笔抹开?!

一次偶然的机会,人们在世业洲发现一块镌有“黄天荡”的巨石,顿时感觉无比的亲切。这里是黄天荡古战场吗?可能谁也说不清楚。是如何?不是又怎样?用这样的方式,来记住这段历史,真的挺好。历史的巨浪奔涌前行,在丹徒这片土地上,留下太多值得铭记的人和事。从撰写《文心雕龙》的刘勰,到江南才子许浑;从科技巨匠苏颂,到淡墨探花王文治;从《老残游记》作者刘鹗,到辛亥英烈赵声……古往今来,多少青年才俊在这里指点江山,激扬文字,他们永远不会被岁月长河湮没。

同样在这片土地上,唐代诗人权德舆写下“丹崖转初旭,碧落凝秋烟”;同样在这片土地上,宋代诗人蔡肇写下“村村家家有酒沽,黄童白叟醉相扶”;同样在这片土地上,清代诗人许瀚青写下“家住江南老树村,海棠如雪好开樽”……是怎样的景、怎样的情,让文人们诗兴大发,谱写出这样的动人篇章？今天重读这些诗词，我们心头仍然难以抑制激动与自豪，这份古今共通之情，感人肺腑。

“滚滚长江东逝水，浪花淘尽英雄。”当历史进入新纪元，古老的丹徒，我们的家乡啊！恍若惊醒了千年沉睡的梦，正焕发出勃勃生机，那样的盎然，那样的恣意。变化，悄然而生；变化，转瞬即至。丹徒从古至今都是坚毅的，坚毅的目光，坚毅的脚步，迎来坚毅的前行。

世业洲那里飞架南北的润扬大桥，让这座江中孤岛天堑变通途。因桥而兴，因桥而美，世业洲已迎来凤凰涅槃。桃红柳绿，岸芷汀兰，仅仅这绝美的风景，便足以令人陶醉了。岛上一年一度的音乐节，更是让多少爱好音乐的人们蜂拥而来。每逢这时节，世业洲总是最热闹的。江岸上的芦苇，似乎也感受着这份热闹，看上去格外烂漫。

丹徒新城

江心洲是另一座小岛。在这里,农家乐早已风生水起。每逢节假日,那开往江心洲的待渡码头,私家车总会排起长龙,堪称盛景。岛上,家家户户都种起了各色的水果,每到收获的季节,红的、黄的、粉的、白的,煞是喜人。江心洲“滩八样”同样声名远播,引来众多意欲尝鲜的市民。

物换星移,时光在回溯中尤显不凡。如今的丹徒,天阔云舒,和谐安定。站在高处眺望丹徒新城,一幅美丽的画图尽收眼底。十里长山俊秀,谷阳湖水柔情,楼群错落有致,组合协调有序,生活宜居舒适,建筑多彩多姿。全城干道纵横,商铺林立,市场繁荣。上百个形态各异的住宅小区遍布全城,诸如:高耸入云的“宜东铭苑”高端大气,欧美风格的“风景城邦”华丽秀美,飞檐翘角的“圣地雅格”富丽堂皇,等等。公共停车位、公共自行车、新型节能路灯和交通道路智能化装备一类的民生设施覆盖全城。宽阔的马路上车流如水,人流如织,“四时有不谢之花,八节有常青之草。”清晨旭日熔金,群山叠翠;傍晚夕阳灿烂,层林尽染。蓝天白云,林涛碧水,城中有景,景中有城,自然与人文融为一体,凸现出山美水美的城市特点。人民广场华灯初上之时,广场舞的旋律动人心弦,大妈们的热舞婀娜多姿,不知沉醉和迟滞了多少人的脚步。新城繁华之中显露出田野风貌,旷达之间蕴含着锦绣容颜,由此把城市和农村融为一体,难怪凡是来过丹徒新城的人都赞叹:丹徒新城真是一个宜居、宜商、宜业的福地啊!未来的丹徒,还会带给我们多少精彩,这难道不值得期待吗?

远古的足迹

说起丹徒,人们总会在脑海里闪过或从嘴里吐出“古老”二字。是的,我们可爱的家乡丹徒确实古老,她从远古走来,有文字记载的历史已是十分悠久,而有人类的活动则更加遥远。现代科技让我们能破译那尘封的奥秘,去探寻丹徒远古的足迹。

1980 年 3 月,在丹徒高资镇金家边采石场附近的一个石坑里,出土了两段古人类股骨化石,一段长 245 毫米,另一段长 83 毫米,分属两个不同的个体。同时出土的还有 4 枚石化程度很高的德氏水牛牙齿化石。这两段股骨化石,经上海自然博物馆和南京博物院的专家用科学方法测定,其年代介于北京猿人(距今四五十万年前)与山顶洞人(距今一万八千年前)之间,为更新世晚期,甚至更早,距今约二三十万年。但由于这两段股骨化石出土的地点,经综合考证,并非它的原生地层,所以在断代上尚缺乏更多的旁证依据。10 年之后的 1991 年,考古工作者在南京江宁汤山地区的一个石灰岩溶洞中,发现了一具古人类头骨化石,并称为南京猿人,与头骨化石相伴存在的还有 15 种古脊椎动物化石。汤山与高资相距不远,且同属宁镇山脉丘陵地区,生态环境大体相似,经研究证实,高资股骨化石不是孤例。有专家称其为丹徒猿人,丹徒即猿人之乡,这是迄今为止在苏南地区发现的最古老的人类化石。

1981 年春天,中国科学院古脊椎动物和古人类研究所的两位专家,来江苏寻找古猿踪迹，经过镇江，恰巧南京博物院旧石器时代考古工作组的专家们也来镇江进行洞穴考察，他们对莲花洞慕名已久，便结伴前往考察。

莲花洞位于蒋乔镇檀山村白龙岗的北坡，距城西南约 6 公里。这里怪石嶙峋、杂草丛生，枯藤新枝披挂遮掩，把离地一米多高的洞口隐住。洞前有一方平坦的台地，一块巨大的岩石矗立其上，高约 3 米，形状酷似莲萼，莲花洞就此得名。据《京口山水志》和《丹徒县志》中的记载，明万历年间，曾有乡民在莲花洞内挖得"龙骨"数块，龙骨即化石。

史料记载，被初步考察试掘证实，莲花洞内确有化石。于是，丹徒文物管理委员会联合镇江博物馆和南京博物院对莲花洞进行考古发掘。至当年(1981 年)6 月，在洞内长约 6 米、宽约 3 米、深为 1 ~5 米不等的范围内，出土了猫、兔、猕猴、棕熊、豪猪、中国犀、原始牛、东北斑鹿、鬣狗等 23 种古哺乳类动物的牙齿、头骨、腿骨等化石。尤为可贵的是，此次发掘还出土了一枚晚期智人右下第三臼齿化石，一块桡骨化石及两块具有加工痕迹的鹿角化石。这是在江苏首次发现有地层记录的晚期智人化石。据考证表明，莲花洞曾为当时古人类的栖息场所，从莲花洞动物群化石的地质年代判断，属晚更新世中期，距今 10 万年左右。这是继溧水神仙洞之后在苏南地区的又一重大发现，对研究我国古人类的分布，研究长江中下游第四纪动物群的划分和更新世动物群的迁徙演变等，都有着极为重要的意义。

高资猿人和莲花洞智人的化石资料，证实了丹徒境内早在二三十万年之前的旧石器时代就有人类在繁衍生息了；同时，也给我们描绘了这样的图景：那时的丹徒大地土肥水丰，温暖湿润，无论是丘陵岗坡还是大片平地，花草茂盛，林木葱茏，各种动物出没其间。我们的远祖已经会制造石器，他们群体狩猎，共同分享成果，选择遮风避雨、防止野兽侵袭的洞穴居住……他们在劳动中增长智慧，用智慧在物竞天择中取胜，成为大地的主宰，不断向文明进化，一步步朝今天走来。

建置演变

丹徒从远古跋涉而来，脚步深沉而凝重。秦建县以前，曾名宜、朱方、谷阳；秦建丹徒县以后，亦曾数度更名：经 34 年改为武进县，经 47 年复为丹徒县，后又并为延陵县，经 31 年又复为丹徒县，再改为镇江县，经 24 年（包括新中国成立后合并于镇江市 4 年），又重置丹徒县。改名时间均很短，总共只有 102 年。丹徒建县至今已有 2200 多年的历史，其中 2100 多年以丹徒命名。

丹徒最早的地名是宜。据对 1954 年大港烟墩山出土的西周青铜器“宜侯夨簋”考证，西周康王时改封虞侯夨宜侯，丹徒即为宜侯的封地，故名宜。宜即后来的丹徒，是当时重要的都邑。由此推算，丹徒建置至少有 3000 年以上的历史了。

丹徒县有历史文献记载的地名最早叫朱方，在春秋时期为吴国之地。史书上说，公元前 545 年，齐相庆封因内乱，率族人由鲁投奔吴国，吴王为加强与楚边境的防守，重用庆封，将朱方作为他的封邑，并将女儿嫁给他，使他生活得比在齐国还要好，安心为吴国效力。朱方，相传是因虞氏国封尧的儿子丹朱于此而得名，也有的说是因为古代丹徒处在临江望海的祖国东方，故名朱方。

到了公元前 473 年，吴国为越王勾践所灭，朱方属越。公元前 306 年，楚兴兵伐越，杀了越王无疆，吴故地遂属楚，楚改朱方为谷阳。古代往往以“水南为阴，山南为阳”为命名原则，丹徒大部分地区处于宁镇山脉以南，故名。名谷阳时间不长，前后约100年左右。

秦始皇统一六国后，废除分封制，改行郡县制，谷阳属会稽郡。秦为了加强中央集权的统治，便于与各郡县的联系，大力筑路挖河。公元前210年，秦始皇最后一次东巡，下令从现在的南京起，修筑一条宽广的驰道，经过谷阳，直达浙江。同时还在这里开凿了一条人工河道，即徒阳运河。这些工程主要是由赭衣之徒流血流汗所建成的，因此便将谷阳改为丹徒。那时丹徒县治在今镇江市京口区丹徒镇及其附近。

汉初，地方上实行郡国并行制，汉高祖刘邦封堂兄刘贾为荆王，都城于吴（今苏州，一说都城可能在丹徒），丹徒县属荆国会稽郡。公元前196年，淮南王英布反，东击荆国，刘贾被杀（镇江市鼓楼岗荆王刘贾墓仍存）。次年，刘邦改封侄刘濞为吴王，以广陵（今扬州）为都城，丹徒属吴国之领地。公元前154年，吴王刘濞发动“七国之乱”西向击汉，并以东越士兵万余人屯丹徒作援，失败，刘濞逃到江南，为东越军杀于丹徒。同年，改吴国为江都国，至西汉末的前121年，江都国除。公元129年，从会稽郡中分置吴郡，丹徒县便属扬州吴郡。

三国时吴王孙权出于军事上的需要，于209年开始在丹徒县西乡京口里，即今镇江市区北固山前峰建铁瓮城，名京城，后改为京口。234年，改丹徒县为武进县，281年复称丹徒县。当时分吴郡置毗陵郡，311年，改毗陵郡为晋陵郡，丹徒县均属之。西晋末年，北方混乱，东晋偏安江左，都城在建业。当时北方人士纷纷南下，从徐兖一带来的移民就近侨居在京口、丹徒、毗陵（今常州）等地，人数众多，东晋政府为此设置了徐州，州治即在京口，称原徐州为北徐州，丹徒境内设郯、朐、利城三个侨郡县，到了南朝刘宋时正式定名为南徐州，此后南徐便成了镇江的别名。自三国经东晋到南朝，丹徒地域得到全面发展，同时，丹徒的经济文化中心逐渐西移至丹徒西乡的京口里。

589年，丹徒县与延陵县合并为延陵县，属蒋州。延陵县治所移至京口,此后县治基本固定于京口。595 年置润州,延陵县属润州,侨郡县被废,南徐也成为历史名称了。

620 年,延陵县又分为丹徒、延陵两县,自此历经宋、元、明、清,直至 1928 年 7 月前,县名丹徒未变。

1113 年,宋廷升润州为镇江府,此为镇江得名之始,丹徒县属镇江府。1276 年,元朝改镇江府为镇江路,丹徒县仍属之,时丹徒县辖 8 乡 19 都 109 里。明朝丹徒全县辖 8 乡 7 沙 4 镇,计 21 都 252 图。清光绪初年,丹徒县辖 8 乡 113 里保 8 镇。

这里特别要提到的是,由于镇江府城长期坐落在丹徒县境内,因而宋、元、明、清直至民初,无论是县境内的居民还是在府城落户的居民,均通称为丹徒籍人。

清王朝被推翻后,1912 年 1 月,中华民国成立,废府,丹徒县属江苏省,下辖 18 个市、乡,即城厢、大港、平昌 3 市,焦东、永固、圌滨、顺江、御隆、谏壁、崇德、辛丰、育成、长乐、上党、岁丰、丹徒、仁让、高资 15 乡。1914 年 5 月,江苏省设金陵道,丹徒县属金陵道,1927 年撤道。1928 年 7 月,国民政府改丹徒县为镇江县,次年迁江苏省会于此。1949 年 4 月 23 日,镇江解放,复置丹徒县。1958 年 7 月,丹徒撤县并入镇江市。1962 年 3 月市县分置,恢复置丹徒县。2002 年 4 月,丹徒撤县建区。

文化渊源

丹徒地域文化源远流长,其源头大致可追溯到春秋战国时期。底蕴深厚、内涵丰富的地域文化,值得丹徒人引以为豪。根深才能叶茂,悠久的传统文化,对丹徒今日的繁荣和发展,具有十分重要的影响。

从历史地理上考证,丹徒襟吴带楚。1956 年 6 月,毛主席在武昌横渡长江后,写了一首《水调歌头 · 游泳》,词中写道:“万里长江横渡,极目楚天舒。”因这一带春秋战国时属于楚国的范围,所以把这里叫作楚天。十分巧合的是,1959 年 7 月,毛主席在《七律 · 庐山》中提到了“云横九派浮黄鹤,浪下三吴起白烟”,“三吴”也是一个地域概念,既不同于国名,也不同于州郡名,其所指地域大体是长江中下游的沪、宁、杭三角地区。毛主席的这种诗人的浪漫是有事实依据的。据辞书解释,今江西北部(九江、湖口)一带,春秋时是吴楚两国交界的地方,处于吴地长江的上游(即头),楚地长江的下游(即尾),首尾互相连接,被形象地称为“吴头楚尾”,亦称“楚尾吴头”。距离九江、湖口那么远的丹徒,怎么又号称吴头楚尾呢？这就需要进行历史地理的考察。

“吴”所代表的地理概念是动态性的,最早要推《史记 · 吴太伯世家》所载,“太伯奔荆蛮,自号句吴”(约公元前 11 世纪),从句吴建立传至夫差被越灭掉(公元前 476 年),前后约 700 余年,是谓与楚并存于世的吴国。春秋时诸侯争霸,战争频仍,吴国的地域也处于动态之中,楚国曾打到吴国的朱方（即今丹徒地区），吴国也曾占领过楚国的都城郢都（今湖北荆州市一带），但不管怎么变，楚天连着吴天，吴地接着楚地是不变的。后来越灭吴，楚灭越，秦统一中国，转为大一统下的一个地区，通称为吴地。不管是三国时孙权建立的东吴，还是五代十国杨行密建立的吴国，都是在原来吴国地域范围基础上的演变，而丹徒除了“楚灭越，尽取吴故地”那100多年历史外，均属吴国或吴地。

丹徒是吴文化的重要发祥地，是吴国早期的政治经济中心。上溯到3000多年前，时值西周崛起，欲与殷商抗衡之际，西周的王位交接出现了麻烦。原来，周太王古公亶父钟爱幼子季历，有意传位于他，但又恐这样做违背当时的礼制而颇费踌躇，于是古公亶父的长子太伯、次子仲雍决定主动让贤。二人谎称到南方去为病重的父亲采药，从现今陕西岐山下的周原，不远千里长途跋涉，翻山越岭，直奔当时被中原人称为荆蛮之地的长江中下游地区，并且断发文身，入乡随俗，改为当地老百姓的装束，与土著荆蛮人结合在一起，以示永居此地，不再返回。于是“荆蛮人义之，从而归之千余家，立为吴太伯”。据史书记载，太伯部族南下，是在安徽渡江抵达当涂的丹阳衡山，赶跑了越的势力，在衡山居留了一段时间，然后进入宁镇地区。这个丹阳是今安徽、江苏交界处的小丹阳，在其东面30里左右就是衡山，衡山前后曾有过许多名字，小横山、梅里、番丽、皋乡等，其实都是指同一个地方。史书上关于“太伯居梅里”的记载，就是指这一段时间。但并不是无锡梅里，而是当涂附近的小丹阳梅里（即衡山）。现在无锡有太伯庙，那是后人所造的纪念性建筑物。丹徒上党也有一座古让王庙，为清嘉庆前所建，几经兴废，现又重建新庙，“让王”意指太伯让王位于其弟，庙内太伯塑像身着想象中的帝王服饰，与史书记载的断发文身不相符合，虽如此，也足以证明丹徒人民纪念太伯时间之早。丹徒作为吴国早期的政治经济中心，是有大量考古资料可以佐证的。1954年，大港烟墩山西周墓葬出土一组青铜器，其中的“宜侯夨簋”内有铭文，记述了周康王（古公亶父第五代孙）改封定居在大港一带的仲雍之后虞侯夨为宜侯，及赐予器物、土地、山川和奴隶的数目，“宜侯夨簋”就是当时为纪念这一盛典而铸就的青铜器。据郭沫若、唐兰、李学勤等专家考证，“宜”是地名，“侯”是封号，“簋”是圆口四耳的器具，“夨”是人名，即仲雍的曾孙周章。这就有力地证明，仲雍不远的后代曾在这里活动，并有可能就葬在此。1981 年在丁岗平昌村发掘的断山墩遗址，占地面积 2.4 万平方米，其文化层厚达 4 米，西周春秋时期的遗存极为丰富，是贵族居住的中心，这个遗址是苏南地区最大而又保存最完好的村落遗址。这些都说明周贵族的势力早已到达丹徒地区，而“宜”可能就是这里最早的地名。1984 年到 1988 年间，镇江博物馆、市（县）文管会、华东师大地理系遥感技术应用研究所的研究人员，数次用遥感技术和实地考察的办法，得出丹徒地区有台形遗址 59 处、土墩墓 523 座的结论。除此之外，丹徒地区还出土了许多大型的青铜器和带铭文的青铜器，在句吴的其他地点也未曾发现过。而台形遗址、土墩墓及青铜器、玉器等文物，就是吴文化的独特遗存。目前江南地区发现的吴国青铜器，在丹徒出土的占一半以上，许多精品也在这里，而吴国青铜器则是代表吴文化高度发展水平的。公元前 514 年，吴国兴建新都时，特别要“运润州（隋唐时丹徒属之）利湖之土筑之”，反映吴王对故土怀有深厚的感情，不忘封都立国之地。朱方（今丹徒）是句吴初期唯一有记载的邑名，是当时人口众多、贵族聚居的地区，极有可能是句吴的早中期国都，一些学者也认为，朱方城可能曾为吴都。朱方作为句吴的第一个国都（后数次迁都）的上限，应当是公元前 11 世纪太伯自号句吴时，其下限应当在“诸樊南徙吴”的公元前 559 年，时间跨度达 600 年左右。

吴文化是中华炎黄文化的组成部分，是由中原文化与荆蛮土著文化相结合的产物，也是与荆楚文化、齐鲁文化、淮夷文化、巴蜀文化等不断交流、融合逐渐形成的，可以说与其他文化互相渗透，你中有我，我中有你，但吴文化又有同中存异之处，有自己独特的风采。同时，地处“吴头楚尾”的丹徒，受荆楚文化的影响应该是比较大的。

从上述资料来看，可以说丹徒的文化渊源是吴文化，或者说吴文化的源头在丹徒。虽然随着吴都东迁，吴文化中心东移，经济也随之日趋发达，但反过来仍然辐射到丹徒。所以，丹徒地域文化就其渊源、内涵和发展方向来说，仍然是以吴文化为主的。现今丹徒境内流传的民间文化也都明显带有早期吴文化的痕迹。

作为吴文化覆盖的丹徒地域文化，当然具有与吴文化相同的特色。只不过由于丹徒所处的地理位置独特，历史上政治、经济、军事等方面的地位非同一般，受各种文化的渗透融合更早、更多，这种特色也更加明显罢了。

悠悠千年，贯古通今，先民们创造的物质财富，乃至重要的历史事件，都早已时过境迁，不复存在，但先民们创造的灿烂的历史文化传统及其所折射出的勇于开拓、包容开放、重经创业、重教尚文的精神与美德，却永远镌刻在人们心中。今天，我们要进一步研究和挖掘历史文化传统的内涵，继承和弘扬历史文化传统的精髓，努力从中汲取智慧和力量，在时代精神的引领下，提升当今丹徒的文化品位，创造丹徒更加美好的未来。

江河交汇兴古城

滔滔长江东流去，千古吟唱多少歌。

3000年前，丹徒的先祖荆蛮族人在长江南岸之滨聚居时，也许还没有意识到，他们赖以生存和繁衍的这条大江，竟是世界第三大河流，是举世闻名的黄金水道。古代长江南岸丹徒段自然条件良好，江阔水深岸线平直，并且长期稳定，适于船只避风、通航和停泊。其地理位置也很优越，"东通吴、会，西到建邺，渡江可达两淮"，丹徒为长江下游的重要渡口和与中原地区往来的交通要道。

丹徒实在幸运得很，一条大江已给足了她地利之便，同样是黄金水道的世界上最长的一条人工河穿境而过，并在这里与长江汇合，更使丹徒锦上添花，这条人工河便是举世闻名的京杭大运河。大运河始凿于公元前5世纪的春秋末期，吴王夫差用5年时间开凿了丹徒水道，这就是江南河段的前身。秦统一六国后，为加强中央集权，着手发展水陆交通网，于公元前210年在原有的基础上开凿徒阳运河。605年，隋炀帝杨广大兴水利，往北挖渠，往南开河，大运河基本贯通。元朝，为方便运输富庶江南地区的财富，对河道又做了调整。经过1700多年的漫长岁月，以及亿万劳动人民"万人凿盘石……掩泪悲千古"的苦役，才诞生了世界上人工河的奇迹。而处于江河交汇十字黄金水道的丹徒，则成为有"南北之要津""九省通衢"之誉的重要交通枢纽和物资集散之地。

隋朝时，丹徒和扬州间“商旅往还，船乘不绝”。之后，由于政治中心在北方，战乱不断，影响了经济发展，而南方则相对稳定，财物丰饶。历代政府维持政权必须靠南方的财物支持，故在隋唐特别是中唐以后，京杭大运河便承担了北运漕粮的新使命。浙广漕粮和贡赋由江南运河运至丹徒，再转运北方，丹徒成为漕运咽喉，地位越发重要，后来统治者对南方的要求越来越多，除漕粮外，还有各种生活必需品，丹徒漕运的规模越来越大。有诗如此描绘漕运之盛况：“粮艘次第出西津，一片旗帆照水滨。稳渡中流入瓜口，飞章驰驿奏枫宸。”到明清两代，漕运事业发展到顶峰，仅转漕每年曾达 400 万担之多。1000 多年的漕运，使丹徒迅速崛起，渐趋繁盛，真可谓得天独厚矣！到了清末，由于大运河和港口淤阻不畅，水运的流向发生重大变化，丹徒水道日渐衰败，但在 1908 年，沪宁铁路建成通车，丹徒的水陆交通地位仍很重要。

往事越千年。滔滔的长江和溢满琼花芬芳的大运河，历尽时代沧桑，送走血泪伴着繁荣的往昔，迎来绚丽壮观的今天。丹徒沐浴着她们的润泽，更用勤劳和智慧为她们洗礼装扮，让她们放射出更加璀璨的光华。

丹徒东边的长江江面辽阔而水深，江岸坚固而稳定，顺江而下仅 280 公里就出海，通向五洲四海，登陆即接铁路，直达四面八方。改革开放的浪潮，使这一优势充分显现。一座现代化的深水良港、被誉为东方汉堡的大港港口矗立在江岸上。高大的吊车，伸出中华民族的钢铁臂膀，迎接来自海角天涯的客商；一排万吨级泊位，敞开宽阔的胸怀，笑纳天南海北的使者。于是，挂着各式国旗的货轮纷至沓来，各种货物、各种语言，伴着同一个心愿，把一江春水搅得生机盎然。

丹徒西边是与大港遥相呼应的高资港。这个曾作过古驿站的地方，这个在抗日战争和解放战争时期陈毅等我党高级将领率领部队征战过的地方，如今更是一派繁忙景象。这里有矿石建材出口的专用码头，更有 2 万吨级的化工原料进口码头。有的与专用铁路线相连；有的以汽车组成运输长龙。这里整天轰鸣着粗犷的音调，和眼前沪宁铁路上列车的隆隆

长江、运河交汇处

声，组成一曲和谐而动人心魄的奏鸣曲。如果人们乘船沿江南岸顺流而下，便会发现，长江丹徒段沿岸，港区码头竟是一个挨着一个，大小不一，各有用途。有万吨级码头，有汽渡码头，有企业专用码头，有小型货运码头，令人目不暇接。在新时代，长江对丹徒也做出了新贡献。

比起长江，大运河似乎坎坷较多，起落较大。她有过十分显要而繁华的昨天，然而河道淤塞、河水污染，近代交通的发展，使她被冷落了好长一段时间。丹徒人是不会忘记这条母亲河的，他们要为母亲河梳妆打扮。经过清淤治污，疏通旧道，裁弯取直，开挖新河，终于使这条在丹徒境内长11.8公里的大运河焕发了青春。如今，运河丹徒段河面开阔通畅，船只往来如梭，两岸树绿花红，风光如诗如画。受她滋润的大片农田，春华秋实，撒下一路丰收的欢歌笑语，大运河不仅重现了昔日的风采，而且还更胜一筹。

社会发展,时代进步,丹徒同样加快了前进的步伐。那一江、一河、一铁路的格局早被打破,密如蛛网的现代化公路网络,把丹徒与祖国各地乃至五洲四海的距离拉得更近了。1996 年 9 月建成通车的沪宁高速公路,与前几年建成的 312 国道,使南京、上海等城市近在咫尺,禄口、虹桥、奔牛等周边机场也可以为我所用。丹徒境内,国道、省道纵横交错,城镇乡村之间的公路四通八达。润扬长江大桥南接线深入丹徒腹地,江中心的世业镇也直接互通,丹徒与苏北大地有了快捷的通道,一桥飞架南北,天堑变通途的美好愿望已经成为现实。

铁、公、水,海、陆、空,构筑起丹徒立体的现代化交通网络,为丹徒的经济发展插上腾飞的翅膀。地处苏南经济板块和南京、上海经济辐射圈内的丹徒,资源丰富,环境优美,已经成为投资者的热土。

炮火硝烟铸丰碑

金戈铁马，刀光剑影，炮火硝烟……

丹徒连冈三面，大江横陈，为南北交通之咽喉，自古以来就是军事重镇和江防要地，兵家必争。南宋陈亮说这里“江旁极目千里，其势大略如虎之出穴，而非若穴之藏虎也”。《通典》则称：自孙吴以来，东南有事，必以京口为襟要。

春秋时期，丹徒已开始显示出军事要塞的地位。吴楚争霸时，曾发生过丹徒历史第一仗——朱方之战。三国时期，东吴孙权在这里驻扎水军，并移治京建铁瓮城，作为与曹操争雄向西扩展的战略基地。赤壁一战，“虽获捷于赤壁，实决机于丹徒”。东晋时，这里驻有著名的北府兵，以抵御北方的侵略和进行北伐。唐代中期，这里驻有镇海军，成为东南锁钥，宋代将镇海军改为镇江军，屯兵达10万之众，又设水军置圌山等寨。明朝中叶，为抵御倭寇，这里设提督沿江总兵官，在圌山关设重兵与战船。太平天国时期，这里是天京（即南京）的重要屏障及门户，自然驻守重兵，其中有历史上第一次出现的女军。清朝，丹徒的漕运事业发展到顶峰，康熙、乾隆两帝分别六次南巡，每次都来这里，其地位之重要可见一斑，其时这里自然也驻扎重兵。

中国历史上曾发生过多次外族入侵之事，在反抗外族侵略的正义斗争中，丹徒屡次成为战斗的前沿、重要的战场，在这方热土上，上演了一幕幕威武雄壮、可歌可泣的历史剧。

宋高宗建炎年间，南宋大将韩世忠率兵驻守丹徒东乡大港、圌山一带，扼守江防。1129 年，金兀术率 10 万多金兵大举南侵，长驱直入，一直打到浙江，大肆抢劫掳掠后，于次年春二月，携大批财物沿运河北撤。韩世忠侦知金兵北撤的路线与时间，与夫人梁红玉率八千水军赶往镇江江面，与金兀术展开大战。梁红玉在金山“亲执桴鼓”助威，宋军士气大振，大败金兵，并俘获了金兀术的女婿龙虎大王。金军连连败退，宋兵紧追不舍，把金军逼退至黄天荡，围困 48 天。后来金兀术虽侥幸逃生，但从此再也不敢大举南侵了。作为“中兴名将”的韩世忠被百姓尊为民族英雄，梁红玉击鼓战金山亦传为千古佳话。

1275 年 7 月，元军都元帅阿珠集结大批兵船在瓜洲和西津渡，打败宋扬州都统姜才的部队之后渡江南下。宋将张世杰、孙虎臣率战船万余艘，在焦山一带江面迎击元军。宋军虽英勇作战，但篷樯俱焚，烟焰蔽江，溃不成军，跳江而死者难计其数。张世杰率余部逃至圌山脚下，元军乘胜追击，夺获战船 700 余艘。从此南宋兵力基本被摧毁，再也不能作大规模的抵抗了，以致最终灭亡。

1659 年 5 月，民族英雄郑成功奉南明永历帝的诏书，率兵 17 万，战船 3000 艘，由崇明进入长江，势如破竹，在攻克瓜洲后转攻镇江，击毙罗明升等将，活捉操江御史朱衣佐，缴获西洋大炮等武器，清政府急派江南提督管效忠率兵 4000 和南京骑兵来援，郑成功指挥明兵迎战，激战两日，炮声震天，弹如雨下，江水沸腾，清军全线溃败，管效忠率残部百余人逃往南京，镇江守将高谦、知府戴可进、丹徒县令赵奋霄献城投降。郑成功占领镇江 35 天，一时东南大震，抗清形势大好。7 月下旬，郑成功攻南京失败，损失巨大，于月底登舟出海。

1842 年 7 月，英舰队溯江而上到达镇江江面。英军为封锁长江及运河航运，切断漕运和南北交通要道，以逼迫清朝政府投降，达到发动战争之目的，把地处江河交汇的丹徒镇江作为首要攻击的目标。7 月 13 日，英军抵达圌山脚下三江营江面，鸦片战争镇江保卫战就此拉开了帷幕。当时驻守圌山炮台的清军有130多人，在大矶头、二矶头增设了三座炮台，计有大炮20门。此外，在大港组织的乡勇积极配合下，将木排用大石压沉江底，以阻敌舰；征用粮船每50只相连在一起，上面装满苇草，浇上桐油，准备火攻。英舰不敢贸然前进，于当日下午派“伯鲁多号”和“复仇神号”两艘测量船开过来进行侦察，当即遭到圌山关守军的炮火袭击。经过一个多小时的激战，一艘英舰被炮击中船尾，几名英军落水，两舰退回三江营。次日，英军派遣“摩士底号”等9艘军舰攻击圌山炮台，守军英勇还击，大港的乡勇及圌山附近的百姓纷纷前来助战，打得敌舰难以前进。激战多时，终因弹尽粮绝，守军不得不忍痛撤回镇江，炮台及营防均被摧毁。此后约有一周时间，停留在大港附近的英国军舰，常常遭到乡勇们的袭击，也补充不到给养。

圌山炮台失守后，英军沿江西进，先后攻占焦山炮台和象山炮台，1842年7月21日清晨7时，侵略者向镇江城发动了进攻。在敌强我弱的情况下，镇江守军和民众顽强抵抗，城破后又进行巷战，战斗十分惨烈，军士高呼：“宁可自杀，决不投降。”最后，1600余名守军仅有少数人突围退往丹阳，其余均壮烈殉国，镇江守城将领——副都统海龄偕夫人自杀殉职。英军也遭到沉重的打击。对丹徒镇江军民的英勇抵抗，伟大导师恩格斯高度赞扬：“驻防旗兵殊死奋战，直到最后一人……如果这些侵略者到处都遭到同样的抵抗，他们绝对到不了南京。”

可笑的是，在100多年后的1949年4月20日，英籍军舰“紫石英号”竟闯入丹徒三江营江面，胆敢向我人民解放军阵地开炮，妄图阻挠我解放大军渡江，当即遭到解放军的炮击，命中30余发，打死17人，重伤20人，60多人跳水逃命，军舰遭到重创，挂起了白旗……

1937年7月，日本发动全面侵华战争。12月8日，镇江沦陷。面对侵略者，丹徒人民继承并弘扬抵御外侮、反抗外族侵略的优良传统，奋勇投身到抗日救亡斗争中去。

12 月 10 日,40 余艘日寇军舰,驶抵圌山江面,打算一过圌山关就溯江而上,与其他两路日寇会师南京。圌山炮台守台官兵面对强敌毫不畏惧,以骆熔标为首的 12 人组成敢死队,凭着仅存的一门大炮迎战来敌。当他们发现敌舰后,立即就位,骆熔标下令,炮手彭永义发炮,可惜头炮未中,二炮稍有偏差,第三炮不偏不倚,打中敌旗舰尾部,使其舵机失灵,兵舰失去控制。日寇以为遇到劲敌,不明情况下,只得退到三江营江面停泊。次日晨,日寇 3 架飞机来圌山上空侦察,接着又派轰炸机来狂轰滥炸了两天。最后,派出久保田部队由丹阳经埤城急赶至圌山关,才发现炮台已毁,守军已撤,忙向舰队发出旗语,敌舰队才敢起锚开航,比预定会师南京的时间整整迟了三天。自中日甲午海战以来,日本海军自认为所向无敌,谁知圌山关三炮退日舰,打出了中华民族的威严。此后不久,丹徒乡村就出现了许多地方性抗日武装,如辛丰自卫团、大港自卫队等,四处活动,打击日寇。1938 年 5 月,新四军先遣支队在司令粟裕的率领下到达江南。6 月,陈毅率新四军主力部队到了丹徒宝堰,司令部设在宝堰前隍村。17 日凌晨,粟裕亲率 6 个步兵班、1 个驳壳枪班、1 个轻机枪班组成伏击队伍,埋伏在韦岗,当日寇运

韦岗战斗胜利纪念碑

输车队驶进伏击圈时，粟裕一声令下，伏击队立即发起猛攻，仅用了半个小时战斗就胜利结束。击毙日寇少佐土井、大尉梅泽武四郎等官兵共十余人，伤数十人，击毁军车4辆，缴获长短枪20余支及其他军需用品，这就是新四军挺进江南第一仗——韦岗伏击战。陈毅和粟裕均赋诗赞贺。

韦岗初战的胜利，击破了"皇军不可战胜"的神话，不仅打击了敌人的嚣张气焰，更振奋了广大人民特别是丹徒人民的抗日斗志。继韦岗战斗后，新四军又在丹徒及广大周边地区进行了一系列战斗，如新丰火车站袭击战等。在作战的同时，新四军还派出民运工作队，广泛宣传和发动群众，发展地方党组织，建立地方基层政权，开展统一战线工作。陈毅亲自与地方上层人士接触，在1938年7月7日抗战开始一周年之际，他在宝堰怡和酒行大院内，主持召开镇江、句容、金坛、丹阳四县各界人士代表大会，建立四县人民抗敌委员会（简称四县抗敌总会），迅速打开茅山地区全民抗战的局面，使茅山地区的抗日斗争进入了新的历史发展阶段，创建了新四军在苏南敌后最早的抗日根据地——茅山抗日根据地。

此后，丹徒全境的抗日斗争便有组织、有领导地展开。地下党游击队配合新四军对敌作战，如华山战斗、上下会战斗、石马庙战斗等；广大群众参加抗日民主政府的工作，建立农抗会、妇抗会、青抗会、文抗会等群众性抗日组织，掩护部队和革命同志，传递情报，破坏敌人的各种设施，铲除汉奸，支前参军，有的还打入敌人内部开展工作，在长江和铁路线上建立秘密的红色交通线，护送领导干部及部队南来北往。真可谓处处是战场，斗争开展得如火如荼。在长达8年的抗日斗争中，丹徒涌现出一大批党的优秀儿女和抗日英雄模范。丹徒人民浴血奋战，为打击日寇，牵制敌人的力量，直至和全国人民一道取得抗日战争的最后胜利，做出了积极的努力和贡献。

岁月匆匆，往事悠悠。那记载得清楚明白的青史作证，那尚未磨灭的遗迹作证，丹徒这方土地是英雄的土地，丹徒人民是英雄的人民。几千年历史文化传统积淀的爱国主义精神，反抗侵略、抵御外侮的精神，使丹徒人民在血与火的洗礼中，在炮火硝烟的锻铸中，竖起了一座不朽的丰碑。

古典名著与丹徒

长江、运河共同哺育下的丹徒,山水形胜,钟灵毓秀,自古便是人文荟萃之地。历史上有许多仕宦权贵、骚人墨客,或祖居本地,或迁徙来此,或供职于斯,或慕名而来。他们有的在此著书立说,结晶心血;有的指点江山,激扬文字,给后人留下许多堪称第一的脍炙人口的奇书异籍、诗词歌赋,成为祖国文化宝库中的绚丽瑰宝。明清时期相继刊行问世的四大古典名著《西游记》《三国演义》《水浒传》《红楼梦》及"三言"等,虽然成书不在丹徒,作者也并非丹徒人,但他们都对丹徒情有独钟,笔下多处提到丹徒,这在我国数以千计的县邑中,尚属少见。

《西游记》是一部长篇神话小说,共100回,作者是明朝山阳(今江苏淮安)人吴承恩。小说借孙悟空大闹天宫等故事,表达人们征服社会上的邪恶势力和反抗强暴的理想。

作为神话小说,书中除了玄奘及京城长安等少数人名、地名是真实的,其余的人物、地名、国名及故事均为作者想象创造的。第9回"陈光蕊赴任逢灾,江流僧复仇报本"中,陈光蕊夫妇悲欢离合,唐僧即婴孩江流儿,刚出世就受尽磨难,然后漂江至金山寺下得救,终在法明长老的抚养下长大成人,受戒为僧,取法名玄奘。这些故事都发生在"江州",而这个江州显而易见就是指丹徒。唐时,金山仍在江中,已成为闻名于世的古刹。后来,唐僧与母亲重逢,复仇团聚,受封为御弟圣僧,奉旨西去求经,这一切,全亏金山寺的法明长老,因而特地来到金山寺报答法明。

吴承恩将唐僧的来历、修行成道这一重要故事写成一整回,并安排在丹徒,可见丹徒当时的重要地位了。

丹徒县是东吴孙权建立霸业的基地。明朝罗贯中所著的我国第一部长篇章回体历史小说《三国演义》,在第 15 回、第 29 回、第 53 回、第 54 回、第 55 回、第 56 回等章节都写到了丹徒,也就是很自然的事了,尤以第 15 回东吴初建的故事描述最详。

《三国演义》第 15 回写孙权的兄长孙策引军渡江,与扬州刺史刘繇的部将太史慈大战,难分胜负。后刘繇败走,孙策部将程普大败严白虎于"西津渡口",太史慈也归附孙吴政权。第 53 回写赤壁之战后,吴军和曹军争夺淮北重镇合肥之战中,太史慈战死,吴军退回南徐(丹徒),将太史慈厚葬于北固山下,今日此墓尚在。第 29 回说,孙策在丹徒西山狩猎时,被仇家原吴郡太守许贡家客刺伤致死,其弟孙权则执掌东吴大权了。

《三国演义》中最令人百读不厌的章节为第 54 回"吴国太佛寺看新郎,刘皇叔洞房结佳偶",即刘备招亲甘露寺的故事。其中描写了北固山多处名胜古迹。民间传说甘露寺多景楼为吴国太相亲处,又称相婿楼,孙权在此暗伏刀斧手,谁知吴国太见刘备仪表非凡,当场表示同意招赘,刘备招亲终于弄假成真。婚后,刘备又得到孙夫人的支持,以江边祭祖为名逃离吴境,孙权落得个"赔了夫人又折兵"的结局。有关北固山其他的三国传说遗迹,如狠石、试剑石、溜马涧等,书中均有生动的描述。

《三国演义》第 56 回中讲道:蒋钦等一行人自柴桑口回到南徐,向孙权汇报刘备与孙夫人逃返荆州的经过;第 86 回"破曹丕徐盛用火攻"写了东吴宿将徐盛,利用丹徒浩渺江天和临水背山的地势,巧施假人假城"驱兵计",欺骗曹军,并施以火攻,烧舟船断其退路,大破曹丕所率水师,赢得又一次以弱克强的辉煌战果,留下"长江天堑,此天之所以限南北也"的典故。

由于《三国演义》中多处写到丹徒,并着力加以渲染,"刘备招亲"一段最是妙笔生花，广为流传，使丹徒名声大振。

《水浒传》是我国小说史上第一部以农民起义为题材的长篇章回体小说，也是由史料、民间戏曲和话本综合加工而成的。作者是明初著名小说家施耐庵。在流行的几种版本中，以 120 回本的《水浒全传》比较全面地反映了作者的思想。

第 110 回“张顺夜伏金山寺，宋江智取润州城”，写的是宋江奉诏征讨方腊，第一仗就是智取润州。开头用了一整段描写丹徒江天雄势、金焦两山寺之秀奇，把丹徒称作江南八州中的“第一险隘州郡”。接着，以宋江派张顺等好汉刺探润州虚实为情，酣畅地描写了一番金山胜景。在第 110 回末及 112 回开头写到，宋江攻下润州后，即派兵将进而攻拔丹徒县，并从丹徒出发，分兵南进。

征讨方腊时，梁山 108 位好汉中有 3 人阵亡，死在润州。他们分别是云里金刚宋万、没面目焦挺和九尾龟陶宗旺。重要将领青面兽杨志病故于润州，葬于丹徒山园。《水浒传》第 119 回中，方腊被征平，宋江等诸将回师，归朝受封赏时，黑旋风李逵被朝廷授任润州都统制，配有 3000 军马。他虽说当上了地方驻军司令，心中只是郁闷不欢，整天借酒浇愁。第 120 回里说，在楚州为官的宋江，中计服下奸臣的毒酒后，连夜派人到润州将李逵唤去，李逵乘船而往，也被哄住服下毒酒，宋江实情相告，李逵回到润州，果然毒发而身亡，与宋江同葬于楚州蓼儿洼。

就书中涉及丹徒的描述来看，作者施耐庵对丹徒的地理位置与山水形胜了如指掌，由此也可看到宋元时期丹徒的真实面貌。

明朝长洲（今苏州）人冯梦龙，是戏曲家，也是著名的通俗小说家。由他编辑加工的《喻世明言》《警世通言》和《醒世恒言》，简称“三言”，其计 120 篇，是我国古代短篇白话小说的宝库。

《张舜美灯宵得丽妇》写张舜美与刘素贞通过观灯而相识相恋，刘素贞随张舜美私奔到镇江五条街开招商客店的同族人家，几经周折，最后又在镇江江边一尼庵内团圆。《白娘子永镇雷峰塔》说的是许宣(仙)被发配到镇江,被开生药铺的李克用保领回家,留在店中使用,后来许宣因故离开李克用,在镇江渡口码头上自租一间房,当起药店老板来。这两个故事及其他故事,描绘了在宋明年代镇江商贾云集、贸易兴旺、街市繁荣的情景。《白娘子永镇雷峰塔》的故事,还记有七月初七"英烈龙王"生日时,金山寺和尚化缘布施,居民烧香游山的盛况及习俗。《张廷秀逃生救父》通过主人公来镇江申冤,写出了明代司法审案的规定和程序。《计押番金鳗产祸》不仅反映了当时镇江酒店众多,还描写了宋元年间镇江的世情民俗。

"三言"中有10卷故事涉及镇江的历史和风物民情,叙述生动而真实,描绘细致而优美。据专家考证,作者冯梦龙曾任丹徒县学训导,"三言"成书编刻恰好是他在丹徒任官期间,难怪他对当年的镇江如此熟悉和关注。历代故事中与镇江关系最密切、影响最大的当数《梁红玉击鼓战金山》和《白娘子水漫金山寺》,这两个故事在"三言"中均有话本或话段。此后,经过说书、评弹、戏曲等艺人的加工演唱以及民间的传播,内容愈加丰富,情节更符合人们的意愿,因而流传更广,千年不衰。

明清时期江南地区经济发达,文化兴盛,市民阶层壮大,丹徒是江南地区的经济文化重镇,前面所说的几部著名古典小说均在明清时期推出,且有多处写到丹徒,正是这种经济文化大背景在文学创作上的反映。同时,又反过来佐证了历史上丹徒的文明与富庶。历史上丹徒的繁荣,是先民们创造的,而创造丹徒未来的文明与富庶,则是我们神圣而光荣的使命。

清词丽句颂丹徒

丹徒江山雄秀，历史悠久，素为人文荟萃之地。纵览丹徒几千年的文明史，曾有许多贤臣良将、文人名士留下众多巨著鸿篇、清词丽句，或歌颂这里的山水形胜，或缅怀这里的耆旧高贤，或哀叹民生之维艰，或抒发爱国怀乡之豪情。气势宏大者，如金戈铁马；通达流畅者，似大浪淘沙；委婉纤丽者，仿佛织锦绣花；感时愤世者，更见慷慨激昂。

京岘山在邑东2公里，丹徒故城在其南麓。山濒长江，连绵数里。山南有双湖，称龙目湖。宋代爱国名将宗泽受投降派诬陷，贬于丹徒四年，一度结庐龙目湖畔，不忘复国统一大业。夫人陈氏病故后葬于京岘山麓，宗泽赋诗云："一对龙湖青眼开，乾坤倚剑独徘徊。白云是处堪埋骨，京岘山头梦未回。"剑胆琴心，毕现于诗中。宗泽后任东京留守，先后奏呈二十四疏，请缨北渡光复失土，俱为奸人所抑，郁愤成疾，临终三呼"渡河"。

丹徒镇在京岘山东南5公里，秦时建丹徒县即为县府所在地。因在古运河畔，素擅舟楫之利，人烟稠密、街市繁荣。清代名士王士禛《丹徒镇》诗云："舟过丹徒镇，霜枫夹岸稠。潮回扬子夕，山接秣陵秋。斜日低帆影，轻寒闭水楼。江城多戍垒，哀角动新洲。"读此诗，令人有神游丹徒历史之感。

晚唐诗人许浑深深眷恋着自己的客居之地丁卯桥，写下许多咏颂丁卯桥的田园诗。他死后安葬于谏壁雩山。雩山原名候山，是一块风水宝地，南朝宋开国皇帝刘裕的父母亦合葬于此，其陵墓称“兴宁陵”。《开沙志》编纂者丁时霈有《雩山》诗：“山色苍茫好，轻和任午风。鸟飞云物外，人入翠微中。古涧松杉秀，茅庵竹木丛。烟霞长啸傲，尘世豁然空。”读后令人顿生空灵秀逸之感。

雩山周边原有湖泊叫月湖，现已变为平地，但其名仍存。清光绪年间诗人许瀚青，乃月湖人，在月湖延清楼创“棠花诗社”，邀诗友共同创作“月湖八景”之诗。其中《棠社诗声》云：“家住江南老树村，海棠如雪好开樽。此间来往无他客，唯有诗人日到门。”使人仿佛见到了清代丹徒一个农家诗社的真情实景。

从雩山往南即到丹徒八大镇之一的辛丰镇。唐代辛丰产酒，远近闻名。唐代大诗人李白有多处咏新（辛）丰酒的诗句。清乾隆年间进士、常州人赵翼有首《辛丰道中》，也讲去辛丰沽酒之事：“过江风峭片帆轻，沽酒辛丰又半程。高岸土留开凿迹，独轮车碾辘轳声……”

从辛丰向东，可至马迹山。此山在黄墟镇境内。传说道教老君曾骑白马授经于此，留有蹄迹，故名，道书亦称此山为“四十九福地”。唐代诗人权德舆有《酬二十二兄主簿马迹山见寄》诗：“……远郊有灵峰，夙昔栖真仙。鸾声去已久，马迹空依然。丹崖转初旭，碧落凝秋烟。松风共萧飒，萝月想婵娟……”近代丹徒诗人赵玉森（醉侯）有《望马迹山》诗：“青童白马思悠然，马迹纷转太古年。紫府观前森宝石，黄龙洞口溢珠泉。仙乡密迩成空望，福地徜徉信有缘。纸上谈玄聊复尔，稚川丹井水涓涓。”道教遗迹及山中胜地均见于诗句之中。

五州山在邑西12公里处。山上怪石嵯峨，树木繁茂，盛产药材。清代丹徒诗人何絜有《五州山》诗云：“五州何崔峨，披户白云过。俯听枝头鸟，卧看江上波。潭空移月近，松老阅僧多。我欲幽栖此，褰裳入薜萝。”描绘了五州山幽静恬适的山景，抒发了热爱大自然的情怀。

十里长山在邑西约15公里，其主峰近350米，是丹徒最高处。山下旧有龙王庙,传说宋神宗元丰六年(1083 年),丹徒大旱,龙王显灵,普降甘霖,朝廷赐庙额曰“灵渊”。元龚璛有《游长山灵渊庙》诗一首:“胜日携尊远,前岗路缘深。轻舆容岁暮,众木耿岚阴。勺水神龙宅,龛烟古佛心。悠然无与晤,欣会在冲襟。”今龙王庙地名犹在,庙宇残存。

高资在邑之西郊。清乾隆皇帝弘历数次下江南,曾到过丹徒并曾写下《高资港》诗:“孝陵未读柳州论,继世旋看祸乱分。讵可长江恃天堑,早教高港覆舟军。金川守御终无济,瓜蔓诛夷不忍闻。一死齐黄难赎罪,独怜气节在斯文。”

诚然,古诗词咏丹徒之重点,当数大运河和圌山。唐代著名诗人李白在《丁都护歌》中写道:“云阳上征去,两岸饶商贾。吴牛喘月时,拖船一何苦。水浊不可饮,壶浆半成土。一唱都护歌,心催泪如雨。万人凿磐石,无由达江浒。君看石芒砀,掩泪悲千古。”李白此诗写的是徒阳运河丹徒夹岗河道修浚时,河工劳动生活之苦。如今京杭大运河丹徒段 10 公里整治工程施工时实行机械化操作,完工后两岸标准化、绿化、美化工程均已通过省级验收,船工往来其间,犹如游园一般。如果李白知道了,一定会诗兴大发,写一首歌颂现代化工程的“新丁都护歌”吧!

圌山,是丹徒的象征,在邑东北约 30 公里处,“壁立万仞、关封三江”,自古为控扼海防之地。明代儒僧上思《登圌山绝顶》云:“极目微茫接远天,山光水色两悠然。风尘不到烟萝里,云月时来梵座前。僧影独依幽涧树,钟声疑上夕阳船。相看举世同蕉鹿,三叹孤峰仰昔贤。”写出了远离世俗纷争的幽静氛围。而明末诗人冷士嵋《圌山诗》中的“江回绝壁下,山立断径前”,又成为写圌山险峻的妙句。驻守丹徒的南宋名将韩世忠,在圌山周围留下“韩桥”和“蕲王花园”(韩死后追封为蕲王)等遗迹。清代丹徒诗人朱祜《韩桥有感》诗云:“黄叶西风古寨傍,行人下马说蕲王。东流潮汐空残垒,南渡山河又夕阳。满目烽烟连建业,惊心霜霰到钱塘。阎公几日开新局,愁向沙鸥问战场。”诗人对抗金名将功业的赞颂和对其壮志难酬的叹息跃然纸上。

五峰山与圌山相接，山有五峰，形同笔架。晚清丹徒诗人解为干，乃京口诗人“后七子”之一，淡于仕进，一生布衣。有《登五峰山顶》诗：“倚剑一长啸，登高跨五峰。欲倾东海水，洗我此心胸。石立惊飞鸟，云行让古松。好风吹满袖，意若与之从。”其不同世俗、特行卓立之性情一目了然。

在圌山东南，有一个华山村，山下有个“玉女墩”，流传着一对青年男女殉情的故事。南朝乐府中的《华山畿》歌曰：“华山畿，君既为侬死，独生为谁施？欢若见怜时，棺木为侬开！”朝鲜诗人金宗直听到这故事，也十分动情地赋《华山畿》一首：“冢上青青连理枝，行人争唱华山畿。野棠花发当寒食，几度春魂化蝶飞。”南朝乐府《华山畿》大概是咏丹徒诗歌中可考的最早文字。它反映了丹徒先民追求爱情、追求幸福生活的斗争精神。

历代歌咏丹徒的诗词如恒河沙数，历代咏唱过丹徒的诗人不可胜数。上述吉光片羽，不过沧海一粟。辛亥革命至今，现代咏唱丹徒的诗词更是难以计数。辛亥先烈赵声之诗作，忠贞激愤，掷地有声；新四军挺进江南，陈毅元帅、粟裕将军的诗作，更以博大之胸怀，抒战斗豪情；丹徒籍著名诗人闻捷歌颂家乡的诗作，感情真挚，热情奔放，为丹徒诗词开辟了一片波澜壮阔的新天地，让后人含英咀华，吟咏不已。

丹徒山水入银屏

丹徒，既有北方山川之粗犷，又兼江南水乡之秀丽，吸引了一些电影和电视剧的导演们前来寻找拍摄场地，于是，富有特色的丹徒山水和村舍便出现在多部电影和电视剧中。

早在1943年秋天，上海的一家影片公司就选中丹徒大港唐家涧、乔木山一带作为影片《生死劫》的外景地。那时公路未通，大港镇通往唐家涧的是一条蜿蜒小路，路旁有一棵大树，枝叶茂密，男女主角有一场生离死别的戏，就是在这棵树下拍摄的。另外，该片还在乔木山的丘陵坡地上，拍了几个骏马奔驰的镜头。这应该是丹徒山水第一次上银幕。

20世纪50年代初期拍摄的故事片《淮上人家》，虽然是以淮河流域为背景的动人故事，但是许多镜头则是在丹徒拍摄的。当时为了拍摄的需要，摄制组借用了县木材公司停在江面上的木排，一些排筏工人还充当了临时群众演员。片名为《淮上人家》，实际上镜头展现的却是丹徒的“江上人家”。

著名剧作家曹禺的名著《日出》被上海电影制片厂搬上银幕，片中一组女主角陈白露沿着铁路线从农村走向城市的镜头，也是在丹徒拍摄的。导演本以为各地铁路沿线可供取景的地方很多，却不料为了选择一处合适的地方，几乎踏破铁鞋。因为这个戏的时代背景是20世纪20年代的中国农村，所以不能有现代的建筑物、高压电线等进入画面；加上主干线上列车往来频繁，不便拍摄。于是摄制组离开上海，沿沪宁线一路西行，寻觅外景地，终于选中了丹徒境内高资附近的一段铁路线。此外，他们在丹徒南乡也顺便拍了几个镜头。

为了反映茅山地区抗日斗争的风云变幻，讴歌老一辈无产阶级革命家陈毅及新四军战士浴血抗日的丰功伟绩，教育后代继承和发扬抗战英雄的爱国主义精神，电视剧《江南风云》摄制组在丹徒宝堰镇拍摄了大量珍贵的镜头，其中有“镇句金丹四县抗敌总会”遗址碑石，“四县抗敌总会纪念馆”，陈毅和王必成等新四军将领办公、下榻处及他们办公生活用品原件，等等。尤其重点拍摄了纪念馆主厅中央矗立着的陈毅同志的半身塑像，展示了这位元帅当年驰骋疆场、叱咤风云的雄姿。此外还拍摄了纪念馆中陈列的大量当年珍贵的史料图片和实物等镜头，向观众系统地介绍了当年苏南茅山抗日根据地的创建发展过程，展现了宝堰“四县抗敌总会”的战斗历程，再现了陈毅、粟裕、王必成等老一辈无产阶级革命家和广大苏南军民同仇敌忾的战斗风貌。

一部《西游记》，一个美猴王，曾令多少人神迷、倾倒。1982 年初春时节，《西游记》摄制组在著名女导演杨洁的带领下，千里迢迢来到丹徒高资金家边村，拍摄“除妖乌鸡国”这一集的部分镜头。那时，拍摄现场选择在金家边村半山腰的一个采石宕口。记得是在一阵小雨过后，山间松树青翠欲滴，空气纯净湿润得似乎可以拧出水来。宕口一堆堆石块间，散布着数十个由金家边村农民装扮的古代人，他们身穿花花绿绿的古代服装，听从着杨洁导演的指挥。强悍的壮汉在挥锤砸石，柔弱的村妇提水送饭，年迈的老人在一旁抽着旱烟袋，调皮的孩童在追逐嬉戏。突然，一声巨响，烟雾散处冲出一伙牛头马面、狰狞恐怖的妖怪来，吓得众人四散奔逃……摄影机沙沙响，摄下了许多镜头。接下来的拍摄却出现了戏剧性的变化，按剧情要求应该是唐僧师徒四人顺山道走来，转过一个山坳远去，可那匹从南京军区借来的白马走了两步却再也不愿走了，停在原处直打响鼻，任凭饲养员敲打屁股还是食物引诱，都不奏效。饲养员只好向杨导摊牌:此马可能是发情了,只有找匹母马来!“这该死的流氓马!”杨导急得直搓手。当时陪同摄制组的高资人武部部长灵机一动,决定找驻军石头岗部队试试看。一经联系,果然部队有母马,并答应立即支援,真是柳暗花明。那母马儿一到拍摄现场,这驮着唐僧的白马儿立即昂头扬蹄,精气神十足,兴高采烈地走起来,很快完成了拍摄任务。收工时,饰演美猴王的六小龄童章金莱同志举着金箍棒轻敲着白马屁股道:“你这风流的白马,该打!”逗得杨导和众人大笑。临分别时,章金莱还不忘嘱咐陪同拍摄的丹徒的同志,待看到“除妖乌鸡国”一集时留意一下丹徒金家边村采石宕口和山间小道的外景镜头,特别是那匹风流的白马。

影视剧组在丹徒拍摄外景规模最大的一次当数 1982 年初春拍摄战争大片《风雨下钟山》了。在丹徒拍摄的是表现解放军胜利渡过长江,与国民党部队厮杀后的一组阵地镜头,背景在大路镇附近的沙腰河边。按照拍摄需要,有一个团的部队战士赶来参与拍摄,这些战士有的成了“解放军烈士”,有的成了“国军伤兵”,众多的“尸体”横七竖八躺倒在经过搏斗的“阵地上”,趴着的、侧卧着的、面朝上仰躺着的,杂乱无章地保持着各式姿态,身上、脸上涂着鲜红的猪血,身旁燃烧着被劈开的树杈,断枪支、破弹药箱满地都是,不远处路边还有一辆美式十轮卡车在冒烟起火,狼藉的战场使人倍觉恐怖。只听导演手提喇叭一声令下:“开拍!”摄影机便沙沙作响,一旁的监视屏幕便出现了逼真的战场景象,有趣极了。

表现中国人民解放军如滚滚洪流继续向全国进军的镜头是在大港和大路间的公路上拍摄的。摄制组的指挥部就设在路边原大港公社东方农科队的两间办公室内,农科队的山墙上早已刷上“打过长江去,解放全中国”10 个大字,白底黑字,每个字足有 1 米见方,这是毛主席和朱总司令向中国人民解放军发出的战斗号令。荷枪实弹的“解放军战士”雄赳赳地列队前进,从大港和大路两地及镇江几所大学组织来的数千名农民和学生化妆成支前的民工队伍,他们有的推着独轮车,有的抬着担架,有的挑着军需物资,紧跟部队前进。看哪!“解放军”的骑兵部队也奔驰过来，高头大马疾蹄飞扬，战士们挥舞马刀呐喊着，身体几乎站立起来，骏马飞驰，尘土飞扬，威武雄壮，使人热血沸腾。天空中，负责航拍的飞机不断地打转；路旁，多部摄影机的马达在欢快地鸣响，随着镜头的推、拉、升、摇，这撼人心魄的一幕被顺利地拍了下来。正在拍摄工作酣畅进行的当口，近处坡地上漫山遍野的观看拍摄的村民们再也按捺不住激动的心情，纷纷涌向子弟兵，大娘、大嫂们有的为战士擦汗，有的向战士手里塞矿泉水、苹果，一下子冲乱了井然有序的急行军队伍，急得导演扯着嗓子打躬作揖："大家帮帮忙吧，咱们拍一次电影不容易啊！"最后，在地方领导的劝阻下，群众才散去，拍摄得以继续进行。这个让导演哭笑不得的场面，正是以最真实的情感抒发了丹徒人民热爱子弟兵的火热情怀。

此外，《新四军军歌》等影视片也是在丹徒拍摄的。

丹徒地名拾趣

冠取地名的方式多种多样，丹徒各地各村的地名多有以动物、植物、数字、姓氏、方位、行业、寺观、烈士及知名人物命名的，有的反映着浓郁的乡土民情，有的显现出古老的及现代的人文景观和自然景观，有的描绘着山水之灵，有的散发着儒雅之气，真是丰富多彩，美不胜收，动人心弦，引人遐思。

以动物定名的，如高资的巢凰村。凤凰为古代传说中的百鸟之王，象征祥瑞，巢凰村的后山上传说曾有一雌凰在此筑巢引凤，因改山名为巢凰山，村为巢凰村。辛丰有东彪村、西彪村，彪即小老虎，喻彪形大汉，村原名为东彪社、西彪社，古时这里曾是习武场所，有武艺高强的人在此以“彪”名结社，与彪社相连的东西两村也日渐兴盛，解放后改社为村。辛丰还有个西鹰村（现为西因村），相传古时该村四周有茂密竹林，村东竹园形如鹰头，村西竹园形如鹰尾，南北竹园酷似鹰翅，远看村子就像一只从西面飞来的老鹰，西鹰村由此得名。大路有乌鸦巷，因以前村落四周树林中有乌鸦成群飞来栖息越冬，故而得名。鹤窠里之得名，也是因从前村外有一片竹林，曾有仙鹤在林中筑巢居住之故。此外还有老鸦山、万鸡山、马头山、兔儿岗、黄鳝村等。

以植物定名的，如姚桥的桂花村、皂角村、株树头、梨园、白果树；黄墟的藤村、柳泉；高资的竹柯、荷家庄、梅家庄。上党的槐荫村，传说村中有一棵槐树为董永和七仙女做媒,因名槐荫村。莱村,莱是草名,即藜,《诗·小雅·南山有台》有"北山有莱"。蒲村,蒲为水生植物,可以制席,嫩蒲可食,《诗·大雅·韩奕》有"其蔌维何？维笋及蒲"。荣炳有蒲圩村。大路有杏花村,还有白果树赵家,村中有株古白果树,树龄在200年以上,直径1米多,树荫100余平方米,村中住着圌山赵氏的后裔,故名。

以数字定名的,一有一号、一圩埭、头弄、头墩、头棚等;二有二套、二圩、二桥等;三有三接圩、三益桥、三星村、三圩村、三房村、三山寺等;四有四方桥等;五有五墩、五房村、五进头等;六有陆村、六号圩等;七有七村、七号圩、七村一号等;八有八幅、八字桥、八亩山、八角庄等;九有九圩、九圩埭;十有十圩、十圩埭;百有百里村、百楼庄、百家乐村;千有千里村;万有万固圩等。

以姓氏定名的命名方式较多见,在丹徒境内约占百分之二十,大都前面冠以姓氏,后面以村为名,如孙家村;或无村字,直称孙家、孙庄。除了"村"字以外,冠以姓氏后用来表示地貌的其他字的亦甚多,如王家埭、耿家湾、徐府庄、赵家圩、田家岸、薛家港、李家跳、张家坂、许家弄、魏家沟、龚家甸、方家坝、朱家井、莫家桥、孙家塘等。还有一种命名法,即将姓置于后面,前面冠以村子的特点,如筛子杨、大地赵、石门赵、东门张、西堰戴、北堰吴、岸下蒋、旗杆蒋、石婆蒋等。少数村有两个姓一起命名的,如高周湾、黄左村、曾韩、孔徐、赵魏、周郭,在辛丰还有一个三姓连在一起的村名,叫纪陆宦。

以方位定名的地名中"东"和"西"用得较多,如东王庄、西王庄,东墙门、西墙门,东下沿、西下沿,东山背、西山背,东山头、西山头,东石村、西石村,东宝庄、西宝庄等。奇怪的是以"南"和"北"命名的较少,连在一起的几乎没有,有少数分别名为南北的村却又距离遥远。丁岗和谏壁分别有南巷、北谢,而大路和辛丰却只有北族、南庄;高桥和宝堰分别有南新圩、南宫庙,而姚桥和荣炳却只有北庄村、北刘巷。叫东中西、上中下、前中后的都有,而无南中北。如东中西晒里,前中后庄基,上中下西麓,而未见一个南中北什么的。以前后称的地名有前黄、后黄，前仲、后仲，前上会、后上会，前开仪、后开仪等。以上下称的地名有上下东岗、上下马达、上下罗村、上下对庄、上下白袍等。

以行业定名，尤其是以窑业为名的地名几乎遍及丹徒全县，有窑弄、窑头、窑上、窑头上、窑厂、窑湾、窑头赵村、赵家窑、王家窑、项家窑、蔡家窑等，可见过去丹徒烧窑业之盛。至于油榨村、榨家、邵家榨、毛家榨则是以榨油为业的村子。赵家码头、徐家码头、徐家跳，则是在河边建造码头摆渡的人家，以后逐渐形成的村落。王家碾头、徐家染坊、缸盆村、灯笼村、镜箱村则分别以碾米、染布、制陶器、做灯笼、出售镜箱为业，蒲包陈、草堡村则分别以编织蒲包、草制品为生，类似当今的专业户、专业村。

以所在地的寺、庙、观、庵、殿、宫定名的地名也不在少数，丹徒各地都有，如宝塔庵、红庙头、观音堂、观音殿、罗汉荡、弥陀庙、地藏王殿、东岳庙、庙西张、白土地庙、土门寺、南宫庙、水晶庵、皇都寺、张寺、寺门上、石马庙、白塔岗、大王庙等。大路有个三元庵，由弥勒佛寺、文昌宫、地藏寺3个寺宫组成。后有乡民定居村落以庵取名。

也有地名是为纪念革命烈士，以烈士的名字定名。如：荣炳镇是为纪念凌荣炳而名。凌荣炳，蒲圩村人，1946年5月25日，与敌激战中牺牲。黄墟德胜村是为纪念丹阳人宦德胜而定名。宦德胜，1948年7月14日，带领武工队于黄墟八亩山陷入敌人重围，突围时牺牲。倪东川，丹阳人，1947年11月，在姚桥仲宝乡宝塔庵突围时牺牲。新中国成立后，丹阳后巷乡政府移葬遗体，建碑纪念，1958年，其牺牲地被命名为东川村。张茂华，扬中人，1948年11月11日，惨遭敌人杀害，年仅23岁。新中国成立后，烈士被捕的地方被命名为茂华村。

借名人遗迹命名。如高资唐驾庄，传说唐初魏徵隐居高资，唐王李世民慕名亲自前来敦请魏徵出山相辅，村上原有接驾亭一座，早废，仅留唐驾庄村名至今。又如大港车碾口，北宋靖康年间，赵匡胤第六世孙赵子褫为避金乱，随宋室南迁，经润州向洪溪（大港古名）方向出发。据传当到现车碾口村一带时，因山丘阻挡，车马无法通过，但赵子褫仍下令前进，一时间车轮滚滚，络绎不绝，终于将山丘碾出一个缺口，于是附近村落居民便定村名为车碾口。再如辛丰苏游村，相传宋代苏东坡出游江南时，曾到过此地访友，由此定为村名。庄泉村原名石墅，南宋建炎年间，该地被朝廷赐给平金王戴承嗣，有田八十顷，其孙戴理在此设庄房一处、庙宇一座，庙内有口泉井，后此地逐渐形成村落，改名为庄泉。花园村、庄房村在大路，相传明初徐达元帅攻克镇江以后，在此建造花园一座，以作休憩之用，故名。同时在花园的东边建造了库房、马房，收租储粮，养马藏物，故又增一处名曰庄房。

以地域特色定名。丹徒北濒长江，南为洮滆平原之一部分，又处于宁镇山脉东段，茅山余脉直入其境，有丘，有圩，有山地，有平原，许多村名与此有密切关系，如沿江圩区村名的最后一个字多为圩、埭、套、荡、滩、沙；地处洮滆平原的宝堰、荣炳则称为洋；在丘陵地带多称为山、冈。一眼望去，地势高低立刻可以判断，可以说是山水分明。1928 年，上海江南制纸股份有限公司决心自己办厂生产纸浆，厂址选在丹徒增课洲（即今世业洲），生产三环牌苇浆，成为我国最早自有原料基地的造纸厂。源出于此，世业洲就有了纸厂大滩、纸厂公房等村名。大路在新中国成立前有个化子街，意即外出讨饭的乞丐多，新中国成立后为了不忘本，改名花字街，同音不同字。谷阳有个翻身村，新中国成立前多为外地逃荒人员在此暂住，土地改革时，农民分得了土地，喜庆翻身，一致定名为翻身村，以不忘共产党领导穷人翻了身，当家做了主人。

熟悉地名长知识，研究地名添兴味。

乡镇撷英

人杰地灵话高资

高资地处丹徒西部，于2011年7月撤镇建街道。高资地域面积101平方公里，是丹徒第一地域大镇，沪宁铁路、312国道、长江黄金水道“川”形而过，交通十分便捷。高资自然资源丰富，矿产储量巨大，物产丰裕，是著名的江南古镇。

高资历史悠久，人杰地灵，1980年3月在高资发掘出古人类股骨化石，经鉴定，这是在苏南地区发现的最古老的人类化石，也证明了早在数十万年前，就有人类在高资这块沃土上劳动、生活、繁衍。高资北枕长江，依据其独特的地理位置，古人就在此以山为岸，建成江岸码头。至秦汉时期，尽管河床改变，长江北迁，但是高资作为长江中下游重要渡口的地位却没有改变。东晋时期，由于高资介于京口（今镇江）与当时的都城建康（今南京）之间，是两大都市交通必经之地，官商利用渡口的有利条件，大力发展商运，经济十分活跃，人口也相对集中，高资自然地形成了一个商品集散、渡口驿站的市镇。到了唐朝，高资港已发展成为江淮要冲，“舟车之轻从，邮置之经绎，漕运之转输，军期之传送，未有不由此途者”，集市十分繁荣。高资作为长江要津，自古就是兵家必争之地，975年，北宋大将曹彬于率兵灭南唐，曾驻兵曹王山（今巢凰山）；1402年，燕兵在此进行过一场恶战；1636年，高资设战船厂，置船政通判司其事；到了清朝，高资更是有朝廷重兵把守，顺治年间就设“艚船八只，外洋外哨船八只，海哨船十二只”。1858年,太平军同清军血战烟墩山,在此大败清军,迫使清军主帅吉尔杭阿自杀。

高资依山傍水,境内大半为丘陵地貌,东南有十里长山,中有五洲山,西有巢凰山,青山秀水,风景优美,吸引了古今众多文人在此游玩、隐居。唐朝玄武门事变后,李建成的谋士魏徵曾避祸到这里隐居。爱才的唐王李世民为招贤,亲临高资,魏徵被其精神所感动,就在镇南建一“接驾亭”,恭迎圣驾,并随唐王离去,辅助唐王成就一代伟业,当年接驾的地方至今还叫“唐驾庄”。五州山景色迷人,清代丹徒文人茅元辂有“八景”诗,山中有苏东坡书写的“卧看沧江,夕听流泉”八字石刻。灵山出才子,古代民间有“凰头出了张玉书,凰尾出了杨天官”的说法,证明高资人才辈出。现代著名历史学家陈恭禄,著名诗人闻捷都出生于此。

高资自然资源丰富,有半山半圩的地貌特征。宁镇山脉在高资镇内穿过,1900公顷的森林覆盖面积在为高资提供旅游资源的同时,又为高资提供了丰富的矿产资源,境内蕴藏着大量的石灰石、大理石、白云石、石膏石、白泥、紫泥、黏土等。高资工业基础雄厚,境内云集了镇江发电公司、江苏北固集团、镇江鹤林水泥有限公司、镇江京山矿业有限公司、李长荣化工等10多家中外大中型企业,形成了电力、化工、建材为主,汽车配件、石雕工艺、毛纺织染、玩具等为辅的产业体系。

高资石雕有着悠久的历史,数十家石雕企业创作了丰富的石雕产品。在华夏文化艺术的长廊中,高资石雕犹如苍虬的劲松,经历代勤劳智慧艺人的不断创新,深深扎根在这古老的土地上。追溯到几百年前,高资石雕曾为大明古都南京城增光添彩,现代石雕工艺又使得高资石雕的声誉再上一层楼。技师在沿袭祖辈们传统精湛工艺的同时,又结合西方现代雕刻技艺,精雕细琢,勇于创新,不断设计制作出一批批既富有传统特色,又符合现代人审美需求的石雕精品。

“美人谷”坐落于高资镇境内,由巢凰山、香山、龙山、凤凰瘤、美人湖、香山湖及其上百个大小峡谷组成。美人谷森林公园以巢凰山的自然风貌为依托，有竹海，有松涛，花卉苗木点缀其间，茶园、栗林风起碧波。谷中有一湖泊，面积不超过10亩。谷旁山高约70米，山上林木荫翳，紧裹山头，无径可入。山中遍植常绿和落叶阔叶树，大致为马尾松、黑松、杉木、松树、毛竹、茶树、桑树及一些灌木。这些树大都是新中国成立后所植，当地居民从不砍伐，因此得以保护完好。据当地史料记载，早在宋朝时，这块绝佳胜地就有记载。乾隆皇帝微服下江南时曾到过此处。数百年来，当地沿袭着一条“铁规”——不准外人进山，即使对本地农民每年也仅开放2～3个月，其他时间全面封山，由村民自发把守。游客在“美人谷”，不仅为那多姿多彩的湖光山色和奇花异草而惊叹，而且会被里面无数闻所未闻的名胜古迹和自然景观深深吸引。

在高资镇唐驾庄村南，从312国道旁向香山北麓的山腰眺望，但见在巍巍群山之间、幽幽深谷之中，有一座黄墙碧瓦、飞檐流丹的寺庙，这便是

锦绣美人谷

宗教圣地——古香山寺。古香山寺从唐代到现在几经毁建，历尽沧桑，是历史的活化石。20 世纪 90 年代初，原古香山寺得各方捐资，重新修建了观音殿、天王殿、地藏殿和三圣殿等，古刹又现昔日风姿。

当代诗人闻捷是高资的骄傲。他创作了大量的诗歌作品，代表作有《天山牧歌》《复仇的火焰》《河西走廊行》《长江万里》等。高资现建有闻捷纪念馆。

历史悠久上党镇

来到江南文明古镇上党，扑面而来的是一股清新的现代化气息。上党北靠丹徒新城，南接宝堰镇，东邻丹阳司徒镇，西与句容白兔镇相连，润扬长江公路大桥镇江支线和南接线公路分别与沪宁高速公路上党段相接，因此，地理位置十分优越。集镇街道平坦，高楼鳞次栉比，一派小都市的繁华景象。

据伏牛山煤矿勘探资料表明，上党地区在4000年前就有人类繁衍生息。

关于上党地名的来历，有这样一种说法：东晋时期，山西上党郡避战争之乱南迁于此，并设立侨郡治所，上党因此而得名。宋时，一些商贾官绅倾慕上党乡村山环水绕，风景秀丽，纷纷前来定居，上党渐渐兴起。清末置上党乡，1934年改为镇。

上党通达的交通，据说源于一位道士的苦心修行。唐宋以前，邻近的茅山已成为著名的道教圣地，各地善男信女“朝山进香”，均由上党经过。当时道路崎岖难行，于是，有一位道士发誓修路利民。他风餐露宿，苦心募捐，历经多年，终于建成北起岘山顶、南抵茅山的石板道路，首先形成纵贯上党的南北街道。以后，又从中端延伸组成东西南北相交贯通的“十”字街道，随之形成历史上6条交通要道，即进香石路、横路、辛宝路、钱镇路、姚镇路和古大驿道。

上党历史上宗教活动较为盛行,以佛教、道教为主,此外还有基督教等。全镇各村都有寺、观、庵,少则三间,多则百余间,如东贪村的“明真观”,在北宋时曾有殿堂 170 余间,气势恢宏。莱村的莱蓬金山寺 1945 年时尚有殿堂 50 间。横山西林寺 1948 年时也曾有殿堂 18 间。

新中国成立后,上党的建设和发展有许多浓墨重彩的地方。“大跃进”年代,上党人民在党的领导下兴建了一座面积二十五平方公里的凌塘水库,是丹徒最大的水库。20 世纪 60 年代,上党境内的小力山、伏牛山和古洞三个煤矿相继开采,年采煤炭 30 万吨,成为苏南地区的煤炭基地。1986 年 3 月,上党被镇江市人民政府列入茅山老区开发乡镇,工业得到迅速发展,形成了以电子、机械、化工等为主的产业结构。2013 年 8 月 7 日,中国五大汽车集团之一的北汽集团华东产业基地项目在此落户,填补了北汽在长三角乃至华东地区布局的空白。上党的农业也得到了较快发展,形成了很多富有地方特色的品牌,尤其是茶叶、鲜果、蔬菜和畜禽等副业令人瞩目,其中培育的茶叶精品“墅山翠萝”绿茶,先后荣获“全国农业博览会”银奖和江苏省“陆羽杯”一等奖。

仙人山下的凌塘水库,又名仙人湖,是丹徒区最大的水库,建于“大跃进”时代,拥有新鲜活性水面 2500 多亩。仙人湖周围树林葱茏,竹影婆娑,茶香飘逸,风光秀丽,自然景观优美,山水资源兼备,被誉为镇江的“九寨沟”,是省内无公害优质茶叶、水稻的生产基地。泛舟仙人湖上,令人心旷神怡,十分惬意。湖面碧波荡漾,金光闪烁。低飞的小鸟,游弋的野鸭,令人应接不暇。远眺十里长山,水墨氤氲,依稀可见。湖光山色,如诗如画;真山真水,令人流连忘返。

上党挑花工艺流传于镇江南乡上党镇及其周边地区,是当地妇女日常习作的传统民间手工艺品。作品风格朴实无华,独具魅力,至今已有 300 多年历史。挑花是一种手工刺绣方法,分平挑花和十字花两种。以土布或麻布做底布,以棉线做绣线,将五彩丝线挑制在底布的经线、纬线网格上,形成色彩绚丽、明暗错落有致的各种图案。远远望去,这种由人工一针一线挑制出来的图案就像一幅精美绝伦的国画,洋溢着浓浓的乡间情调。早期上党挑花运用广泛,实用性强,从妇女的头巾、婚服、绣鞋、围腰、鞋垫、荷包,到小孩的围嘴、肚兜、童鞋,以及帐帘、枕套、床单等生活用品等。挑花的图案题材广泛,取材于日常生活中的山水、草木、虫鱼、鸟兽等,有蝙蝠、桃、桂花等常见图案,观赏性极强,取吉祥喜庆、幸福美满、福寿平安之意,深受男女老少的喜爱。

丹徒南乡服饰很有地域特色。很久以前,这里的妇女便擅长挑花、剪纸等“女红”技艺,用于点缀和美化日常穿着和随身小物件。久而久之,他们的服饰越发绚丽多彩,极具地方特色,统称为“南乡服饰”。2011 年,丹徒南乡服饰……入选镇江市第三批非物质文化遗产名录。南乡服饰的面料大多以她们自制的“土布”为主,即由古老的木制机械纺纱织布,通过染色(衣裤以蓝、黑为主,头巾以白色或黑白相间为主)、裁剪,然后按照自己的意愿绣个花草虫鸟,编个花花边儿,结个流苏穗带,缝制成头巾、衣裤、鞋袜等,以此来打扮自己、美化生活。丹徒南乡服饰是中华民族文化百花园中一朵艳丽的奇葩,《人民画报》曾发表南乡服饰专页。一位叫柯立雪的美国留学生到南乡采风,穿戴富有南乡特色的头巾、衣服、围裙和绣鞋,开心得合不拢嘴。丹徒摄影家佘佳虎抓住这一美妙瞬间,一幅摄影佳作《“土”家洋客》便诞生了。这幅作品先后在全国 10 多家报刊发表和转载,并荣获全国第十六届艺术摄影作品展铜牌奖。

说到豆制品,在镇江南乡一带,大家都会不约而同地夸赞丹徒上党、上会的豆腐百叶。如今,上党、上会的豆腐百叶不仅在当地集镇农贸市场供不应求,在镇江各大菜市场也是颇受欢迎。豆腐百叶等豆制品作为中国的传统食品已有数千年的历史,不仅味美,而且营养价值很高,素有植物肉之称。上党、上会的豆腐百叶用当地的优质黄豆加工而成。豆腐晶白细嫩,口感滑润;百叶柔软有筋道,清新爽口,原汁原味。豆腐百叶可以凉拌,可以水煮,可以红烧,可以烧汤,还可以油炸、发酵,做成卤制品、熏制品等。用豆腐百叶做成的家常菜品种繁多,技法各异,如红烧豆腐、麻辣豆腐、油煎豆腐、小葱拌豆腐、豆腐炖木耳、豆腐煲鱼汤、麻辣百叶、红油百叶、百叶炒韭菜、百叶炒雪菜、百叶炒杂烩、百叶结烧肉、百叶结烧排骨、肉馅百叶包等,不胜枚举,深受食客的喜爱。

茶叶是上党的另一个特色农产品,在本地享有盛誉。上党镇现有万亩茶园。上党在发展茶叶合作社的同时,不断引进多个茶树优良品种,结合茶文化做好宣传文章,努力提升地产茶叶的品牌知名度。经过近几年的努力,目前上党镇先后注册了 10 多个地方茶叶品牌,其中几个品牌已有一定的知名度,墅山翠萝、金谷阳春、墅山剑毫、三山香茗等品牌茶叶,先后在全国和国际评比中被评为名特优茶。

除了传统知名的农产品外,近年来,上党镇又有一批新兴的农产品打出了很高的知名度,如敖义村的锦绣黄桃、五塘村的有机稻米,都成为享誉市内外的产品。

上党万亩茶园

如今的上党镇，沐浴在党的光辉里，阡陌交通，六畜兴旺，街道平坦，高楼林立，市场繁荣，人民幸福。清澈的河水沟通五湖四海，宽阔的公路连接四面八方。在改革开放中，全镇人民用自己勤劳的双手，奏响新时代的最强音。

古乐新韵谷阳镇

镇江市首座三层互通式大型立交桥——镇南立交桥，让 312 国道、222 省道和沿江干线在这里挽手；举世瞩目的润扬长江公路大桥南引桥在这里扎根。

这里就是 2002 年撤县建区的中共丹徒区委、丹徒区人民政府所在地谷阳镇。

谷阳，一个古老而新兴的名字。说古老，是因为 2300 多年前的丹徒就叫谷阳。800 多年前的南宋时期，一个叫谢廷宠的驸马曾在城内建有驸马府，又在这里建造了一处别墅，就是今天的驸马庄。远近闻名的驸马庄为谷阳镇增添了几许古意、几分神秘。说新兴，是因为谷阳镇是 2001 年 3 月由原西麓镇和三山镇合并而成。西麓是因地处陆家山之西而得名，三山是因为境内有莱山、秀山、四平山三座小山而得名。谷阳，既是对历史的怀念，更是对未来的期盼。

谷阳是镇江市的南大门，镇江引资大道的南端直接谷阳镇。它西倚十里长山，西麓、张寺、丰产、长山、西湾 5 座小型水库分布于境内。312 国道和镇荣公路，十字交错，穿境而过，地理位置十分优越，交通往来十分方便。近年来，谷阳镇经济发展迅猛，已形成电子、化工、机械、食品、服装、制鞋和建材等工业体系，上百种产品畅销国内外市场。相继建成外商工业园区和民营工业小区，园区内的领先电子、立升塑料、兴楠电机、润叶造漆、立晟电子、恒丰醋业和大地鞋业等企业发展势头十分强劲。谷阳镇物质文明建设和精神文明建设两翼齐飞，精神文明建设独具特色。20 世纪80年代,乡民兵连连续两年被评为全国民兵通信工作先进单位,受到中央军委、总参谋部和江苏省委、省政府的表彰,江苏省军区多次在这里开现场汇报会,予以肯定和推广。

谷阳镇自然资源丰富,镇内自然环境优美,十里长山、谷阳湖、张寺水库,显山露水,土地肥沃,一派江南水乡田园风光。

十里长山位于谷阳镇西部,在镇江的古籍中,有许多关于十里长山的记载。据《丹徒县地名录》记载,该山位于县境南面,横跨西麓、蒋乔、石马,因全长12华里,故名"十里长山"。主峰海拔349米,为宁镇山脉东段高峰之一。十里长山文化底蕴深厚,流传着茅氏兄弟建万福宫和南朝第一帝刘裕采寄奴草的传说,建有龙王庙和万福宫,更有宋代书画家米芾在此独创米氏山水画法。此外还有"五州山八景"——老人峰、千尺井、天鹅洞、烟岚亭、挂锡松、卧看沧江、狮子峰、双珠山,等等。

谷阳湖坐落于丹徒新城南边。谷阳湖有水,有风,有柳,更有四周连绵不绝的大山。谷阳湖畔,微风袭来,碧波荡漾,更显天人合一的境界。站在湖边,能听得见自己的心跳,听得到微风在抚摸庄稼,听得到远山映入水底后的悸动,还能看到水鸟的嬉戏,感受岸边柳的轻吟。

槐荫村历史悠久,人杰地灵,村名源于董永与七仙女的美丽传说。据元《至顺镇江志》和清《光绪丹阳县志》记载,丹阳延陵是董永的故里,但董永与七仙女的故事发生地则在董永的卖身地——镇江南乡的槐荫村。2006年,槐荫村申报的"董永与七仙女传说"被镇江市人民政府列入镇江市首批非物质文化遗产名录;2007年,又被江苏省人民政府列入江苏省非物质文化遗产名录。因为"董永卖身葬父"是"二十四孝"故事之一,通过挖掘民间传统文化底蕴,彰显文化魅力,槐荫村建成"二十四孝图",又结合新时期核心价值观的要求,聘请苏州园林绘手绘制了"新二十四孝图",使村民在休闲、娱乐的同时,潜移默化地接受教育。

丹徒有着十分丰厚的民间文化资源,"南乡田歌"就是其中的杰出代表。"南乡田歌"主要分布在丹徒南乡的三山、上党、上会、宝堰、荣炳、辛丰、黄墟一带，2006 年被列入江苏省级非物质文化遗产名录。在首届江浙沪吴歌大赛上，谷阳三山镇的孙阿英荣获女歌王称号，并在江苏省农民艺术节农民歌手大赛中荣获一等奖，“南乡田歌”参加 2007 年全国第十四届“群星奖”评比，获群星大奖，同时获创作奖，丹徒“南乡田歌”因此声名远扬。近年来，以孙阿英为代表的田歌手，对原生态的“南乡田歌”进行整理加工和再创作，把田歌搬上艺术舞台。三山中心小学、三山幼儿园还将“南乡田歌”纳入校本课程，让孩子们学唱“南乡田歌”，带出了一大批小田歌手，使“南乡田歌”不断传承光大。三山中心小学致力于“南乡田歌”的搜集与研发，编排的田歌节目四次登上中央电视台，五次荣获全国一等奖，使这一古老的民间艺术大放异彩。

谷阳老鹅是谷阳名特产。谷阳地处江南丘陵，山坡、草地较多，具有良好的生态环境，自古以来就有饲养家禽的传统。当地群众散养的草鹅肉质鲜嫩，口感独特，加上讲究的烹制方法，谷阳餐饮特色逐步形成，享誉四方。鹅肉味甘性平，有益气补虚、和胃止泻、缓解铅毒之功效，一直深受百姓喜爱。谷阳老鹅已成为丹徒人居家待客的首选佳肴之一。

灵秀的谷阳镇，
是一片神奇的土地：
她有千年的风。
她是江南的梦。
山好水好人更好，
耿耿热望殷殷情，
万民挥动大手笔，
同心共绘谷阳春。

这首《谷阳情韵》诗是谷阳人写就的，由对谷阳的热爱，产生出对谷阳的深情，激发出建设谷阳的壮心，描绘着谷阳美好的未来。谷阳，是扬子江畔沪宁线上一颗璀璨的明珠。

江洲明珠耀新辉

扬子江流过金焦二山后便收敛住磅礴的气势，似一位纯情的少女，深情地张开双臂，将江中浮玉——江心洲热烈地拥在怀中。于是，千百年来，江心洲便诵唱着沧海桑田的变奏曲。

位于镇江城东北角的江心洲，东与高桥隔江为邻，南与谏壁、丹徒隔水相望，西揽“三山”美景，北观平原秀色。长江、京杭运河交汇于此，水陆交通便捷，人文景观奇异。1602 年，江心洲内曾建有七层宝塔一座，名为开沙宝塔。古人称：“登其上，遥盼广陵，金焦鼎立于目前。”后全境坍没，仅存小沙洲。1683 年，又淤积出新的沙洲，即二次成陆。因南江沉没过一条锅型船，故有“一锅洲”之称，后有人建议更名为“益课洲”。清末建御隆乡、连益乡、天吉乡，新中国成立后，改为“和畅洲”，大概是寄寓和美畅达之意吧！

旧时江心洲有构筑连接孟家小圩的大坝一座，长达千米，顶宽两米，气魄非凡。眼见大坝仅有两米即要合拢，江水却汹涌澎湃，民众一时无措。镇江县长得知，亲临现场，愤摘乌纱道：“父老乡亲，请协力同心！堤不合拢，敝人誓不为官！”他率先挥汗而上，群情振奋，终达目的。为官者义勇如此，一时传为佳话。和畅洲唯一之集镇得以相安无事，引得南来北往的商贾云集于此，一时又兴旺起来。清宣统三年，御隆乡总户数为 5040 户、23863 人，显见繁华。

抗日的烽火也曾使和畅洲成为热土。1937年,日寇入侵丹徒。面对侵略者的屠刀,人民没有屈服。和畅洲的特殊地理位置,使其成为沟通大江南北的一条秘密交通线,成为一块飞渡长江天堑的跳板。从这里走出了威震敌胆、视死如归的抗日游击大队长陈安义;走出了计除内奸,智送韦永义和管文蔚等重要干部的中共长江工作委员会书记彭炎;走出了深入虎穴反复策反,争取敌方力量的大智大勇的赵万愚;走出了送情报、护伤员、袭顽敌、擒匪首的仁人志士和无数为革命做出默默奉献的英雄人民。

新中国成立后,和畅洲获得了新生。乡民们在此生息繁衍,编织着如锦似缎的童话,弹奏出如丝如缕的乐章。定居此地的人的均是从外地逃难、移徙而来,他们分别来自山东、河南、四川、湖北、山西、陕西、浙江、苏北等11省90多个县市,其中尤以安徽无为人居多。他们不畏坍塌(1950年最猛),不惧水患(1954年最烈),用勤劳和智慧围堤筑岸,填江造田,开垦柴滩,堵死夹江,广种三麦、二豆、玉米、水稻、棉花及瓜类,培植各种花卉苗木,搞良种繁育,养禽、养鱼、养畜,赢得"鱼米之乡"的美誉。全洲农业在1958年至1968年连续10年喜获丰收,被评为全国农业先进集体。对此,《人民日报》《新华日报》曾刊发"江上明珠""扬子江中一枝花"等专题报道,江心洲一时名闻遐迩。

江心洲四面环江,具有美丽的江岛自然风光、田园景色和滩涂湿地资源。江心洲地处长江镇扬河段,既靠近城市,又远离喧嚣,是长江之中为数不多的生态良好的绿色宝岛,兼具乡村特色和江岛风情,是市民观光休闲、短途旅游的绝佳目的地。江心洲拥有地方传统农业优势,以及水净、土净、空气净的独特优势,既有"滩八样"野生蔬菜、四季不断的无公害时令水果、"江洲牌"柑橘,还有刀鱼、鮰鱼、江蟹、江虾等野生江鲜。

江心洲白鱀豚保护区是省级保护区。白鱀豚是当今世界鲸类动物中的濒危种类,至今已存活了2500万年。我国已将白鱀豚列为国家一级保护动物,国际自然保护联盟也将其列为世界12种最濒危动物之一。为抢救濒临灭绝的水中“活化石”白鳖豚，镇江白鳖豚保护区、省级湿地自然保护区于2003年在江心洲建成，将白鳖豚、江豚作为主要保护对象。

江心洲是镇江有名的农产品基地之一。2002年5月，江心农产品产销协会成立，协会宗旨是服务会员、促进农民增收、促使农产品与市场连接、建立产销体系。协会与以恒顺集团为首的6家咸货加工企业签订了乳瓜、莴苣等订购合同，实行保护价收购，“企业+农户”的经营模式已建立起来，农产品出现供不应求的局面。协会通过“传、帮、引、带”方式促使会员增收。

“滩八样”是江心洲的地方农产品特色品牌。江心洲四面环江，总面积只有13平方公里，却拥有江滩芦荡近5000亩，江水带来了大量的泥沙，形成了肥沃的土壤，生长着大量的绿色无公害野菜，其中最受欢迎的野生蔬菜是芦蒿薹、马兰头、野生水芹、花柴笋、枸杞、野茭白、荠菜、菊花脑等，俗称“滩八样”。江心农业园区凭借岛上“净水、净气、净土”的自然环境条件，申请注册了“滩八样”商标，对野生蔬菜实行统一加工、统一包装、统一销售。目前，江心洲“滩八样”野生蔬菜已经成为在镇江乃至沪宁线各城市有一定知名度的品牌农产品。“滩八样”蔬菜被镇江市工商局评定为市级“知名商标”，被镇江市质监局评定为市级“名牌产品”。

江心洲的乡村旅游有10多年历史。早在2003年，江心洲即推出“江心欢乐农家游”主题旅游项目，项目的主要内容为看大江风貌，赏田园风光，品应时鲜果，品特色江鲜，干农家活，吃农家饭，结农家情。10多年来，江心的农家乐旅游在本地形成了一定的品牌效应，每年都会吸引大量的游客登岛观光。江心人通过努力，以农田、河套、湿地、长江等为资源背景，并整合田与水、人与河、人与江及果林、菜园等资源，让游客在幽静怡然的农庄里凭栏远眺，品味那份“落霞与孤鹜齐飞，秋水共长天一色”的美丽意境。目前，以江岛庄园垂钓区、大套风光带游船区、果林场农家乐餐饮区为主的5个江心洲生态农业观光旅游项目区已经形成规模。全年各季都有相关活动，如览长江美景，观田园风光，橘园采摘，游银杏园、桃园、梨园、葡萄园、无公害生态蔬菜园,芦荡踏青采野菜棕叶,垂钓,荡舟,吃农家饭,住农家屋,体验农活儿。

“橘江里”原是江心洲的果林场,现在已经建设成江心洲颇具代表性的柑橘种植基地和农家乐旅游接待中心。走在果林场的路上,旁边有连绵不绝的橘园,一座书有“橘江里”三个大字的牌楼高高挺立。穿过牌楼,进入橘江里,顺着小河与道路渐行渐远,天地豁然开朗,一座座错落有致的农家小院映入眼帘。几米远处就有橘园和菜地,小院房前屋后的空间被小院的主人们精心地利用起来,粗壮的橘树、桃树、枇杷树绕院生长,树下时令蔬菜吐着新芽,一派宜人的农家美景,令人流连忘返。

宜居宜业新宜城

宜城，吴韵袅袅，楚风悠悠。这是一座奋发进取的文明古邑，更是一片生机盎然的新兴城市。

2011年，一座新城横空出世，改写了丹徒几千年来有县无城的历史。宜城街道为丹徒区政府驻地，行政区域面积49.8平方公里，常住人口6万人，辖6个城市社区、5个行政村和生态工业园区。

宜城街道设立的时间虽然不长，但因为处于丹徒区政府所在地的核心位置，使其自建立以来愈显勃发生机。经过5年建设，经济社会各项事业呈现出蓬勃发展的良好势头，在新城大地上刻下了一串串跨越奋进的足迹，书写了一段段热血辉煌的传奇。而今，一座生态型、花园式的山水城市已悄然崛起，绿化葱茏，楼群挺拔，小区鳞次栉比，街道平坦宽阔，城市综合体拔地而起，蓬勃发展。作为印证的不仅仅是10多万人口在此学习、工作、生活的结集，还有200余家企业“择枝而栖”，“生态工业园”“科技产业园”“城市商圈”“大学城”相继建成。宜居，是这里最惹眼的词汇；宜业，是这里最蓬勃的热土。这座充满魅力的新城正成为沪宁线上一颗璀璨的明珠。

生态，是这座新城的金子品牌。城区绿化面积445万平方米，绿化率达43.5%，“花园式”绿化环境赏心悦目。48万平方米的人民广场位于新城中心，国内罕见。一泓溪水由北向南将城市引入自然空间，临溪设置山水景观、儿童活动场、老年活动区、森林氧吧四个区域。林间水边有开放式的草坡,供人们休憩和享受阳光,健康卵石步道穿行其间。春天里,广场边的玉兰花渐次开放,与树下怒放的山茶花相映成趣。含蕾的玉兰花最妩媚动人,那些大瓣的白色粉色,与城市景观相得益彰,显得素雅纯净,高贵含蓄。四月海棠、樱花开了,满树的花团锦簇,喷出火一样的真诚。鸢尾花是跟着樱花来到暮春的,油画里那花儿跟凡·高的画风一样张扬骄傲,当那蓝色花儿开放的时候,让人惊叹,居然还有翩若蝴蝶的如此美丽的精灵。连绵起伏的十里长山和碧波荡漾的谷阳湖,"一山一水"进一步彰显丹徒新城真山真水的风格,体现山的沉稳、水的灵动的韵味。每到八九月,在十里长山脚下,长山薰衣草庄园里金黄色的向日葵园和紫色薰衣草花海向市民频频招手。2013 年,以丹徒新城为核心的丹徒区被评为国家级生态区。

宜居,是这座新城的特色名片。新城先后建成驸马山庄、聆湖尚郡、香格里拉和风景城邦等 80 多个、总面积 500 多万平方米的高品质特色小区,成为沪宁线上房地产业的一道亮丽风景线。清怡嘉苑是坐落在城区中心人民广场旁的住宅小区,西班牙地中海建筑风格、独具匠心的内部园林景观及大气磅礴的中央广场,共同打造了公园中的醇美别墅居住空间,远可眺十里长山,近可观谷阳湖美景。风景城邦充满浓郁英伦风情和强烈的时代气息,小区绿荫茂盛、水岸风情、阳光写意、楼宇栋栋,处处散发着宜人的氛围。每个小区都有自己独特的风味,闲暇中,一处一景,犹如自家后花园般令人感到轻松,无限的风景盛宴时刻伴随左右。城市商业圈的聚集,对进一步提升城市品位有着积极作用,休闲娱乐美食购物各项生活功能齐全。作为和群众生活息息相关的配套工程,驸马山庄农贸市场、瑞泰生鲜市场、华瑞邻里之家按片整合建设,诗书画苑、文化广场、健身广场等社区文化活动网络已经遍布宜城,使人们生活更加便捷、舒适。

宜业,是这座新城的产业支撑。承载项目的园区,不仅仅是经济的引擎,还要实现"产"与"城"的融合,成为宜居宜业的"幸福家园"。生态型、花园式、城市化的工业园区现已初具规模，并逐步形成规模化、特色化、专业化的现代产业集群，形成了以江苏捷诚车载、沃得重工、“世界醋王”恒顺为龙头的软件信息科技服务、高端装备、食品加工等五大园区。燃机热电联产综合金融电商物流产业园、菲伦线缆等一批“321”项目也已先后成功签约并落户建设。

丹徒新城宜居小区

文化，是这座新城的城市之魂。北宋著名书画家、书画理论家米芾晚年寓居丹徒长山附近，古邑丹徒成就了书画宗师。米芾书法公园文风扑面、文气盎然，既为古邑丹徒和文化新城增加了一处文化舞台，也为十里长山的悠长文脉加盖了一方书画印鉴，更为社会各界嘉宾高朋走近丹徒、走近长山提供了一方美丽的精神家园。驸马庄是一个有历史故事的村庄，相传清朝乾隆皇帝下江南时，在此收认义女，其丈夫就成了驸马，故而名之。宜城历史文化悠久，人文资源丰富。如今，优质教育资源也是考量一座城市“魅力指数”的一项重要指标。目前，丹徒新城设有驸马山庄国际幼儿园、丹徒实验学校、宜城中学、江苏省大港中学、镇江技师学院，已形成从学前教育、义务教育、高中教育到高等教育的完善教育体系，满足了新城百姓享有优质教育资源的需求。丹徒十里长山南侧,一座规划面积近 4500 亩的大学城正在崛起,江苏省交通技师学院、镇江高等专科学校新校区、江苏科技大学、江苏大学京江学院等正在加速建设,它们为宜城发展注入文化元素,提高了区域竞争的“软实力”。

扬子碧玉世业洲

世业镇是长江中的一个冲积沙洲，全洲呈椭圆形状，总面积 44 平方公里，一条中心河贯穿全境。全洲筑有 27.5 公里的防洪大堤，境内无山，土壤肥沃，河渠纵横，沟塘密布，村畴相连，绿树成荫，百鸟声声，宛如一块无瑕的碧玉。

世业洲古时又叫新洲，《丹徒县地名录》明确记载："约 600 年前，丹徒县派刘鹤章来世业带领百姓挑岸，围了一圈。"可见，世业洲成陆至少有 600 多年历史。世业洲成陆后，江南部分与仪征有争议，明代仪真知县王伉亲往踏勘，断半归仪征，半归丹徒。断给丹徒的一半名为还青洲，或曰泗业还青洲，后统称为世业洲。洲上陆续有四川、云南、上海等 14 个省市的人士前来定居，姓氏达 19 个。

清同治十二年，淮盐总栈设于十二圩。50 余年时间内，十二圩一直作为两淮盐栈的中转、集散码头，平均年储盐量 10 亿斤以上。那时，世业洲境内通往十二圩的客运渡船每日满载，当年十二圩的繁荣，对世业洲的发展有着很大的影响。

世业洲自古盛产芦苇，1928 年 5 月，上海江南制纸股份有限公司为能够实现苇浆自制，耗资 7 万余元在世业洲西南的沙窝地设纸浆厂，于 1929 年建成投产，1944 年停产。该厂是我国第一个自有原料基地的纸浆厂,每月两次租用100吨货船运浆到上海,打破了当时我国纸浆完全依靠进口的局面。

新中国成立前,洲上大部分为芦滩,由于封建生产关系的束缚,水利条件十分有限,人民生活十分困苦,故有民谣曰:“世业洲,世业洲,十年九不收。”1949年4月23日,世业洲人民迎来了解放。60多年来,在党的领导下,世业洲人民用勤劳的双手,谱写了崭新的篇章。

2002年,镇江市把世业洲定位为国家级旅游度假区。世业洲旅游度假区以“生态、休闲、度假、运动”为主题,目标定位为建成具有良好的生态环境和浓厚的度假氛围的,可供开展运动休闲、会展娱乐、科研修学等旅游活动的,与景观地产相结合的国家级旅游度假区。规划有湿地公园区、花园镇区、度假区、观光农业园区及大桥公园区。目前,世业洲旅游度假区建设已取得了阶段性效果,基础设施、环境建设、旅游项目取得了突破性进展。2006年以来,世业镇先后获得全国农业旅游示范点、全国环境优美乡镇、国家AA级景区、全国文明乡镇、亚洲最具地方文化特色风景名胜区金旅奖等国家级荣誉。

世业洲旅游度假区与润扬大桥

2014 年 12 月 13 日，习近平总书记在江苏考察的第一站选在了世业镇。习总书记在世业镇期间，就经济社会发展、保障和改善民生等，与当地干部群众深入交流，受到了热烈的欢迎，世业镇也因为习总书记的到访和关怀而蜚声海内外，各项社会事业由此得到更好的发展。

茅以升公园是一座以桥梁为主题的生态观光公园，茅以升纪念馆坐落其中。馆内展出茅以升遗物 800 余件，生平照片近 200 幅。纪念馆同时展示润扬大桥建设的过程，突出润扬大桥建设方面的创新，体现各级领导对大桥建设的关怀，宣传桥梁知识。纪念馆的建设有助于茅以升创新精神和润扬大桥精神的发扬光大，为加快建设创新型交通行业、努力提高全行业的科技自主创新能力提供一个较好的平台，是集展览、科普教育、桥梁科技、桥梁文化、桥梁历史、桥梁现代化和观赏桥景于一体的标志性建筑。

世业洲是一座江中宝岛。这里四季分明，气候宜人，长期以来，以发展农业为主，保存了大面积的湿地资源，没有工业污染，引得大量珍稀野生鸟类在此栖息繁衍。10 多年前，世业洲就开始利用自己的天然资源，开发以农家乐为主题的旅游项目。经过多年的努力，世业洲的农家乐旅游已经颇具规模。岛内处处是别具风情的木屋、姹紫嫣红的苗木、质朴宜居的农舍。这些乡村美景构成了世业洲农家旅游的基调。

开心农场是世业洲的一个综合旅游项目，项目集文化娱乐场所、农业科技示范园、旅游度假山庄、度假酒店、跑马场等为一体。经过几年的努力，开心农场已初具规模，小木屋、水上乐园、主打项目现实版开心农场、跑马场、真人 CS 野战、拓展训练、儿童乐园和商务会所等已经建成并投入使用。开心农场的建设目标是创建一个最先进的概念村模式，引领最前端的农业生态度假村潮流。项目以独特的大江风貌、难得的江枫渔火等自然资源为依托，重点打造集认养农田、田间咨询、品质保障、农田护理、网络游戏、互动健康、特色服务于一体的高品质生态休闲和观光旅游。开心农场的“开心乐之岛”主题公园规划面积约 28 万平方米，总投资 6 亿元，该项目以音乐为设计主题，总体规划为一街、两团、七区，建成后将成为镇扬地区规模最大、游乐体验最优的大型主题公园。

四季青农业科技示范园已成为世业镇高效农业和旅游观光的一大亮点。示范园内主要有草莓园、葡萄园、连栋大棚、反季节蔬菜、垂钓池、果香园、农家养殖园等项目，其中钢架大棚葡萄主要培育美人指、巨峰、夏黑等葡萄品种；草莓大棚也有很大的面积。另有垂钓精养鱼池、果木苗圃、露天蔬菜园和葡萄园。科技园长期接受航天科技应用，以科技建园为宗旨，集高效经济作物栽培与营销、观光休闲、瓜果采摘、垂钓娱乐为一体，成为世业洲“生态农场”的生力军和示范先锋。近年来，农业科技园在被誉为“时代楷模”的镇江市农科所原所长赵亚夫的技术支持和服务下，规模和效益都有了更好的发展。2014 年 12 月 13 日，习近平总书记曾到访四季青农业科技示范园。

迷笛文化主题公园位于世业洲北岸的京江渡，由镇江市文化局组织北京迷笛音乐学校、镇江市艺术剧院等多家单位共同合作投资建设。项目利用世业洲滨江地带，开辟四百余亩地块并植以草坪，建设“迷笛文化主题公园”。“文化主题公园”主要引入和举办国际、国内极具号召力、影响力的音乐节事活动，如举办“文化主题狂欢节”“中国长江迷笛音乐节”“山水镇江龙舟节”“汽车影院”等；同时，设置商业主题的附属设施，如购物中心、餐饮娱乐区、雅玩集市等。

世业洲地处长江之中，距入海口 200 余公里。江岛四周均为江岸线，江面宽阔，水流平缓，饵料丰富，特别适宜鱼类索饵、育肥。溯江而上的刀鱼、鲥鱼、河豚、鮰鱼等一路寻觅江水中的小鱼、小虾、贝壳等，到了世业流域时，已是肉质鲜嫩、蛋白质脂肪丰富。以刀鱼、鲥鱼、河豚、鮰鱼、长江黄鳝、江鲶、江白鱼、江白虾等食材为代表的世业江鲜在本地具有很高的知名度。

鱼米之乡宝堰镇

茅山北麓，华山脚下，通济河畔，丹徒、丹阳、句容、金坛四县交界处，有江南闻名的古镇——宝堰。这里山清水秀，土地肥沃，物厚民丰，交通便捷，农、工、商业俱兴，是茅山老区的重镇。

宝堰镇原名堰坝。1976 年宝堰镇西南磨盘山出土了红陶、灰陶、印纹陶残片，经考古研究可以认定，远在商周时期，先民即在此繁衍生息。明末清初，这里遭洪水之患，百姓筑堰坝拦洪，方得安居乐业，因而视堰坝为宝，遂改堰坝为宝堰。清乾隆年间，兴起于南宋的丁角镇，因河道枯竭，水路只通宝堰而逐渐衰落。宝堰取而代之，日益兴盛，成为丹徒县八大集镇之一。

宝堰地形复杂，西高东低，半丘陵、半圩田，是有名的洪水走廊。其特点是汇水快，来势猛，量大流急，洪涝威胁严重，危及人民生命财产安全，若久旱不雨，庄稼则望天收，百姓深以为忧。

1899 年，江南大旱，铭记酒行老板李雨春联合地方绅商，慷慨捐款，他个人捐银圆 7 万余元。镇江知府王仁堪在宝堰设局专修水利，借拨部分公款以工代赈，开挖塘堤，疏浚通济河河道 19 段，长 726 丈，挖土 11919 立方。李雨春为感谢父母官王仁堪，在镇北街修了一所王公生祠，立有“镇江知府王仁堪之生位”石碑，反映了老百姓对办实事的官员的感激和怀念之情。

1933年夏，冷遹先生主持镇江县塘工委员会，办理开塘、建闸等相关水利事宜。宝堰镇镇长李耀荣得到消息，当夜就起草了公文向该会申请拨款，经勘察批准拨款建造上桥小河水闸。李耀荣又发动地方人士按田亩征用一部分民工以工代赈，他自己也卖掉3亩6分良田补贴民工伙食，一款两用，把黄贯河闸一起造了起来，当年竣工受益，两闸至今完好。李耀荣卖田造闸的奉献精神，在宝堰传为美谈。虽然热心地方水利建设的有识之士作了种种的努力，但始终未能从根本上改变宝堰易涝易旱的面貌。新中国成立后，人民政府领导人民大搞水利工程，特别是在1977年，凿通皇岭坝，开挖万鸡山，挑平磨盘山，新开大河竣工，才真正做到旱涝保收。

宝堰土地肥沃，有山有水，沟渠纵横，盛产稻、麦、油料、鱼虾，商贸也很兴盛。清末民初，该镇商业已形成相当规模，有粮行、酒行、棉布店等商店272家。诸行业中以粮食和酒业营业额为最高。粮食营业额最高年份达21万担，酒业营业额最高年份达40万担。通济河港内每日进出木帆船达百艘次，来往客商云集。当时就以“人员往来之广，商贾辐辏之多”“陆行车马，水驾风帆”而闻名江南，曾有“小无锡”之美称。

新时代的宝堰镇有了更好的发展。宝堰历来人文荟萃，文化积淀深厚，域内有省级实验小学。工业经济长足发展，政府确立了“项目立镇、工业兴镇”的发展理念，致力于促进增长方式的转变，强化基础设施建设，经济和社会各项事业取得令人瞩目的成绩。新农村建设全面开展，建立了应时鲜果、特种水产、苗木花卉、适时蔬菜、生猪养殖五大农业基地，拉开了现代农业的框架。宝堰第三产业蓬勃发展，集镇街道宽敞，商铺林立，人流如潮，商业楼群、办公楼群、别墅楼群错落有致，既充满现代化气息，又具江南古镇风味。

宝堰的米酒很有地方特色。原始的酒窖里满是酒糟的清香，用来酿酒的是宝堰地产的“堰泥”大米。这里酿的酒为纯手工米酒，原料除了大米和水、酒曲之外，不添加任何辅料。“酒乡”自有酒的传说。宝堰流传着“三仙酒”的神话故事：古时候，一个八月半的夜晚，皓月当空，有三位美貌男子，身背葫芦瓶在镇东太平桥上谈笑风生，悠然忘返。一白发老人上前问道：“尔等为何深更半夜在此闲谈，不进屋就寝?”三人齐答：“小的奉玉帝之命，来此取人间美酒，为玉帝开蟠桃会祝寿。今宵三盅下肚，毫无醉意，真是美酒，名不虚传!”老人正想细问，三人已飘然而去。此后，人们把太平桥称作“三仙桥”，把宝堰老酒称作“三仙酒”。

宝堰的民间文体活动异常活跃。大规模的活动多以庙会为依托，以下兰庙庙会和宝堰镇三月半集场为最盛。其时，四县邻乡有上万人白天赶集，晚上看戏。镇上家家面饭馆，通宵达旦，座无虚席。借信仰的名义，淳朴的乡民们演出了自己的“狂欢节”。民间舞蹈“双推车”，是宝堰镇坞村一带在清明前南宫庙会庆典活动中表演的传统节目之一，入选第二批江苏省非物质文化遗产保护项目。“双推车”表演的主要道具双推车是用两根竹竿或长棍扎成车架，“车轮”位置的两边分别扎制架子，用花布流苏装饰，中间画上车轮，车前上方有一双着尖尖绣花鞋的假小脚。花车中站一着新衣的女子，寓为新娘。由于前有微微翘起的假足，花车内的新娘给人的感觉是坐在车内。后有推着竹竿、着大褂戴草帽的车夫，边上是扎了红花的新郎。三人一组进行表演，并伴以民间乐班，表演时有一整套幽默诙谐的说唱词和推车的动作。久而久之，每逢南宫庙会，除了赶集，看“双推车”说唱表演成了当地人们不可缺少的重要节目，上了年纪的老人至今对当年的记忆仍然津津乐道。

宝堰具有光荣的革命传统，这里是茅山抗日根据地的重要组成部分。前隍村是新四军一支队驻地旧址。当年陈毅率领的新四军一支队挺进苏南敌后，司令部曾设在该村丁家祠堂内，后祠堂改作前隍小学。小学迁出后，20 世纪 80 年代，原丹徒县政府将该房修缮如故，并在屋前两侧竖立了由开国上将、全国人大常委会原副委员长叶飞题字的“新四军一支队司令部旧址”大理石碑，现为市级文物保护单位。新四军四县抗敌总会纪念馆已被列为江苏省文物保护单位、镇江市青少年德育基地、江苏省国防教育基地。

宝堰丁角古街

宝堰老街是宝堰人用以怀旧的地方。老街有四条石板路面街道，下有排水沟。沿街商住房屋多为平房，木架结构，青砖墙、瓦屋面。大户宅有二进或三进，两侧厢房，庭前天井，部分正屋为二层楼房，砖地木楼板，较讲究建筑有梁柱及墙板雕饰，建筑形式多为普通江南民居形式，少有精细装饰。有阳光的日子，窄窄的弄堂，楼上穿街晾晒着各色衣物，使得老街一下子生动起来。朝南的墙角，必依着几只马桶和竹帚。小孩最喜欢凑在老虎灶边，看乳白的水气漫过半条街，隔绝着凛冽的寒气，然后听奶奶们唠嗑儿。和乡下的码头一样，老虎灶也是新闻的中转地，就像早期的广播电台、现在的网络聊天室。

感受舌尖上的宝堰，是一种美妙的体验。来宝堰，地方美食是一定要细细品尝的。宝堰有许多美食，如宝堰干拌面、全牛席、菜花甲鱼、红烧鳝鱼、豆腐烧百叶等。饭桌上，干切牛肉、红烧甲鱼、豆腐烧百叶是一定有的。宝堰镇为鱼米之乡，盛产甲鱼。每当莺飞草长、菜花盛开时节，甲鱼便源源不断地进入宝堰鱼市，不仅数量众多，而且体肥鲜嫩，捕捉也较方便，是食用的黄金季节。红烧甲鱼是宝堰地方美食之一，味道自是特别，营养也好。

宝堰干拌面是地方特色美食，现在已经走出宝堰，遍布镇江市区。甩干水分的面条上浇上一勺早已配制好的酱油和一勺滚热的荤油或麻油，再撒上少许葱花。食客边拌边吃，边吃边拌，面条慢慢地舒涨开来，仿佛越拌越多，食者伴以一碗清汤，别有一番滋味。

山水生态数荣炳

荣炳是一个以烈士的名字命名的地方。凌荣炳烈士,1911 年出生于荣炳蒲圩村的一个雇农家庭。1938 年 6 月,陈毅、粟裕率领新四军挺进江南,创建茅山抗日根据地,凌荣炳毅然投身革命队伍。他在茅东县长凌海波等首长的关心教导下迅速成长,成为一名坚定的革命者,在长期的革命生涯中,建立了不朽的功勋。1946 年 5 月 28 日,由于叛徒告密,凌荣炳在征粮途中遭遇到埋伏在蒲圩村的一个连的敌人围攻,因寡不敌众,壮烈牺牲。1950 年,由凌海波首长倡议、陈毅元帅报请党中央有关部门同意,经苏南行政公署批准,以凌荣炳烈士的名字为他的故乡命名,荣炳由此而来。

荣炳水乡

荣炳盐资源区在茅山东麓、丹徒的最南端，属茅山革命老区。荣炳全域总面积45平方公里，境内有山、有水、有平川，土地肥沃，气候宜人，物产丰富。新中国成立后为改善农村水利条件，在西部沿山兴建了大小水库5座，总库容量为350万立方米；修筑干渠27条，总长约80公里；建电站29座。为解决排水、引水难题，20世纪70年代初，人工开挖了长5公里的幸福河，犹如一条巨龙横卧于下坝至堰坡桥之间。荣炳集镇所在地蒲圩村历史悠久。据《龙溪凌氏家谱·省十三公传》记载：省十三公名确，自句容郭干迁居于此，名其地曰蒲圩。蒲圩凌氏人才辈出，据史料记载，三国东吴孙权麾下大将凌统乃蒲圩凌氏始祖。

茅山巍巍，通济河悠悠。改革开放的春风吹绿了荣炳大地，如今的荣炳旧貌变新颜。荣炳有山、水、河、湖之胜。荣炳地处茅山山脉余脉，这里也是宁镇山脉的组成部分，境内的华山、双山、花山、大小竹新山等山脉，与散落其间的三龙坝水库、卧龙水库、军民水库、大坝水库、靠背山水库等5座水库共同形成山水相连的格局。幸福河、通济河经香草河联通京杭大运河。此外还有前湖、后湖、横塘湖、洋湖、三岔湖。这里环境优美，水产丰富，盛产绿色水产品。

近年来，荣炳坚持以保护生态为立区之本，以彰显特色为发展方向，充分放大“区位、资源、山水”三大优势，规划引领发展，策划定位方向，计划稳步推进，做好“生态、农业、旅游”三篇文章，初步形成了业态齐全、独具魅力的江南宜居名镇。目前，荣炳盐资源区已经形成三大产业：工业上形成了以中盐、恒顺酒业、通济河汽车零部件、欧泊服饰、悦源醋业等企业为支撑，以资源开发业、农副产品深加工业、服装鞋帽加工业为主导的工业产业体系；农业上形成了以万亩渔业示范区为龙头，硕德农业科技园、澳源特种蔬菜、优质稻米基地、花卉园林基地为补充的现代高效农业产业体系；服务业形成了以乡村旅游、道口物流为重点的现代服务业格局。

荣炳西部重峦叠翠，为茅山余脉，中东部地处洮滆平原，“两河五湖五水库”分布其间，山清水碧，钟灵毓秀，富有独特的自然景观和鲜明的人文景观资源，在镇江及周边城市有较高的知名度，具有旅游开发价值。同时，地处丹徒、丹阳、句容、金坛四县（市、区）交界处，具有得天独厚的交通地理优势，南京、常州、扬州均在半小时车程覆盖面范围。随着全园区农业旅游规划项目的启动，目前，荣炳的旅游路线已经初步建成，农家乐等旅游接待点布点基本到位。便捷的交通和优美的环境，使得每年都会有很多周边城市的游客来到这里度假游玩，尤其是在春天，来这里赏油菜花、采摘野菜、吃农家菜的人更是络绎不绝。南家湾生态园将生产、养殖与农家乐经营结合起来，硕德综合农业示范园里，樱花、海棠、梨花竞相开放，1200 亩的苗木基地绿树成荫，3 公里的“深呼吸慢道”景色宜人，免费开放的形式更是吸引了众多游客来此踏青。

前障村地处茅山革命老区腹地，镇荣公路与延茅公路交叉于村北，交通便捷；东邻丹阳市，西邻句容市，南邻常州市金坛区，兼具茅山余脉北麓的山地丘陵特色和太湖湖西流域水乡、平原圩区的地形地貌。村西丘陵山地春季菜花烂漫，秋天层林尽染，有“小婺源”之誉。村东横塘湖烟波浩渺，鱼肥虾跳，春天桃红柳青绿，夏日荷花连天碧。湖旁水网垛田，油菜花开放之时，仿佛苏北之兴化。多年来，前障村不断推进社会主义新农村建设，依靠全体村民的共同努力，立足于茅山革命老区实际，努力建设生态优美乡村，先后获得江苏省康居示范村、江苏省垃圾整治示范村、镇江市新农村建设示范村、镇江市生态村、镇江市卫生村、镇江市民主法治村等荣誉称号。

荣炳山中资源丰富，除了有可供开采的大理石，山下还种植了保健价值极高的葛根。葛根属于豆科植物，在茅山地区种植的品质最佳。《神农本草经》《伤寒论》《本草纲目》等古代药书对葛根的奇效都有十分详细的论述。现在，葛根生产和加工在荣炳已形成一定规模。葛根的生命力极强，没有任何虫子能置其于死地，因而不需要施农药。葛根的价值主要在它的根部，其根须能深入到土壤深处，吸收大地的精华，因此，其根部味道清甜爽口，别具一格，是药、食兼备的植物，素有“亚洲人参”之称。

荣炳还富有从古生界石灰系灰岩溶隙中喷涌而出的茅山优质矿泉水,水量丰富、水质良好。茅山优质矿泉水不仅具有世界卫生组织公布的人体必需的 14 种微量元素,而且还独有游离二氧化碳和硒、有机锗、偏硅酸、溴等多种对人体有益的微量元素和成分,并以超低钠、口感好而著称,是国内罕见的优质天然矿泉水,属于含硒、锶、碳酸的复合型天然饮用矿泉水,该类型的矿泉水在江苏省尚属首例。

运河悠悠叙辛丰

京杭大运河由北往南悠悠而来，她像一条金线，将两岸的城镇和乡村串起，如同挂在中华母亲颈上的珍珠项链，辛丰镇便是这项链上一颗璀璨的明珠。辛丰镇北临长江，距江河交汇处仅 8 公里，南接丹阳，毗邻练湖，横山、雩山东西对峙，大运河、沪宁铁路穿镇而过，交通便捷，物产丰富，农、工、商皆盛，是著名的江南古镇和丹徒的经济重镇，《江苏名镇志》中赫然列有其名。

辛丰原名新丰，历史十分悠久。据南京博物院的考古学家 20 世纪 50 年代考古发现推断，早在 5000 年前，就有人类在这里聚居，繁衍生息。春秋时，这里是朱方的一个村落；至秦时，人口逐渐增多，且有集市买卖。由于开凿丹徒曲阿（丹阳）漕渠（河）即徒阳运河（大运河江南段前身），地处河畔的辛丰，既获丰富的灌溉水源，又得水上运输之便，集市贸易渐趋兴旺。秦末汉初，北方战乱不断，一些商贾官绅相继迁徙来此，韩国赵侯辛翼也到了这里。当时正值灾荒，辛翼“倾帑藏救饥民”，深得民心。汉朝初立，天下稍安，他“置田千亩，茅屋数椽”就此安居下来。他死后，乡民立祠供奉，称其为辛王菩萨，此后，便有人将“新丰”写成“辛丰”，“新”与“辛”通用开来。到了唐朝，辛丰称市，越来越多的商人和手工业者来此开店设坊，集市贸易更加兴盛，尤以酒市称著。唐诗中有许多提及“新丰酒”的诗句，如“南国新丰酒，东山小妓歌”等，可见新丰酒市之兴旺。

宋始，辛丰逐渐形成集镇，并置邮传、驿馆。明朝万历年间，丹徒知县陆梦祖于镇中兴建跨河石拱大桥，使东西两岸联为一体。两岸街道十分繁华，商店、作坊竟排列有300家之多，庙宇祠堂也有10余座。明清时期，辛丰商业贸易十分兴盛，尤以粮食业、酿酒业为最，粮食日成交2000担以上。辛丰特产红籼米，米粒白里透红，味香可口，是客商大批采购的产品。清初，两岸后街开设的耕牛和生猪市场，且规模越来越大，远近闻名，最盛时有牛行30多家，5天一市，成交耕牛逾千头。乾隆嘉庆年间，辛丰又一特产“火腿”名扬北方诸省，被称为“南腿”，是运粮进京的漕船必购的馈赠佳品。到咸丰十年(1860年)，清兵围攻太平军，街道被焚毁，街市因此一落千丈。光绪皇帝的师傅、军机大臣翁同龢回乡奔父丧，途经辛丰欲买“肉”而不得，他在日记中记下此事，殊为遗憾。

清康熙年间，辛丰设立两处船场，修造船只，自此工业开始兴起，带动了铁、木、竹等手工业的发展。镇依河兴。由于交通便捷，经济繁盛，辛丰的文化教育事业起步较早，是人文荟萃、人才辈出之地，名胜古迹众多。明朝时期，辛丰的辛王庙、南山庙即有万年台，供庙会、节庆演唱戏曲之用，每年2至3次，每次3至7天不等。唱戏期间，商贩云集，百里外的乡民均来看戏，本地居民备饭待客，热闹非凡。

辛丰民间体育盛行已久，国术活动如石担、石锁、沙袋、刀剑、棍棒、飞叉等遍及全镇各村。清初，辛丰因武术活动闻名，有“小梁山”之称。

明万历年间，辛丰于大松园(今孔家村)创立大成书院，为本地生员研习儒学经典准备科举的场所。1687年，丹徒国子监学录(正八品)孔尚宾掌院，知名学者常来此讲学，儒学研究之风盛极一时。1724年，辛丰镇商绅筹资在辛王庙存仁堂兴办义学。1905年，清政府颁令“废科举、兴学堂”，翌年辛丰即开办初等小学堂，此后陆续办起幼儿园、小学、中学。

辛丰景物宜人，多有胜迹，历代文人如李白、苏东坡等都曾来此观赏游玩，一些官绅富豪也来此筑室定居，留下许多优秀诗篇和人文景观。清代文学艺术家、乾隆年间探花王文治、清末民初著名历史学家陈庆年，新中国成立后的中国科学院院士、我国配位化学的奠基人戴安邦等，均为辛丰籍人士，辛丰因他们的成就和贡献而更显荣耀。

马迹山是辛丰名胜，位于黄墟。这座山的得名据说和大禹有关。镇江和大禹有关系的山有两座：禹山和马迹山。关于马迹山名称的由来，有两个不同的版本：一说大禹治水的时候，骑马上山观察水情，在山上留下了马蹄印，故此山被称为马迹山。另一个版本则是，宋朝开国皇帝赵匡胤在此征战，战马在此山上留下了脚印，马迹山因而得名。马迹山的山头矗立着始建于1600年前的紫府观。紫府观始建于刘宋永初二年（421年），这座道观得到历史上两位皇帝的关注：宋英宗赐额改福业为紫府，另赐田3000亩免其租；元仁宗派薛廷凤为紫府观住持。现在的紫府观新建成不久，外有黄色围墙，内有整齐的道观和古老的银杏。清殷绶有诗咏马迹山：“四壁隐樵歌，浴出入涧阿。清虚紫府观，缥缈白云窝。林野岚光接，

京杭大运河辛丰段

峰峦石浪多。广寒当日景,视此意若何。”

大运河悠悠,岁月递嬗,历经几度兴衰沧桑的辛丰镇于1949年4月23日获得新生,新丰从此定名辛丰,踏上了新的征程。半个多世纪以来,勤劳智慧的辛丰人又创造出不朽的业绩。

辛丰素来被誉为“轴承之乡”,在全国行业内具有较高的知名度,是全国通用轴承生产基地之一。辛丰轴承业从20世纪70年代起步,在政府的大力培育和市场驱动的双重作用下,经过近40年的发展、整合,已经形成以产品研发、设备制造、原材料、制造、包装、热处理、物流、销售为主体的完整产业链,呈现出集聚式发展的格局,成为地方经济发展一大特色和亮点。

辛丰镇的笔刷产业已有数十年的历史,大多以中小型企业为主,主要生产油漆刷、羊毛刷、排笔、滚筒刷等,产品在国内外市场均有销售,具有一定的知名度和生产能力。辛丰笔刷企业区位优势明显:毗邻国际港口大港,沪宁铁路及城际高铁分别在境内通过,还有312国道、沪宁高速公路、南北大运河又锦上添花,四通八达,交通十分便利,20世纪八九十年代以来,蓬勃发展的笔刷企业为本区域的经济发展奠定了良好的基础,如今也是辛丰镇的主要特色产业之一。

如今的辛丰镇,街道宽阔平坦,商店林立,高楼林立,市场繁荣,一派兴旺景象。公寓式住宅楼,别墅式庭院,一幢幢、一排排,分布在街头巷尾,蔚为壮观。整治后的辛丰大运河河段,宽阔通畅,船只来往如梭,两岸的风光带绿树成荫,花团锦簇,美不胜收。

江洲沉浮说高桥

大江东去,在古邑丹徒境内流成了一个如意形。高桥,大江母亲赐予丹徒三颗珍珠中最大的一颗,就镶嵌在这柄如意最东端的臂弯里,璀璨夺目。

800 多年来,它演绎着自己的传奇故事。

镇江以东,唐朝之前濒临海口,唐诗中称之为"海门"。就在后人对张若虚"江畔何人初见月,江月何年初照人"的诗句的吟咏声中,江水在焦山的东北面渐渐沉积出一大片沙洲,先人谓之"开沙"。岁月悠悠,沧海桑田,沙洲浮了又沉,沉了又浮,到明成化、弘治年间(1465—1505 年)涨成顺江洲,又名老洲。于是,大批北方人或为避战乱或为逃灾荒,陆续南迁至此,垦荒种植、繁衍生息了。到清朝末年,这里建顺江乡,人烟日臻稠密,据 1878 年田赋记载,当时这里已有农户 3544 户,人口 14841 人。

顺江洲境内有高桥、四方桥两个集镇,对外通航码头叫荷花池或叫高桥均可,解放后始定名高桥。高桥系水乡,沟渠纵横,桥多自不必说;然而,若把一座略有坡度的石拱桥作为定名的依据,称为高桥,似乎太小家子气了。其实,这正承载着隔江千里远、饱受交通不便困扰的高桥人对未来的期盼,这是高桥人的"高桥梦"。

历史上除一度由江都县管辖外,高桥始终是丹徒的一颗明珠。民国时这里设区,1958 年改为"人民公社",1983 年改为乡,1989 年撤乡设镇。

不管建置如何变化，高桥人始终日出而作，日落而息，艰辛耕耘，奔波劳作，过着自己的本色生活，高桥也成为名闻遐迩的鱼米之乡。饱尝战乱之苦的先人，酷爱和平安宁，讲究以农为本，诗礼传家，他们重视教育，弘扬淳厚的民风，故而高桥素有丹徒的"文化之乡"之称。儒雅之风薪火相传，使高桥人杰地灵，英才辈出。古有官至刑部郎中的唐侃，近现代有中国科学院学部委员、冶金专家周志宏教授，中央美院博士生导师、著名美术理论家邵大箴等。

高桥人历来有外出闯世界的传统，他们目光远大，头脑精明。早在20世纪二三十年代，他们就凭着自己的聪明才智跳出江洲，到上海等地做生意，办实业，可谓是眼下打工者的先驱。据不完全统计，当时每年汇入高桥的银圆达10多万之巨，高桥邮政局也因此做到四乡八镇同行之上，成为二等邮局，一些穷县的邮政局也达不到这样的等级。

抗日战争时期，高桥以其特殊的地理位置，作为镇江东乡的"江心跳板"之一，成为新四军来往于大江南北的重要通道。陈毅、粟裕等抗日名将均在此留下足迹，若干师旅领导干部，都从这里南下北上。中共镇江县委在高桥建立南洲区委，发动群众抗日救亡，使高桥成为抗日革命根据地。新四军战士血沃江洲，江洲子弟英勇杀敌的故事至今仍在传颂。喝长江水长大的高桥人，自有大江母亲的柔情，此时更展示了刚强勇敢的一面。

当高桥人能主宰高桥的命运之后，他们的潜能便释放出来了。他们兴修水利，开挖大河。家家前有鱼塘绿树，后有果树竹林，俨然一个宁馨的"世外桃源"。清代诗人张玘、萧杲等的诗中所描绘的"开沙八景"——堤柳垂金、林寺晓钟、古柏凌寒、渔舟夜泊、汀洲落雁、古渡风帆、涛声吼月、芦沟清晓，又重现眼前。

高桥人并不以此为满足，多年来，他们牢固确立"打造临港产业经济园，建设美丽宜居新乡村"的目标，迸发出持久的创造力。他们探索进行产业结构调整，在特种养殖上迈出坚实的步伐，在全县第一家养起了河豚，在全省第一家养起了澳洲龙虾。他们将极为普通、生长力很强的秧草进行深加工，做成绿色无公害的佐餐小菜，走进城市的超市，走上千家万户的餐桌，成为高桥的特色产品。

与此同时，高桥人更把目光投向工业企业。早在20世纪60年代，一些硝皮工匠们在村乡干部的带领下，几间草棚、几口大缸，办起了皮毛厂，跨出了艰辛的创业之路。头羊既走，群羊紧随，先后办起了数十家裘皮工厂，有的把厂办到皮张产地，有的把厂办到大上海。裘皮制造业一时成为高桥的支柱产业，产品远销欧美。紧接着化纤厂、制鞋厂、玩具厂、汽车配件厂、食品机械厂等，如雨后春笋般在沙洲生根开花结果。

如今外地人特别是年轻人知道高桥这地方，大部分是通过网络购物这个渠道。是的，高桥雪地靴、豆豆鞋风头正健。打开淘宝网搜索雪地靴等关键词时，会发现大多数货源地是江苏镇江，其中高桥的京江村就有“雪地靴之乡”的美称。在高桥几乎家家户户都在做裘皮，“踏雪高桥”已成为高桥的代称。他们采用“互联网＋雪地靴”的模式，做起了电子商

高桥水乡人家

务,京江村被评为江苏省农村电子商务示范村,为镇江市首个获此称号的建制村。高桥人开设网店进行线上交易,生意火爆,吸引了顺丰、圆通等12家快递公司来这里开设营业网点。高峰期日均出货量达2000件,销量额50万元左右。

互联网其实也是一座无形的桥,方便、快捷、通畅,拉近了人与人之间的距离。高桥的交通如今也算便捷:向南,高桥汽渡眨眼间就到了大港;向北,高桥到扬州的公路直接通往苏中、苏北。铁路、公路两用的镇江长江大桥,正在如火如荼地建设中,它将横跨大江,从高桥境内穿行而过……

长江,是一部古老的典籍,古老得耐人寻味;高桥,是一幅美丽的画卷,美丽得让人倾倒。高桥的美丽正是高桥人精心绘制而成的,因为高桥人读懂了长江这部典籍,滋长了奔腾不息、永远向前的精神,高桥的未来令人期待。

胜迹寻芳

抗敌总会纪念馆

宝堰镇上,新四军四县抗敌总会(全称为“镇、句、金、丹四县人民抗敌自卫委员会”)纪念馆吸引了全社会和新闻媒体的目光。原昆明军区司令员张铚秀将军千里迢迢赶来寻访故地;原国防部长张爱萍上将寄来墨宝;中央电视台、江苏电视台、《新华日报》社等媒体纷纷聚焦;《江南风云》《新四军在江苏》等专题片在这里拍摄;上海、南京等大城市的旅游团队慕名前来参观学习。四面八方的人们纷至沓来,为小镇上的人增添了几分荣耀。

新四军四县抗敌总会纪念馆

宝堰地处镇江、句容、金坛、丹阳四县的交界处，盛产大米和农副产品（农民有将大米加工成米酒的传统）。旧时镇上商贾云集，人多了，鱼龙混杂，加上紧靠茅山，有一些山区土匪打家劫舍，绑票勒索，殷实富户多提心吊胆。镇上怡和酒行的张老板发了一笔意外之财，想用这笔钱在镇东首通济河畔盖一处宅院，考虑到上述因素，便将宅院建造得坚如古堡，院墙高大，外窗特小，院内楼道与密室互通，游廊与暗道相连。宅院能守能退，足见建造者的高超技艺和主人的良苦用心。尽管如此，高墙大院并未能给张家带来安宁。1937 年抗日战争爆发，侵略者的枪炮声打破了小镇的宁静。日寇所到之处，浓烟滚滚，腥风血雨，张老板再也无法做生意了，只得外出躲避战乱，宅院就这样空着。

1938 年，正是江南人民苦难深重的年代，新四军第一支队司令员陈毅奉命率部来到茅山地区，开辟茅山抗日根据地。6 月 15 日，陈毅等到达宝堰镇后，就借住在怡和酒行。7 月 7 日，抗日战争爆发一周年这一天，陈毅在怡和酒行召集镇江、句容、金坛、丹阳四个县的地方名流、仁人志士开会，筹备成立镇、句、金、丹四县人民抗敌自卫委员会（简称“四抗会”），这是茅山地区第一个带有准政权性质的行政机构。不久，新四军第一支队司令部、政治部公开宣告，愿与江南父老合作，开展游击战争，保卫家乡。在新四军战地服务团的帮助下，各县成立了抗敌会分会，接着，农抗会、妇抗会、青抗会、儿童团等各种抗日团体也纷纷成立。在广大农村处于无政府状态的情况下，“四抗会”的出现，起到了政权机构的作用，领导人民开展抗日救亡活动，供给军需，动员参军，惩恶除奸，坚持敌后武装斗争。

1938 年 9 月 10 日，是“四抗会”正式成立的日子。日寇得到消息，从金坛、句容、丹阳等据点调集 12000 多兵力并配有骑兵、迫击炮、坦克，兵分五路，气势汹汹地向宝堰扑来。陈毅早有准备，之前就派兵占据了制高点。在花山上，新四军老二团战士勇猛杀敌，激战 5 个小时，毙敌 30 余名，打伤无数，粉碎了敌人妄图剿灭新四军和新生抗日武装力量的计划。

新四军暂时撤离了,但他们撒下的革命种子在这里生了根、发了芽,他们帮助建立的“四抗会”得到了巩固和发展,为建立苏南县以上抗日民主政权和苏南抗日根据地打下了坚实的基础。

现在,“四抗会”旧址已被列为江苏省文物保护单位,并建成了纪念馆对外开放。纪念馆被江苏省军区、江苏省国防教育委员会命名为“江苏省全民国防教育基地”,被中共镇江市委、市人民政府命名为“镇江市爱国主义教育基地”和“镇江市中小学德育教育基地”。纪念馆大门上涂金匾额上的“新四军四县抗敌总会纪念馆”为张爱萍将军手书。

纪念馆展厅面积500平方米,陈列内容分为:新四军挺进苏南,一支队到达宝堰;陈毅同志在宝堰;镇、句、金、丹四县抗敌总会始末;开展抗日反顽斗争,坚持和巩固抗日根据地;同仇敌忾,夺取抗日战争的胜利5个部分。

纪念馆主厅中央矗立着陈毅同志半身塑像,再现了这位元帅当年驰骋疆场、叱咤风云的雄姿。塑像后面大红色帷幕上,镶嵌着陈毅同志题写的“弯弓射日到江南”铜字诗句。整个陈列通过史料图片、实物、油画、图表及音像的有机结合,系统地介绍了苏南抗日根据地的创建发展过程,展示了四县抗敌总会的战斗历程,再现了陈毅、粟裕、王必成等老一辈无产阶级革命家的风采。

大院西庭院的楼厅,就是“四抗会”开会的地方,厅内一巨幅油画重现了当年的会议气氛,画面上陈毅正在演说,他那洪亮的四川口音仿佛还在庭院里回荡。二楼西厢房是陈毅的办公室兼卧室,在他对面的东厢房是老二团团长王必成的卧室。陈毅当年住下后,按照在溧水新桥与先遣支队会师时预定的计划,谋划挺进苏南第一仗。两天后,传来韦岗大捷的消息,漂亮的伏击战激发了将军的豪迈诗情,他放声歌颂镇江城下“脱手斩得小楼兰”的胜利。

当然,身经百战的将军并未满足于这一胜利,要在敌人腹地立脚生根有大量的工作要做。他要和地方名流樊玉琳先生促膝谈心,建立地方抗日政权;他要与丹阳抗日武装领导管文蔚商谈地方武装整编方案;他要拜会茅麓公司总经理、茅山地区的头面人物纪振纲先生,共商抗日大计。置于办公桌上的砚台,是陈毅使用过的原物。当年,陈毅与纪振纲在办公室经过推心置腹的长谈后终成知交。临别时,陈司令让人找来文房四宝,展纸泼墨,信手挥就了“一览众山小,豪唱大江东”10 个大字赠送给纪振纲。后来纪振纲将自己多年积蓄的武器装备全部交给了新四军,218 名官兵被编入新四军部队。

展厅中藏品丰富而珍贵,资料翔实,每件文物都有不平凡的历史,每样藏品都有一个生动的故事。

“四抗会”旧址虽历尽沧桑,却凸现出一种不凡的气质与精神;纪念馆俨然如松,傲然挺立,通过展示将历史告诉未来,其意义远不止是纪念和缅怀。

香醋主题博物馆

占地 30 多亩、建筑面积 4000 平方米的中国镇江醋文化博物馆，是国内首个专业性主题醋文化博物馆。该馆坐落于 312 国道旁，由恒顺集团投资 3000 多万元建设，是江苏省"十一五"百项重点文化建设项目之一，被列入"长三角世博主题体验之旅示范点"，也是镇江第一个集文化遗产保护、科普教育、工业旅游等功能于一体的主题展馆。博物馆分醋史馆、老作坊、陈列馆三大主体展馆及一个体验馆。全馆采用声、光、电等现代表现形式，全面展示醋文化、解读醋文化、品味醋文化。在高超的"做旧"工艺支持下，整个博物馆处处透露出古典怀旧的人文气息。

醋文化博物馆内有曲折的回廊、古朴的抱厦、精致的木格花窗、典雅的马头墙、白墙黛瓦的仿古建筑，俨然一座精美有致的江南小园，处处透露着典雅古朴的气息。博物馆的院子里有两座精巧的亭子，分别名为"酉亭"和"昔亭"，两亭合一正是一个"醋"字。穿过一座依照 20 世纪 70 年代镇江恒顺酱醋厂老厂门复制的大门，就来到博物馆的序厅。这里主要介绍醋的起源和历史演进，分朝代展示醋的文化脉络；LED 大屏幕还详尽介绍了中国醋的流派、世界醋的种类及相关知识。馆内还重点介绍了镇江独特的山水与民俗风情，如"三山""三怪"等，便于参观者更好地了解镇江香醋特殊的地域文化。老作坊里，浓浓的醋香扑鼻而来。老作坊重现了 20 世纪二三十年代旧式手工酿醋作坊的原貌，全部都是古朴厚重的木结构建筑。坊内陈列着手工制醋的全套工具及传统制醋工序模拟实景,此外,还安排了制醋技师现场表演制酒酿、翻醋缸、淋醋、酱醋等工艺。这里也是电视连续剧《血色沉香》的主要拍摄场地之一,大幅剧照让我们仿佛又看到了剧中的刀光剑影。在老作坊里,游客可以免费品尝用传统工艺酿制、存放两年以上的精品黄豆醋、薏仁醋、黑豆醋、大蒜醋等,这些醋口味各异,令人回味无穷。

镇江醋文化博物馆

穿过曲折的连廊,就是陈列厅。这里展现了恒顺醋坊自创始以来具有历史意义的重大事件,陈列馆里除了展出恒顺醋之外,还布展了山西、山东等地及美国、日本、德国等10多个国家的数百种醋产品。一件件展品、一幅幅图片、一段段文字带领游客穿越历史长廊,回味百年沧桑。最引人驻足的要数那块厚重的国际金奖奖牌和展示恒顺集团宏大规划的沙盘,这些都凝聚着恒顺的光荣与梦想。这里还有一个小型影视放映厅,短短10分钟的视频展现了恒顺集团从一家传统作坊式酱醋生产企业，发展成长为跨行业、跨地区的现代企业集团的全过程。

醋文化博物馆还有一大特色，就是它的互动性，让游客充分体验和品味醋文化。游客可以在作坊里亲手制醋，再制作一款有自己肖像的商标，贴在香醋瓶上带回家；可以在“小二”的叫卖声中，在柜台上投入硬币，自动选择上海世博会专供的“蜂蜜醋”“香妃醋”“苹果醋”等品尝；可以点击屏幕，学习用香醋烹饪的技巧；也可以在“古时药房”的“大药柜”前，从一只只抽屉中选出醋的各种药用“处方”；结束参观的时候，还可以买上几件恒顺集团的新产品，如醋糖、醋豆、醋胶囊、醋饮料等。

镇江传统香醋生产采用特殊的“固态分层发酵”工艺，2006年被国务院列入首批国家级非物质文化遗产名录。这项工艺凝聚了镇江一千多年酿醋历史的精髓，代表了中国南方酿醋技术的传统特色和最高水平，具有极高的历史、文化和社会价值。有关镇江香醋最早的文献记载出现在南朝梁代著名医药学家陶弘景的《神农本草经注》中，其中记载了镇江米醋的入药用法，这足以证明镇江香醋已有1400多年的历史。

镇江香醋的生产需历时70多天、40多道工序。首先是蒸饭做酒。精选粒圆、色洁、油润、味香的江南糯米，洗净，在大灶中蒸熟。在冷却后的糯米中，加入酒药和特制的麦曲等发酵剂进行糖化和酒化，酿制出做醋用的酒醪；其次是制醅。在酒醪中加麸皮、稻糠，拌成固态，逐日翻动，历时21天，再封存一段时间，使其发生化学反应，生成醋酸、氨基酸等；再次是淋醋。醋醅经适时封存后成熟，放到淋醋缸中，添加炒米色和盐，加水浸泡，放淋即出生醋；最后是煎醋。生醋经沉淀、调配、煎醋后便成了熟醋，再经晾晒，即可食用。镇江香醋具有“色、香、酸、醇、浓”的特点，存放时间越久，口味越香醇，形成“酸而不涩，香而微甜，色浓味鲜”的独特口味。

醋是人们日常生活中常用的调味品，常食醋，可以借以消除疲劳，调解血液的酸碱平衡，促进消化，预防衰老，杀菌，护肝，护肾，活血。

古运河畔大圣寺

大圣寺始建于南朝前梁时期，距今1500余年。古刹历经沧桑，屡有兴废。至新中国成立时，存有屋宇殿堂20余间，后因京杭大运河疏浚改道，所有殿房均遭拆毁。十年浩劫期间，僧侣被遣，还俗农耕。

改革开放以来，随着公民宗教信仰自由政策的落实，大圣寺也获得了新生。大圣寺所在地辛丰镇及周边地区的有识之士、社会贤达和广大僧侣，在物质生活水平不断得以满足的同时，发扬爱国爱教的优良传统，以极大的热情，慷慨解囊，投入了对千年古刹的恢复重建工作。

1998年现任住持昌法法师主持大圣寺法务后，使大圣寺的恢复重建工作走上了持续、健康的轨道。历经十年，精进不懈，山门、天王殿、客堂、柴房、丈室、大雄宝殿、万佛洞、综合楼次第构建；观音、弥勒、韦驮、地藏王、药师佛、释迦三尊等佛像相继塑奉；多层宝鼎、香炉、钟、鼓、磬、木鱼、幡等法物法器逐一添置。

2000年，昌法法师创办了老年居士安养院，通过对人间佛教理念与社会主义和谐社会建设实践相结合的积极探索，较好地解决了部分老年居士老有所学、老有所为、老有所乐、老有所归的问题，赢得了社会的普遍赞誉，得到了各级党委和政府的肯定。新华社、人民网、《扬子晚报》，以及镇江、丹徒等地的报刊和电视台均进行过报道。老年居士安养院每幢楼宇及楼层之间均有通联平台，非常适合居住老人的上下通行。房间均经简易

大圣寺外观

装潢，间间朝阳，光线明亮，内有桌椅、床铺、橱柜、电话、电视、卫生洁具等配套设施。省内及北京、天津、山西等地的一些民政部门和佛教寺院也先后前来取经，全国各地要求到大圣寺安养的老年居士数以千计。

在大圣寺安养院，人们看不到愁容满面、唉声叹气的老人，看到的是一种安详和宁静；居士们每天早晚在精进用功地念佛，偎依在佛的怀抱，求生西方极乐世界；每个房间都收拾得十分整洁，没有半点杂乱，地面清清爽爽，没有一丝灰尘。在这里，感觉不到老人的暮气，到处是生命的活力和精神的芳香。安养院放生池微波荡漾，水中众生嬉戏相逐，池边柳叶轻摇，一派安宁、祥和。

作为佛门弟子，他们来到安养院，精进修持，不仅求得精神上的寄托、心灵上的安慰，更重要的是运用佛的智慧，乐观看待生、老、病、死的自然规律。

大圣寺安养院摒弃社会养老机构钱多住标准房、吃小灶，钱少住通铺、吃大食堂，把人分成三六九等的做法。凡入住居士，一律同吃、同住、同修，享受真正意义上的平等。他们中的一些人，由于实行素食，饮食远不如在家时丰盛，但在精神层面上，开示佛法的心要，远离颠倒妄想；万缘放下，一念不生；在安养院生活，比原先在家的生活更加充实和快乐。

居士们平时依经教安排修学内容，以讲诵《佛说阿陀经》、念弥陀圣号为正修，所经闻法为助修，以集体念佛、绕佛、诵经为主，观看录像、个人讲经看书为辅。采用正助双修、福慧双运、共修自省、相彰相益、明理事修、解行并重的方法进行。安养院还定期邀请知名法师长老、高僧大德讲经说法，解难释疑，以提高正念。

修学以外的时间，大都由老人们自由支配。他们有的游览互联网，纵观天下事；有的握笔抚琴，一展平身技艺；有的三五相聚，笑谈往昔岁月；有的养花种草，装点廊檐走道；有的挥锄耘田，体验农耕乐趣；有的帮厨打杂，享受劳动的快乐。

大圣寺昌法法师早年于普陀山法雨寺出家，1998 年经举荐和丹徒区宗教局邀请，来到丹徒区辛丰镇大圣寺住持，历任丹徒区佛教协会副会长、会长。2000 年创办大圣寺老年居士安养院，10 余年来累计赡养孤寡老人 30 余众，先后接纳 300 多位佛教居士入住共修，并为他们提供临终关怀及往生助念服务，至今已有近 200 位佛教居士在安养院走完了人生的最后历程。2006 年春，昌法前往北京，看望中国佛教协会原会长赵朴初的遗孀陈邦织女士，报告了安养院的有关情况。陈邦织女士感慨，老伴儿未竟的事业，在镇江一个小庙完成了。原来，赵朴初生前也曾设想兴建一所老年居士安养院，收养孤寡老人，可惜没能实现。如今，南京、苏州等地一些寺院也建起了安养院。佛教提倡的“无缘大慈，同体大悲”，在建立安养院等公益慈善事业中得以实践。

大圣寺正日益成为享誉江苏省乃至全国的知名佛教道场和老年居士安养院。

千古风流古戏台

清代画家王翚有一幅精心绘制的国画长卷《南巡图》，表现的是康熙帝三下江南巡察的场景：宽畅的江南大道上旌旗招展，尘土飞扬，一支数百人的皇家队伍浩浩荡荡地开进一座水乡小镇。而小镇上一条弯弯的小河里挤满了大大小小的渔船，船舱里、甲板上坐满了各式打扮的人，他们正入神地盯着不远处岸上的一座古朴的戏台，台上一出《单刀会》正演到精彩处。人们被全身心地吸引了，竟然丝毫未觉察到那支气派非凡的皇家队伍的到来。整个画面生活气息浓郁，场面恢宏。画面最精彩的部分是处于中心位置的古戏台，让人观而神迷。

“乡间戏迷多，桥边搭戏楼”，这本是江南独有的风情，丹徒境内就有许多这样的古戏台。土木结构的，砖瓦结构的，大大小小几十座，这在如今古戏台已不多见的江南可算得上是一大景观。

年代较早的当数丹徒南乡古镇宝堰的古戏台，人称“万年台”。戏台紧靠镇西的关帝庙，建于何时已无人知晓。戏台为土木结构，上下两层。上层演戏，下层化妆。台口装有活动门。戏台屋脊上有两条相对的曲龙，传说每年三月十五日这天日落的瞬间，戏台上锣鼓家伙一敲，两条龙便会飞动起来。每次上戏，戏台沿口便会垂挂一串串灯笼。夜幕降临，红红绿绿的灯笼随风摆动，倒真像是一条条活的彩龙呢！舞台两边柱子上挂着一副红底黑字的木刻对联：“天下事无非是戏，世上人何必认真。”

宝堰地方上有一帮戏迷票友,他们经常与青胜堂、马天宝、王文治等戏班子保持联系。戏班子常来常往,这古戏台便成了镇上最热闹、最风光的地方。戏一演就是10多天,若是逢年过节还要唱个连本通宵,黄昏日落开锣到太阳再度升起刹锣结束,谓之“干活两头黑,看戏两头红”。农民们一听说镇上来了戏班子,晚饭也顾不得吃,放下手中活计,带上两个山芋,便打着灯笼沿着山路赶来了。镇上人从容自在,男人们沏一壶茶,装上一袋烟;女人们带上一兜儿瓜子,几片香干,喝喝,嗑嗑,听听,品品,嗨,有滋有味得很哩!台上欢乐时开怀大笑,伤心处跟着落泪,争斗时呐喊助威,精彩处大声喝彩。真正是台上情真意切,台下如痴如醉,此情此景构成一幅绝妙的风情图。

古戏台

坐落于谏壁镇回龙山上的古戏台(在原谏壁中学内),为砖木结构古建筑。主体建筑青砖灰瓦,圆木立柱,敞开式窗格。有休息室、化妆室、卧室和演出台。台口突出分上下两层,台上设有木围栏,四根花岗石立柱托起翘角屋顶,构成典型的清代建筑风格,给人以张扬的力度感。这个戏台为东岳庙建筑群的一个组成部分,东为庙门、正殿、配殿,西为戏台。据《光绪丹徒县志》记载,这些均为邑人王竹溪叔侄及王锡五等人捐资修建。大殿和其他建筑早已毁于兵火,而戏台仍在,风韵犹存。

位于丹徒东乡大路镇王巷村的三太尉庙古戏台,可算得上是古戏台风情画中精彩的一笔。相传宋代王巷村有三兄弟英勇抗击金兵南犯,最终血染疆场,以身殉国,被南宋朝廷追封为太尉。王巷村百姓为纪念这三位抗金英雄,集资建了这座大庙,与大庙相对的戏台为三太尉庙灵隐楼。

戏楼呈"凸"字形,坐南朝北,由前后两部分组成,中间以木板相隔。在高3米、宽6米的隔板上彩绘的人物壁画《天官赐福》至今清晰可辨。画面上6个人物神态各异,线条极富表现力,色彩绚丽浓艳,带有吉祥喜庆的艺术效果。

戏台宽6米、深5米,台面选用红杉木板铺设,台边沿有半米高的雕刻精细的木栏杆,台口两根红漆大圆柱撑起飞檐翘角的屋顶。整座戏台近看犹如两个妙龄女郎双手托着的一顶造型别致的皇冠,远看又似一只展翅欲飞的雄鹰,气势不凡,被文人雅士誉为"东乡第一台"。特别引人注目的是,戏台顶部呈半球形体,如同天穹笼盖着整个戏台。在八边形的横梁上绘有蝙蝠与常青藤组成的精美图案。"天穹"中心绘有黑、绿、朱红三色相间的福字纹样。行家们认为这种"天穹"状的圆顶具有聚声、共鸣、扩音的功用。再借助于戏台左右4棵高大的银杏树和戏台边一条弯弯的清水河,使得一台戏曲声腔音韵甜美悦耳,清亮悠扬,能传至数里之外。古代的匠人们早已在建筑中运用了物理学的原理。据说明代戏剧演员颜可观常在这个戏台上吊嗓子，有一次演出《荆钗记》，离戏台 7 里多远的沟北里小脚老太婆都听得老泪纵横。当地至今还流传“王巷一出戏，醉倒沟北人”的俚语。

三太尉庙古戏楼来过哪些戏班子，演过哪些戏，没有人详细考证过，但有一点是可以肯定的，那就是邑人王文治组织的戏剧家班曾是这儿的常客。王文治戏剧家班中的知名童伶有瑶生、钿郎、柔卿、素云、宝云、轻云、绿云、鲜云等，均为十二三岁的妙龄女郎，垂髫纤足，能歌善舞。有诗赞曰：“十年彩云队，艳誉南北噪。”可惜现在这里已难寻王文治家班的踪迹。只是在戏台斑驳的墙壁上和戏台隔板的背面条木上倒有许多外地戏班子留下的墨迹：

光绪十二年皋月财胜贵班合班平字人口太平全福
宣统二年桂月来升春台头本沙陀国白泣图
山东得胜班在此开演大吉
……

依稀可辨的字迹记录着古戏台的阅历，绚丽斑驳的色彩标志着古戏台的风流。

戏台前面是庙房围成的一个能容纳千余人的大院落，广场呈斜坡势，近台口处低，远处高，与现代剧院场地的坡势处理很接近。当年每逢演戏，戏台周围的村镇家家户户都像过年一样热闹，妇女们穿红戴绿，男人们杀鸡宰羊，盛情款待从附近乡镇赶来看戏的亲朋好友。逢到大庙会，戏台四周更是水泄不通。“台上伶人妙歌舞，台下欢声潮压浦。”民间的杂耍游乐活动使喜庆气氛达到高潮时，台上演员会走下台边行进边表演，于是，固定的场所表演便演变成民间艺术表演大游行。村上青年男女们也涂脂抹粉，凤冠紫袍，装扮成各种戏曲人物，加入娱乐表演的行列，周围村寨也积极响应，不甘示弱。跳马灯、花灯、十八罗汉、龙灯狮子舞、秋千等五花八门，应有尽有，村前村后人山人海，大路小路锣鼓喧天，好一幅韵味浓郁、色彩斑斓的农村风俗画卷！比画家王翚描绘的古戏台要更为瑰丽、热烈、精彩而壮观。

古戏台作为旧时文化的一个载体，早先是以宗教的面貌出现的，其活动具有“酬神”的意味，后来逐渐演变为“娱人”的场所。在中国千百年文化落后、生活贫乏的农村，戏台成了贫苦大众精神宣泄与满足的重要场所，给芸芸众生带来精神寄托和人文关怀，是神人之间的一条纽带，是天上人间的一座渡桥。

今昔巨变香山寺

在丹徒高资镇唐驾庄村南，从312国道旁向香山北麓的山腰眺望，但见在巍巍群山之间、幽幽深谷之中，有一座黄墙碧瓦、飞檐流丹的寺庙，这便是被古代高僧称为“香烟缭绕、诵经不断、利乐有情”的佛教胜地——古香山寺。

据资料记载，古香山寺始建于唐代，距今已有1300余年的历史。1759年，寺院得以大修，建成天王殿、大雄宝殿等建筑计49间半，气势壮观，成为丹徒西乡善男信女拜佛敬香的圣地。

清咸丰年间，太平军起义风起云涌，高资恰是南京和镇江之间的交通要冲，军事地位十分重要，于是，太平军和清军在此激战，古香山寺不幸毁于战火。

民国初年，江都（今扬州市）僧人广缘法师来此重建寺院。他风餐露宿，倾心化缘，经过20多年的艰辛努力，终于又建起大雄宝殿等130余间殿宇，被毁的古香山寺基本恢复了原貌。

古寺颇有价值的文物当数山门匾额。说起镶嵌在山门上的大理石匾额，还有一段来历呢！

丹徒籍著名爱国民主人士、民主革命运动的先行者冷遹先生解甲归田后，致力于地方建设，兴办实业与教育。他为了振兴丝绸业，大力提倡在丹徒丘陵地带植桑养蚕，并亲自进行实地考察，在高资创办了蚕种场。

广缘法师非常仰慕冷遹先生的品格，盛情邀冷遹先生来寺一游。二人谈得投机，有相见恨晚之感。末了，广缘法师捧上文房四宝，请冷遹先生为古香山寺题写匾额。冷遹欣然命笔，题写了“古香山寺”四个楷书斗方大字，上款为“中华民国二十一年六月重建”，下款为“冷遹敬书”，古朴雄浑、笔力遒劲，另有一方名印。后制成白大理石匾，嵌在山门门楣之上。这方长164厘米、宽68厘米、厚12厘米的石匾，在“文革”期间险遭不测。“文革”中寺庙被拆除，匾额也被抛弃在瓦砾之中。宏兆法师冒着风险，设法将匾额秘密地保护起来，才使该匾在党的宗教政策落实后得以重见天日。

1979年国庆30周年之际，古香山寺举行大雄宝殿落成暨佛像开光仪式，成千上万善男信女纷至沓来，古香山寺人山人海。冷遹先生在美国的子孙也专程来此，仰望70多年前先祖书写的历尽磨难而幸存的匾额，禁不住流下了激动的热泪。

20世纪90年代初，原古香山寺僧人、台湾台北慈航法师，为重建古香山寺慷慨资助4万美元，后又有南京居士武桂英、任济英等信徒发起，先后得各方捐资近100万元人民币，重新修建了观音殿、天王殿、地藏殿和三圣殿等，古刹又现昔日风姿。而最为称奇的是观音殿旁的“观音泉”（古称香山泉），终年泉水汩汩，清澈见底。清代高资香山居士缪镔在《登香山》一诗中有“泉曲通僧灶，山香带野花”之句。南京有关部门对泉水进行了化验，证实其中含有多种矿物质与稀有元素，极具开发价值。目前，古香山寺已成为丹徒重要的旅游资源之一。

乱世毁寺盛时建，似乎已是一条规律。如今古香山寺重新焕发青春，加之这里风光旖旎，景色迷人，地处近郊，交通便捷，已成为人们探幽揽胜、旅游休闲的好去处。

宜侯夨簋为国宝

宜侯夨簋（现藏于中国国家博物馆）

古邑丹徒地下文物蕴藏十分丰富。多年来，在文物工作者的积极发掘和广大群众的发现保护下，计出土和征集文物3000余件。丹徒的文物考古资料，充分展示了丹徒历史文化的悠久和发展轨迹。国家一级文物宜侯夨簋，便是丹徒文物中的精华，堪称国宝。

史载，在商朝末年，周古公亶父的儿子太伯、仲雍奔江南荆蛮之乡，他们入乡随俗，“文身断发”，传播中原文化和农业技术，使“民人殷富”，接着便“筑城建国”，自号“句吴”，直至春秋寿梦在现在的苏州一带筑城，大约相隔300多年。在这段时间里，“句吴”的地域中心究竟在哪儿呢？这曾经是一个历史上有争议的话题。

这个争议直到20世纪60年代才基本有了结论。

1954年6月，丹徒大港聂家村农民聂长保在烟墩山劳动时发现了一件稀罕之物，青黑色，像熏炉，后经有关部门鉴定。于是，引起了考古学家的关注。经过专家研究，这件稀罕之物是西周时期的青铜器，专家称之为“宜侯夨簋”。“宜”是地名，“侯”是王侯之意，“夨”是人名，“簋”是一种器物的名称。在当时，这种青铜器是贵族身份等级的象征。青铜簋方座圆口，有四个耳把子，高15.7厘米，口径22.5厘米，腹上铸有旋纹，最有价值的是腹内底部有126个字的铭文。正是这些铭文消除了千年的历史争议。值得一提的是，丹徒人陈墨迻（即陈邦福）在宜侯夨簋的考释研究中做出了努力，付出了心血。

由于出土时簋已破碎，经过修复方才完整，而铭文却缺少了一些关键性的字。经过考古专家们悉心研究，这段铭文记载的是周武王、周成王伐商，周康王改封及迁虞侯夨为宜侯（夨原为虞侯）并赐予夨土地、弓矢、奴隶若干的事情。这段铭文相当于天子的旨意诏书，叙述得很详细。这件青铜器物一直被送到时任中科院院长的我国权威考古学家、古文字学家郭沫若等人的手里，经过郭沫若先生和著名考古学家唐兰先生的研究断定，铭文中的“宜”的地望“即在今丹徒”，并认为宜侯夨就是太伯、仲雍的第四代孙周章。进而证实3000多年前，“句吴”国的统治中心即在丹徒一带。另据其他专家考证，当时的“宜”地人口稠密，社会经济发达，是一座规模较大的都邑，是一方膏腴之地。这座城市的人口以周人为主，他们是统治者，土著荆蛮人多在郊外从事农耕生产。

“宜侯夨簋”的发现和铭文的考释不仅解决了“句吴”国中心在哪里的艺术之谜，而且还反映了西周疆土领域和当时社会的奴隶制、分封制及井田制等许多问题。其价值正如一位专家所说：“是江苏历史开端期中极为重要的一章”，“反映了历史文明的曙光究竟怎样在这块富饶美丽的土地上透射出来”。郭沫若先生极其郑重地称这件器物“甚为重要”。对铭文中有少数文字残缺，郭沫若先生又在他的一篇2000字左右的文章中两次感叹道：“实为莫大憾事！”“实属万分可惜！”由此我们更可以看到“宜侯夨簋”的价值所在。它是已发现的唯一的详记“封建”诸侯的金文，对吴文化的研究起着突破性的作用。

“宜侯夨簋”出土以来，许多专家学者特别是研究吴文化的专家们从四面八方纷至沓来。他们登上大港烟墩山，登上这座出土宜侯夨簋及若干珍贵文物的宝山，一睹“宜”地故国的风采，遥想当年土著居民捕鱼狩猎、种谷采桑的劳动景象，继而发出由衷的称赞，赞美这儿气候宜人、风景如画，赞美这是膏腴之地、文萃之邦。

横山凹里三茅宫

横山凹三茅宫位于辛丰镇。

提起横山凹三茅宫，还有一番来历呢！

相传在汉朝景帝年间，陕西咸阳南关人氏茅盈、茅固和茅衷三兄弟，天资聪慧，却各怀抱负。老大茅盈18岁离家去北岳恒山隐居，悉心钻研老子的《道德经》和《周易》，采药炼丹，悟道数载，遂至江南句曲山（今句容茅山）修道，采制药草，为民治病。老二、老三却读书做了官。有一次老大茅盈回家探望父母，受到两个弟弟的奚落，说他一介布衣，两手空空，称自己为官者，有吃不完的山珍海味，穿不了的绫罗绸缎，享不尽的荣华富贵。但茅盈却点化两个弟弟："官场险恶，钩心斗角，功名利禄，乃过眼云烟。"后来，两个弟弟果然历官场之艰险，悟出人生之况味，决定一起到句曲山，与长兄共同修身养性，研究医学，为民造福。为了救死扶伤，三兄弟不怕严寒酷暑，风霜雨雪，上山采药，炼制丸散膏丹，不分昼夜，患者有请必到，不收分文，直至病愈为止。

茅氏三兄弟去逝后，附近百姓不忘其德，立"有请必应"匾额一块，并改句曲山为三茅山，简称茅山，以寄托怀念之情。南朝齐梁时，著名隐士陶弘景在茅山创立道教三茅派，尊茅氏三兄弟为三茅派祖师，奉为三茅真君，从此，三茅真君在信徒心目中有了至高无上的地位。

又因为横山凹距离茅山不远，传说茅氏三兄弟又常到此采药，并留有遗迹,1667年建灵宫祭祀,取名“三茅宫”。清乾隆年间,丹徒籍探花王文治荣归故里时,为灵宫大殿门楣书写“三茅宫”三个大字,白色大理石上的阴刻碑额,现仍高悬于门楣,可谓镇宫之宝。

三茅宫历经300余年沧桑,屡毁屡建,始终未废。1929年续修后楼玉皇阁,使三茅宫终于恢复了完整结构。从山门拾级而上,前有灵宫殿,雕梁画栋,雄伟壮观;中有三茅真君大殿,飞檐翘角,殿宇辉煌;后有玉皇阁,黄墙红柱,依山而建。前有戏台,后有梅园,左有桃圃,右有花池,两侧有小道可直抵山巅。极目远眺,壮观大江滚滚东流,千帆竞发,南望村庄错落有致,阡陌纵横,好一处修身养性之地。“文化大革命”期间,三茅宫损毁严重,1992年后逐步重建开放,现在主要建筑已恢复了旧时格局。重修后的三茅真君正殿供奉三尊塑像,茅盈居中,怀抱如意,神态慈祥而肃穆;茅固、茅衷手执玉珪,拱卫两侧。钟鼓盤鼎等法器,一应俱全。大殿东南侧,新建三郎殿。道教称三郎神为护法武将,“手执宝剑巡世界,身披黄袍显威灵”,能保佑地方五谷丰登,人畜平安。1994年,三茅宫被列为江苏省三大道教圣地之一。

提起横山凹三茅宫胜迹,还真是令人称奇。

登台阶,进大殿,转后侧平地上,有一口古泉井,一度被乱砖填塞,后经疏掏,至今水质仍清冽甘美,只是原来的井栏不知去向何方。据清代《续修三茅宫后楼玉皇阁记碑》载:“旧有井一口,泉可疗病,已足异矣;尤异者,光绪年间,神台上滋生神菜一棵,四时常青,可治百病,服之,立见奇效。”附近乡民争相来此敬香,一时间香火极盛,遂称“小茅山”。由古井上坡台,经碑亭,抬望眼,玉皇阁前高台上,原长有一棵老梅树,枝繁挺拔,径粗40厘米,相传有200余年历史,前几年修建玉皇阁时因其有碍,遂齐根砍倒。说也奇怪,近年在根部四周又重新长出许多枝条,有3米之高,且花开枝头,香气袭人。沿宫墙两侧的山径小道可登山顶。有两处胜迹不可不看,一是半山腰的“仙人盆”,这是山石自然形成的一个石槽,类似盆形,口大底小,呈“U”形,四边长40厘米,深35厘米,终年积水而不干洄。二是山顶的“仙人床”，也是一块自然山石，状如一张床，石面光滑，北高南低，人卧其上，十分惬意，游客到此无不连连称奇。

2001 年 8 月，三茅宫被定为镇江市重点道观。2001 年 10 月，横山凹三茅宫举行了以庆祝申奥成功、超度海空卫士王伟为主题的金籙大法会，为时七昼夜，盛况空前，成为新中国成立以来江苏省继茅山道院后又一处能够举办如此大型道场活动的场所。

春游横山凹，风和日丽，百鸟争鸣，团花似锦；夏季登山，朝观晨曦日出，晚看烟霞暮霭；仲秋则山瘦林薄，红叶含笑，松涛翻滚，使人浮想联翩；隆冬观雪景，银装素裹，分外妖娆，使人油然而生“花飞佛地三千里，人在琼峰十八层”之感。

唐代银器永生辉

1982年元旦，一个惊人的消息传：丹徒丁卯桥附近发现了一个银窖。经过考古工作者的挖掘整理，一批埋藏久远的唐代银器展示在世人面前：瓮、盒、盆、碗、杯、碟、瓶、炉、勺、镯、钗……总共665件，重量共“贰佰陆拾肆两柒钱”（瓮底所注）。

埋藏地点在北距丁卯桥300米的老运河一岔道两岸的坡地上。这一天，民工在一米多深的地方发现了一口大银酒瓮，瓮里盛满各式银器，银瓮两侧堆着两只大银盒，盒内有盆、叉等银器。这让人联想起1980年12月离此窖20米左右的地方也发现过唐代银窖，出土了40多公斤银锭。在银窖附近，考古工作者发现了许多唐代的陶瓷片、瓦当、釉罐等物。专家认定，这一银窖应是当时官宦或巨商留下的。

唐代“论语玉烛”龟形酒筹筒

最让人赞叹的是其中的银鎏金“论语玉烛”龟形酒筹筒。这件银器下方是一只爬行状的银龟，背上驮一银雕花圆筒，筒上有盖，盖上有钮，刻有“论语玉烛”字样，银筒看上去酷似一柱玉烛，玲珑剔透。盖钮更奇妙，犹如一球烛火，银光四射，整个器物生动别致。龟背上的银筒是盛酒筹的,酒筹藏在瓮里,共 50 支。另外还有一支酒令旗(筹、旗均为银质)。酒筹形为折扇扇骨,筹上刻有论语酒令词,如:"为政以德譬如北辰官上高处十分","有朋自远方来不亦乐乎上客五分","刑罚不中则民无所措手足觥录高处五分",等等。其内容上半段为论语名,下半段是酒令内容。据记载,"唐人饮酒必为令",以什么为令?酒筹。酒筹中有牙筹、银筹,也有用草筹的,若身边实在无筹,也可"醉折花枝当酒筹",以此佐欢,饮酒取乐。从这件银器精品中,我们不仅领略了唐代工匠超凡脱俗的技艺,而且也窥见唐代淳厚的风俗民情。

窖藏中还有一件鎏金人物瓶也十分精致,刻有田野风光背景的婴戏图,共三幅。第一幅为三童舞乐图,一个旋转起舞,一个单腿跪地双手捧笙,一个双手执箫,专注地伴奏;第二幅是说唱图,三童子身着戏装,表演逼真;第三幅是两童对坐图,描绘了两童子割完草后在野外歇息、戏耍的情景。图案设计精美,形象喜人。

这批银器窖藏绝非偶然,因为早在东晋初期这里便以设"丁卯埭"而闻名,唐代已是漕运北上的咽喉要冲,运河上建丁卯桥,又称丁卯港。晚唐诗人许浑的别墅就建于丁卯桥附近,加之考古专家在窖藏附近发现的大量莲瓣瓦当、精致的邛州白瓷,足以证明这一带在唐时是富贾豪商和官宦们的天堂。

唐代,丁卯桥一带属丹徒县境。宝历元年七月,时任浙江西道观察使的李德裕在禀报皇帝的奏折说:"昨又奉宣旨,令进妆具二十件,计用银一万三千两,金一百三十两……今差人于淮南收买,旋到旋造,星夜不辍……"其中的"旋到旋造",说明制造金银器的地点就在丹徒一带。由此可以推想,丁卯出土的这批银器精品是出自丹徒一带身怀绝技的工匠之手,其中每件作品都饱含着丹徒劳动人民的智慧与汗水。

1985 年,熠熠生辉的"论语玉烛"带着丹徒人民的自豪进京向首都人民和海外游客展出。1990 年 10 月,它又被列为全国文物精华在十一届亚运会期间展出。它像一颗璀璨的星星,吸引着无数运动健儿和中外游客,参观者无不为之奇特的造型和精湛的工艺而惊叹。

西林寺前探胜迹

佛家追求四大皆空、六根清净，因此多在远离尘嚣、山深林茂处建庙立寺，以斩断俗缘，在暮鼓晨钟、青灯黄卷中修炼。大凡有寺庙的地方，皆为风景绝佳之处，而寺庙本身也成了风景中的亮点。西林寺正是丹徒众多寺庙中值得一探的一处。

出镇江城向南到丹徒上党镇，再折向西行，经过翠柳拂岸、清波荡漾、面积有25平方公里的凌塘水库，穿过绿树掩映、鸡犬相闻的村落，只见远山含黛，近坡披翠，于鸟鸣千啭中渐入佳境。从里墅村沿着一条碎石小道再往上行，不多一会儿，便于茂林修竹中瞧见令人神往的红墙碧瓦，那便是西林寺了。

西林寺原名横山寺。横山是十里长山的余脉，距上党镇10余里，处在姚墅、里墅、吴塘三村的中心地带。横山虽不算高，但这里林深木茂，山清水秀，气势不凡。早在800多年前的1167年，一名叫道仁的和尚，看中这块风水宝地，便傍山建寺于横山双峰怀抱之中，故名横山寺。

寺有了山便有了气势，山有了寺便有了灵气，有山有寺自然引人注目。清初本邑著名书画家笪重光曾多次来此游览，应僧人之请，欣然命笔，盛赞这里是“南山显瑞，横独姚凌”，如今题字碑石尚存。清康熙年间，焦山定慧寺有两位高僧圆寂，葬在这里，并建有两座塔陵，因此，这里又称焦山塔院，现两塔陵仍在。清嘉庆年间，有位湖南人，曾中过进士，点过翰林,官至两江总督,居然也看破红尘,到焦山自然庵出家为僧,取法名为耕崖。他后来得知横山寺更为清静,便到这里当了住持。他来寺住持后,大兴土木,建有正殿、观音殿、斋堂、客堂和僧舍,还挖了一口水井。当时的规模很大,范围也很广,离寺数里之远的寺门村,即当年山门所在。

耕崖和尚修建扩大寺庙后,便将横山寺改名为西林寺。他在寺前竖了块高1丈多、宽3尺的青石巨碑,下由石龟作基础,亲撰碑词曰:“横山,山名也。山名可曰横,而寺不可曰横,且夫南有南青山,北有北青山,东有东林寺,遂曰西林。”改名的理由说得清清楚楚,确也有理,得到了信男善女们的认同,西林寺之名遂沿用至今。

耕崖住持到底出身不凡。这里还流传着一则关于他的趣闻:一天,他闭目打坐于禅堂,有几个青年士子来寺内游玩,见大和尚未能热情相待,好生不悦。恰好瞧见院内有一堆砍伐下来的松柏树,便取出纸笔写了一个上联:“松柏树,死木头,何方长老?”并将联贴于殿壁之上,尔后上山去玩了。耕崖发现后,也不多话,执笔对一下联:“青绿豆,真杂种,哪里野生?”贴在上联旁边。那几个青年士子返回庙里,见下联已对出,一读更是羞愧异常,本想怪和尚怠慢,借联羞辱,却被和尚反讥一番,真是自讨没趣。从文字上看,耕崖的下联似乎对得品位并不高,然而对付开口就骂人的人,也只有这样以牙还牙了。

耕崖不仅才华出众,还有良好的医术,更有一颗慈悲仁爱之心。凡乡民有病,他总是有求必应,尽力诊治,不取分文;他还不时周济附近的穷苦乡民,广种福田,乡民们如何不敬重他呢!耕崖圆寂后,继任住持与地方人士为了纪念他,将其肉身涂泥塑金,供奉在观音殿内,其龛两旁有嵌联赞道:“耕乎西方成正果,崖哉中国有真人。”

西林寺命运坎坷,历史上曾遭数度劫难,几乎全毁,是信男善女的虔诚,使它春风吹又生。自被批准为合法的宗教活动场所后,寺里新建了大雄宝殿、天王殿、斋堂和居士接待楼等,并计划重建山门。目前,寺庙规模比以前小很多,但从笪重光的碑文,刻有鹿、鹤、梅花等浮雕的塔林,宋朝淳祐元年香客们赠给该寺的石香炉,沿袭至今的每年农历四月初六的西林寺庙会等可以探见西林寺昔日的兴盛。这里山也幽幽,林也幽幽,满目流金滴翠,绿得新鲜,绿得醉人。

沿着未经铺就的山路,穿过枝叶编就的绿色隧道,向上攀去,于山腰处,便见仙人盆、金猴石和金鸡台等景点点缀在山林间。仙人盆里有一泓清水,晶莹剔透。据说这水乃是雨水、露水、雾水、霜水和雪水的混合体,饱含日精月华,女士们用此水洗脸,就会变得年轻漂亮、光彩照人。金猴石是一自然造化而成的形象似猴的石块,它的脖子上系着许多红布条,分外耀眼,寄托着乡民们祈求美满幸福的愿望。金鸡台则是一块大石头,上面有一个偌大的天然鸡爪印痕,金鸡一报晓,远近都闻声。

再往上攀,不一会儿便登上山顶。立于山巅,顿有豁然开朗之感,心胸为之一振。放眼四望,但见群山绵延,幽谷深邃,村庄错落,田畴如茵。平坦宽阔的国道、省道如金色飘带,从脚下伸向天边,引人遐思,仿佛一切俗气都随风而去,一切烦忧皆化作云烟。

中国米芾书法公园

十里长山仿佛一条蜿蜒盘旋的巨龙，雄踞在丹徒西南一侧，中国米芾书法公园宛如一颗璀璨的明珠，镶嵌在十里长山之麓。峻岭长山，郁郁葱葱，横亘连绵；书法公园，穿越时空，美不胜收。山岭与公园，相互辉映，诗情画意，引人入胜，光耀丹徒。

中国米芾书法公园

中国书法艺术是国之瑰宝，书法千年，星光灿烂，在中国书法的历史长河中，北宋时期被称为“宋四家”之一的米芾是划破天际的一颗星，又缘于他与丹徒的历史渊源，这位艺术巨匠便成了丹徒的一张炫目的名片。

公元 1086 年，米芾寓居丹徒，40 余年后，终老归葬于丹徒十里长山。

米芾书法潇洒不羁，“妙于翰墨，沉着飞翥，得王羲之笔意”。他在书画理论研究上造诣也很深，著有《书史》《画史》等，其书画艺术成就之高为世所公认。他对丹徒峻岭绵延的十里长山情有独钟，他在《净名斋记》中由衷地表达了对丹徒山水的无比眷恋：“带江万里，十郡百邑，缭山为城，临流为隍者，惟吾丹徒。”

为纪念这位深恋丹徒的艺术巨匠，丹徒区人民政府于 2009 年 7 月与中国书法家协会签约命名建造“中国米芾书法公园”，并于 2010 年 2 月奠基。经过 5 年的建设，占地面积 40 余公顷、我国唯一以书法家姓名命名的文化主题公园——“中国米芾书法公园”赫然呈现于十里长山之麓。

中国米芾书法公园是一座以弘扬书法文化的核心价值，以山水文化为延展，集展示、创作、旅游、休闲、研习和培训诸多功能于一体的，兼具历史厚度、文化高度和人文深度的主题文化公园，是文化产业和旅游产业相结合的现代化服务业园区，已成功入选 2015 年江苏省十大新景区，并成为创建国家 AAAA 级旅游景区的丹徒长山文化产业园的核心基地。

在公园内游览，处处美景令人目不暇接，布局以曲折求其深，造景以层次求其远。曲径通幽，碑廊环绕，可视可察，可游可登，浮雕典故，发人深思，睹物赏景，耐人寻味，风韵温雅，令人遐想，使人在欣赏米芾书法艺术的同时，能产生穿越时空，与大师相望、与文化交融的心理感受。

中国米芾书法公园内的“四景”，堪为园区精髓。

“墨池口”顺应地势呈外八字喇叭形状，取“吸纳开放，万象入怀，欢迎宾客，拥抱世界”之意。树影婆娑之中，一泓砚池静卧其间，汁液饱满，体圆水润。半坡上矗有泰山巨石一尊，色如烟灰，状如巨墨，名为“松烟石”，又称“墨石”，镌刻“中国米芾书法公园”8 个大字，古朴典雅，意趣横生，为江苏籍人士、原中国书法家协会主席沈鹏先生所题。

“海岳门”位于公园西入口处，门前海岳广场宽广宏大，亦置一尊巨型泰山石，巨石如烟云飞渡，松泉流瀑，状如长山，形神兼备，取“胸存丘壑、放眼世界”之意，巨石上镌刻“米芾书法公园”6个大字，挺拔俊逸，秀丽清雅，系镇江籍人士、原国务院副总理李岚清手迹。

米芾《蜀素帖》

“丹青坊”位于公园东入口，古朴却不失华丽的石坊门楣分别镌刻有米书“米氏云山”和“意象丹徒”字样。入得园内，只见层林叠翠，如烟含黛，飞瀑流泉，溪水潺潺，温雅风韵，沁人心脾。

“米帖林”是米芾书法公园核心景区瑞墨轩法帖石刻廊及其附设的九所堂馆的总称，九馆由“瑞墨轩”“绍兴米帖馆”“米南宫帖馆”“松桂堂”“群玉堂”“英光堂”“宝晋斋”“丹徒米帖馆”“长至馆”链接而成，九馆均由宋代风格的石木结构长廊首尾相连，自下而上绵延680米，依山势盘旋而建，跌宕起伏，如卧虎藏龙，气势恢宏，系统地展示了重刻宋拓米帖108件，新刻丹徒米帖64件及历代书家题赞米帖的有关史料。碑廊摹刻原件全部由北京故宫博物院提供，其中宋拓米帖与新刻丹徒米帖真迹全部是国家一级文物，聘请当今石刻名家按原件等比例手工雕琢镌刻，并邀国内高端专业团队设置陈列。碑廊石刻浑然一体，文光昭章，石刻书法蔚为大观，神韵天成，令人叹为观止，堪为国内外米芾法帖集大成者，也是当今世界唯一的米芾法帖全貌集结展示之艺术殿堂。

十里长山哟，你是那样的美丽，层层薄雾将耸立的山顶缭绕，只露出些许青青黛色，仿佛整座峻岭漂浮在云海之中。漫山遍野的奇花异草五彩缤纷，层林尽染的苍松翠柏林涛阵阵。

掩映其中的中国米芾书法公园，你是那么的大气磅礴，空灵精致，徜徉其间，便觉涤尽浮躁，荡气回肠。在长长的米帖长廊里漫步，背景音乐周杰伦《青花瓷》的旋律在耳边轻轻回荡：

你的美一缕飘散，去到我去不了的地方
天青色等烟雨，而我在等你
炊烟袅袅升起，隔江千万里……
在泼墨山水画里
你从墨色深处被隐去……

传承经典，梦想起航。朋友，来吧！让我们暂时摆脱都市生活紧张匆忙的节奏，心情轻松而悠闲地畅游在青山绿水之间，去开怀享受十里长山旷野的真趣，尽情品赏米芾那率意老辣、苍劲之至的书法艺术吧！

名人大家

平民开国皇帝刘裕

“斜阳草树，寻常巷陌，人道寄奴曾住。

想当年，金戈铁马，气吞万里如虎。”

这是著名南宋词人辛弃疾《永遇乐·京口北固亭怀古》一词中的名句。词人感叹和赞颂的是出身于“寻常巷陌”人家，日后成为“气吞万里如虎”的历史人物寄奴，即史称刘宋王朝的开国皇帝刘裕。

刘裕(363—422)，字德舆，因母亲病故，由其叔母哺乳代养，故小名寄奴。刘裕出生后，家境已十分贫困。他少年时就砍柴捕鱼，还贩卖鞋子，以维持生活。传说南郊原竹林寺一带是他当年种田之处，那里时常有黄鹤飞舞。刘裕当上皇帝以后，人们就把原竹林寺改作鹤林寺，鹤林寺中的“寄奴泉”是他为引水灌溉而开凿的。

南朝宋武帝刘裕

当初生活在社会的下层，穷困潦倒而又无奈的刘裕，只得去当兵，以寻求摆脱贫穷和受屈辱困境的出路。

其时，正是一个战乱动荡的年代。

刘裕投入前将军刘牢之的军中效力，因作战英勇，深得刘牢之的欢心和重用,被提拔为参府军事。战斗中,刘裕“手奋长刀,所杀伤甚众”“常披坚执锐,为士卒先,海战辄摧锋陷阵”因而名声大振。刘裕治军亦法令严正,故每次战斗均能以少胜多。凭着卓越的军事才能,挽救了东晋王朝险遭覆灭的命运而发迹的刘裕,被封为建武将军,从此有了一席之地。

刘裕审时度势,在争权夺利、尔虞我诈的政治斗争漩涡中,能够知己知彼,巧妙周旋,既有敢于冒险的魄力,又有随机应变的策略,展现了作为政治家的才能。他恢复了晋安帝的皇位,再次挽救了东晋王朝覆灭的命运。于是入辅京师,被授予侍中、车骑将军、开府仪同三司、扬州刺史等职,实际上主宰了东晋王朝的国势。

刘裕征战多年,建立了很高的个人威望,眼见时机成熟,他便于420年废晋恭帝司马德文并取而代之,建立了刘宋王朝,改年号为永初。

刘裕的一生是颇具戏剧性的。他从一个衣食不周的市井平民,成为代表地主利益统治者的得力御用打手,最后自己又登上最高统治者的宝座。刘裕的成功,是他顺应时代趋势的结果。因此,他在自己当了皇帝以后,为建立集权统治而进行了一系列的改革,具有一定的进步性,客观上推动了历史的前进,他的政治作为乃至个人品德也确有一些可圈可点之处。

东晋政权覆灭的历史教训,对刘裕有深刻的影响。刘裕看到东晋一些拥有重兵的镇将割据一方,与朝廷分庭抗礼,左右着东晋王朝的局势,致使政权不稳定。鉴于此,他在做了皇帝后,对于江州、荆州的一些战略要地,都直接委派自己的儿子去坐镇,牢牢地掌握住军权,以巩固中央集权。

刘裕知人善任,唯才是举。他的谋臣刘穆之虽出身小小的主簿,但才能出众。刘裕慕名请他为主要谋臣,“诸大处分皆委于刘穆之”,而且乐于接受刘穆之的批评。刘穆之死时,刘裕正北伐关中,闻讯赶回建康。他失声叹息:“穆之不死,当助我治天下。”他重用朱令石为征蜀元帅,许多人反对，认为朱的资历太浅，不能当此重任，唯独刘裕欣赏他的才干，委以重任，果然取得伐蜀的成功。檀道济自幼孤苦，随刘裕征战，屡建战功。刘裕死后，他成为刘宋王朝的擎天柱，被时人誉为“万里长城”。刘裕打破门第界限，唯贤是举，亲自参与秀才、孝廉的考试，挑选人才充当官吏，其所建立的文武班子，大多出身寒门。刘裕改革吏治，以缓和阶级矛盾，从而取得刘宋王朝的相对稳定。

刘裕当了皇帝以后，在京口建了“丹徒宫”。清诗人王士禛有诗赞曰：“曲阿之北京口东，寄奴王者真英雄。新洲伐获斩龙子，大业遂建丹徒宫。”他还在丹徒的故宅中珍藏自己早年种田使用的农具，用以提醒自己不忘根本，策励后代。他“财帛皆在外府，内无私藏”，“未尝视珠玉舆马之饰，后庭无纨绮丝竹之音”。官员奏请宫廷的东西堂用局脚床、银涂钉，刘裕不许用，而用直脚床、铁钉。岭南官员献上简细布一幅八丈，刘裕嫌其太华丽而且浪费劳力，命令将布退回，并要弹劾岭南太守，并明令禁止生产此布。他还要求子女注意节俭，公主出嫁，竟无锦绣之物。刘裕的节俭作风，对臣僚影响甚大，其时没有人敢奢侈，官场风气大变。在历代帝王中，如此清简的并不多见，也为当今社会树立了效法的楷模。

刘裕于永初三年(422 年)五月病逝，在位仅三年。

刘勰与《文心雕龙》

《文心雕龙》影印本

镇江南郊风光无限，人文景观尤著盛名。南朝梁武帝长子萧统，曾于此编撰《昭明文选》30卷，为我国最早的诗文总集。无独有偶，曾在梁天监年间兼任过东宫通事舍人，为萧统的太子执掌呈进文书的刘勰，于南朝齐末年写成《文心雕龙》，这是我国第一部系统的文学理论批评专著。两部巨著如同双璧，开人心智，耀人眼目，历代多有好评。《文心雕龙》不仅是中华民族的瑰宝，而且已成为世界文学史上的明珠，由此诞生出专门研究《文心雕龙》的新兴学科——龙学，并多次举行国际学术讨论会。龙学研究至今方兴未艾。

刘勰，字彦和，原籍山东东莞莒县，五胡乱华时，其祖辈迁居南东莞郡，即古之丹徒侨郡。7岁时，他曾梦见彩云像锦绣一样，便攀上去想采云；30岁时，又梦见自己拿着朱红的祭器，跟着孔子向南走去。他想："孔子这个圣人是很难见到的，竟然降临到自己梦中，真叫人高兴啊！"彩云般的梦境给了他启示:人的一生必须像孔子那样做出不平凡的事业。他发愤要从孔子的教导里辨别异端,体察文章的要义,于是开始著书论文。

刘勰的父亲刘尚,做过越骑校尉(统率骑兵的武官),但死得早,他10多岁时,母亲也去世了,刘勰成了孤儿,生活十分贫苦,以致30多岁还无钱婚娶。他不得不长期依靠南京附近的定林寺住持僧祐,协助其编定经书。僧祐不仅是佛学大师,精通佛理,而且也是著名学者,刘勰和他在一起10多年,有机会博览群书,经、史、子、集,无所不通,对文集尤有深入研究。白天,他帮大和尚整理佛经,晚上才能握笔深思,作"采云"行动。日复一日,年复一年,拼几多艰辛,洒几多心血,经过五六年时间的潜心努力,终于写成《文心雕龙》这部不朽之作。

刘勰的一生经历了南朝宋、齐、梁三代,这三代文风,用他的话来说,就是"讹滥","讹"是指追求诡异新巧,颠倒字句,违反正体;"滥"是言浮靡,讹滥的文风把创作引入歧途。刘勰认为,只有把文学理论、文学史、文学批评三者结合起来,对文学现象进行全面的研究与考察,才能得出符合实际的结论。刘勰通过评论前人文章的得失,阐述自己的观点,于是《文心雕龙》诞生了。

博大精深的《文心雕龙》,全书共50篇,分上、下两编。上编:从《原道》到《辨骚》5篇,是全书之纲;从《明诗》到《书记》20篇,大体上是文体论。下编:从《神思》到《总术》19篇,大体属于创作论;从《时序》到《程器》5篇,论作家修养和文学评论;最后的《序志》是全书的尾序,古人之序往往在书后。在这篇序言中,刘勰首先解释了书名,透露贯串全书的根本主张,他说:"夫文心者,言文之用心也。""文心"是讲作文的用心,刘勰所谓"心"的含义,包括了作家的道德品质、学识智能、文学修养及立意谋篇和表现技巧等,刘勰认为"心"是人的主宰,也是文章的根本,"心生而立言,言立而文明",文美必谈心美,这就是文质并重的美学观点。"雕龙"就是在木头上雕刻龙的花纹,说明作文要讲究文采的修饰,像雕刻龙纹一样。刘勰认为,自古以来的文章,都是重视文采修饰的,但修饰文采是为了表现义理，而且要顺乎自然。不能像战国时代“雕龙奭”那样，修饰太多，雕琢过分，流于矫揉造作。从《文心雕龙》的书名就可看出刘勰论文的根本：文质并重，顺乎自然，反对过分雕琢。他自己就是用这样的“文心”来写作《文心雕龙》一书的。

《文心雕龙》写成以后，如何推向社会以实现其社会价值呢？当时印刷术尚未发明，如果雇人传抄，经济条件又不允许，加上此书的主旨是力破当时淫靡的文风，更不为“时流所称”。刘勰冥思苦想，终于想出了一个大胆而绝妙的点子：直接去拜谒沈约。沈约是梁武帝的宠臣，任尚书仆射（宰相），又是齐梁时代的文坛领袖人物。于是刘勰背着书稿，上京城去请沈约审阅。然而，侯门深似海，他一个穷书生，又无钱给看门的人送礼，去了几次，就是不得其门而入。刘勰只好装作卖书郎，徘徊在沈约家门口。一天，但见沈约回府，他斗胆上去拦住车子，求沈大人把书买回去。沈约是个爱书的人，见刘勰态度恳切，便把书带回去，嘱刘勰三天后来取钱。三天匆匆而过，刘勰怀着忐忑不安的心情来到沈府，不意沈府家人对他说：“沈大人有请。”于是，小人物刘勰得以直入厅堂，拜见了官居相位的沈约。沈约“大重之”，认为“深得文理”，勉励年轻人其志可嘉。消息一传出，书稿身价大增，顿时誉满江左，刘勰也声誉鹊起，一颗璀璨的明星冉冉升起。

梁朝时，刘勰曾陆续做过几任王爷的“记室”（相当于秘书之职），也曾出任过太末（浙江衢县）县令，提出过祭天地、谷神应当与祭天子宗庙一样，用果蔬而不必用牲畜的建议，虽被采纳，但也一直未被重用。昭明太子爱好文学，“深爱接之”，要他去兼任东宫通事舍人。后来梁武帝命令他到定林寺，与慧震和尚一起，对已编定的经藏进行重新修订。刘勰长于佛理，京师寺塔及名僧碑志都常请他代笔。待修订经藏工作完成以后，刘勰烧掉了自己的胡须和头发，决心出家做和尚，得到了梁武帝的许可，便改名慧地，可惜不到一年时间就圆寂了。

刘勰在艰辛中奋发，于坎坷中猛进，玉汝于成。他和《文心雕龙》的耀眼光辉永垂后世，是丹徒的光荣，更是中华民族永恒的骄傲。

佛教律宗始祖道宣

江苏南通狼山广教寺内,有个十八高僧纪念馆,位列其首的就是佛教律宗始祖道宣。

律宗又称南山宗,是中国佛教的主要宗派之一,历经千余年至今传承不绝。扬州大明寺的鉴真和尚,就是道宣的再传弟子。道宣后来成为日本佛教律宗的创始人。

道宣出生于596年,丹徒人,俗姓钱,是广陵太守钱让的后代。他天资聪颖,自幼便接受了良好的家庭教育,9岁能作诗赋,15岁到长安日严寺跟从慧硕出家为僧,20岁时大禅定寺律学大师智首为他举办了被称为“具足戒”的仪式,以后便听受律学知识,学习四分律多年,奠定了坚实的律学基础。他还经常外出虚心向有知识的高僧大德求教,为了弄明白学习中遇到的疑难问题而常年“追千里如咫尺”,“跨关河如一苇”。

624年,道宣住终南山仿掌谷的白泉寺,与隐居于此山的著名医药学家孙思邈结有林下之交。道宣在终南山除了继续从事律学研究外,从30岁开始写书,坚持了40年,计有著作35种220多卷。他改革了原有的四分律,使其更适合我国国情,著有《四分律删繁补阙行事钞》等书。时至今日,这些著作仍为我国佛教律宗的理论基础书籍。

道宣除了著有经他改革后的四分律专著外,还著有《广弘明集》《续高僧传》《大唐内典录》等。

《广弘明集》是继南朝梁僧祐编纂《弘明集》后又一部宗教文献的汇集。因僧祐生活在佛教东传之初，在弘传的过程中遭遇了中国原有的儒、道两教强大的阻力。为了能使佛教立足和发展，僧祐侧重搜集排斥儒、道而独申佛法的文章，而道宣的《广弘明集》则从《弘明集》时的被动开始转向主动，该书收录了中唐以前的僧俗130多人的作品，包括传记、书简、诏敕、碑铭、诗赋等273篇，具有较强的史料价值，对于研究三教势力尤其是佛、道两教势力的斗争消长有着重要的参考价值。

高僧道宣画像

《续高僧传》共30卷，成书于645年，其后又增补《后集》10卷。该书续写的是南朝梁代名僧释慧皎所撰的《高僧传》，继承了慧皎未竟的事业。该书收录了从北魏至唐高宗麟德年间(664—665年)的高僧488人，附见299人，收录的高僧遍及我国南北，从而弥补了《高僧传》中所收人物偏重南朝的缺憾。

洛阳西明寺建成之初，唐高宗李治下诏任命道宣为该寺的上座(僧职，处众僧之上)，当唐三藏玄奘取经回到长安后，李治再次下诏任命道宣为西明寺、弘福寺两处译经场所的翻译、审定工作的负责人。在道宣的主持下,共译经书 75 部 1335 卷。

道宣圆寂于 667 年,世寿 72 岁,高宗李治下诏天下所有寺院供奉他的真容画像,还给他加封号为“澄照”。他的徒弟为其建了三座塔,取名净光塔。

道宣有弟子千余人。主要有两大系:一系由文纲传道岸,当道岸又传给鉴真后,正是日本的奈良时期(唐天宝年间)。当时日本僧侣多次入唐求律,鉴真应邀从扬州大明寺东渡日本,为中日友谊及日本的佛教和文化的发展做出了重大的贡献。另一系由周秀继承,历宋、元、明、清至今,都有弟子传承。

江南才子许浑

东晋元帝时，杭、嘉、湖等三吴地区的漕粮，经太湖至江南运河，由丹徒出江上溯到南京，因出口处水浅而建埭（堤坝），建成之日为丁卯日，故名丁卯埭，后埭改建为桥，称丁卯桥，桥畔之村便为丁卯桥村。这桥与村本不为奇，只因唐代诗人许浑曾择居于此，丁卯桥便名闻遐迩，成为千百年来骚人墨客景仰和钟爱之地。

许浑画像

许浑，字用晦，系“故相圉师之后”。远祖许绍，儿时与唐高祖李渊是同学，太宗贞观时许绍嫡孙许力士袭爵。许圉师因犯错受过处分，怕家人遭受牵连，便将子女分散到全国各地，其中一子叫许自明，流落到江南丹阳。据《润州许氏家谱》记载，许自明即许浑的曾祖。许浑于太和六年（832 年）中进士，曾任太平县令、润州司马等地方官，也曾入朝任监察御史，后又任睦（浙江建德）、郢（今属湖北）二州刺史。晚年因体弱多病，辞归故里，于丁卯桥定居，故世称许丁卯。约于859年（一说855年）辞世，葬于丹徒谏壁雩山脚下。

唐时丁卯桥位于运河入丹徒的咽喉，古运河傍村而过，长江只隔数里之遥，水陆交通十分便捷，尤以舟楫为便。环境也十分优美，是“小桥通野水，高树入江云”的如诗如画的境地，而且东望圌山，西南靠招隐、鹤林、竹林诸寺，文物胜迹甚多。浪迹天涯的许浑，之所以选中丁卯桥安度余生，就因为如此吧！

避居一隅，安宁静谧，乡村野趣，田畴风光和纯朴的民俗风情，时时撞击着许浑的心灵，使他写下许多风格不同、令人耳目一新的田园诗。他在《夜归丁卯桥村舍》一诗中写道：“月凉风静夜，归客泊岩前。桥响犬遥吠，庭空人散眠。紫蒲低水槛，红叶半江船。自有还家计，南湖二顷田。”茫茫夜色中的丁卯村舍，有庭院，有农田，有犬吠，有水，有桥，有船，还有紫蒲红叶，好一幅乡村夜景图，好一首田园风光诗，给人以无穷遐想。

许浑把丁卯桥写得这么美，寄托着他对丁卯桥的深深眷恋之情。同时，通过他的田园诗，人们可以领略到一幅幅当时丹徒农家的生活画卷。“莱妻早报蒸藜熟，童子遥迎种豆归”，“山径晓云收猎网，水门凉月挂鱼竿”等诗句，生动形象地反映了在唐代承平时期农村生活的情趣。

许浑最著名的一首诗，莫过于在唐大中年间（约850年）他任监察御史时写的那首《咸阳城西楼晚眺》了。诗中写道：“一上高楼万里愁，蒹葭杨柳似汀洲。溪云初起日沉阁，山雨欲来风满楼。鸟下绿芜秦苑夕，蝉鸣黄叶汉宫秋。行人莫问当年事，故国东来渭水流。”诗人在一个秋天的傍晚，通过登楼眺望，凭吊秦汉故都遗迹，触发乡思旅愁，抒发对前朝兴亡的无限感慨，慨叹人世不定。“山雨欲来风满楼”一句，形象鲜明，寓意深刻，明写暴风雨来临前的征兆，暗喻当时政治局势的危急多变，重大事件即将发生的气氛和迹象，成为人们千古传诵的名句，被后人广泛引用，家喻户晓。更值得注意的是，“溪云初起日沉阁，山雨欲来风满楼”中的“日沉阁”和“风满楼”，其平仄声调分别为“仄平仄”和“平仄平”，别具一格，表现出与前人七律不同的声韵风格，这种句法为后人所仿效，称为“丁卯句法”，体现了他对前人诗歌创作格局的超越精神和创新意识，成为晚唐律诗创作的一种新气象。

许浑的诗中还有一种非常特殊而明显的诗歌意象，那就是喜欢用“水”字，或与“水”有关的事物。如“山雨”“泊岩”“桥响”“水槛”“半江船”“南湖”“水门”“鱼竿”等。据统计，《全唐诗》所收许浑 531 首诗中，与水字有关联的有 251 首，用到“水”字的有 250 首，两者占总数的 85%。难怪有人说：“许浑之诗千首湿，不用泼浇会自淋。”

许浑一生仕途并不得意，但才气横溢，诗作卓著，是晚唐著名的诗人，在唐代丹徒籍诗人中成就最大，存诗最多。他把自己一生的诗作选编成诗集，取名为《丁卯集》，为当时人们所推崇。唐末诗人韦庄在《题许浑诗卷》中赞曰：“江南才子许浑诗，字字清新句句奇。十斛明珠量不尽，惠休虚作碧云词。”南宋陆游对许浑诗的评价也很高，他在《读许浑诗集》中称：“裴相功名冠四朝，许浑身世落渔樵。若论风月江山主，丁卯桥应胜午桥。”

北宋科学人杰苏颂

苏颂像

北宋时期,我国产生了两位有世界声誉的科学家,他们在晚年都定居润州。在他们的第二故乡,完成并总结了他们一生的科学活动,为我国科学的发展做出了极大的贡献。一位是众所周知的《梦溪笔谈》的作者、被许多国家博物馆列为世界文化名人的沈括;另一位则是鲜为人知的天文学、药物学人杰苏颂。

苏颂,字子容,1020 年出生,祖籍福建泉州。他的父亲苏绅曾经三次或因做官或奔母丧而寓居扬州,苏颂即跟随父亲身边。苏绅死于润州并安葬于此,苏颂便迁居润州丹徒了。他自幼聪颖好学,于北宋仁宗庆历年间考中进士,从此踏上了仕途。曾历任宿州观察推官,江宁知县,南京留守推官,杭州、婺州、应天、开封知府等各级地方官,又在朝廷任集贤阁校理、翰林学士、刑部尚书、礼部尚书等职。1092 年入阁拜相,任右仆射兼中书门下侍郎,这时他已是 73 岁高龄。他当宰相还不到一年,便主动上奏呈请辞职,不久便告老返回丹徒,专心著述。1101 年 5 月,苏颂逝世于丹徒。

苏颂在宦海生涯 50 年中,为官勤勉,才华过人,正直廉明,颇受好评。苏颂在任南京留守推官时,留守欧阳修将政务委托给他办理,表示对他的信任。他任颍州知府时，恰逢宋仁宗去世，因建陵墓所需，朝廷的主管部门向各地征收一时难得的物资，苏颂十分反感地说："遗诏务从俭约，怎么可以强制下面交纳当地不出产的东西呢?"苏颂曾奉命出使契丹，当时正是冬至这天，契丹国的历法冬至比宋朝历法后一天，契丹人就问以哪一种算法为准？苏颂说："历家算法稍异，迟速不同，如亥时交节气，还在今夜，到子时交节气，就算明天了，或先或后，可各自按自己的历书为准。"契丹人认为很好。回宋后苏颂向宋神宗禀明去契丹的情况，得到了宋神宗的肯定，说这是较难处理的问题，这样的解释很好。宋神宗问了些契丹的情况，苏颂一一详答。后来神宗念及大宋与契丹通好多年，想写一本关于盟誓、聘使、礼仪等方面的书，就很自然地选择了苏颂。仅仅一年多时间，苏颂就写成《鲁卫信录》一书。

苏家是一个大家庭，苏绅死后，全家的重担落在了苏颂身上。他侍奉祖母、母亲，供养姑姐妹及外族达数十人，并及时为他们操办婚嫁事宜。由于俸禄有限，妻儿有时衣食不继，生存有困难，但一家人相处融洽亲密，宰相富弼称他为"古君子"。苏颂在当宰相时，严格执行典章制度，同时也要求朝中文武百官忠于职守，遵章守法，量才用人，杜绝不正之路，防止边将邀功生事。虽然他位及权贵，但生活俭朴，如同寒士。

苏颂的官声政绩，不要说在那封建时代，即便在今天也属难能可贵，令人敬仰，更使世人瞩目而倍感自豪和骄傲的，是他在科学界的杰出成就与突出贡献。

他在朝廷集贤阁任校勘、集贤校理的 9 年期间，有机会博览皇家藏书，潜心钻研，以致"自书契以来，经史九派，百家之说，至于图纬、律吕、星官、算法、山经、本草，则无所不通"，尤精于典故，朝廷每有新的典礼制作，必请他审核。这为他以后在天文学和药物学方面的成就打下了坚实的基础。1086 年，苏颂奉命检验太史局的浑仪时，想到应有演示天象的仪器和浑仪配合使用，在向皇帝报告检查情况时，提出建造水运仪象台的设想：把浑仪、仪象和报时装置结合在一台仪器上，利用水力作推动的动力，当即获得批准，并由他主持建造。受命后，他立即行动，对历代以来天文仪器作实物主察，研究其原理，又挑选在吏部精通算术的官员韩公廉做助手。苏颂提出制作原理与设计方案，韩公廉写出书面设计计划《九章勾股测绘浑天书》一卷，然后制作模型，经过反复测试调整，证明设计符合要求，遂于1088年将模型小样进呈皇上，由皇上正式批准招工建造，直至元祐七年竣工。

水运仪象台把观测、演示天象变化两种功能结合为一体，又能随天象变动由木人自撞钟击鼓准确报时。这台仪器中有许多地方是在当时处于世界领先地位的发明创造，至今仍为中外科技史家所叹服。英国研究中国科技史的专家李约瑟博士等认为，水运仪象台是欧洲中世纪天文钟的直接祖先。水运仪象台能控制浑仪的四游仪窥管跟踪天体运转，实际上是现代转仪钟的雏形。李约瑟认为，苏颂把时钟机械和观测用浑仪结合起来，在原理上完全成功，因此可以说，他比罗伯特·胡克先行六个世纪，比方和斐先行了七个半世纪。水运仪象台的原动轮是由水力驱动的“枢轮”，枢轮的运动，由一组叫“天衡”的杠杆装置控制，这和近代钟表关键部件锚状擒纵器的作用相似，所以天衡系统是近代钟表的先驱。过去都认为钟表装置是欧洲十四世纪的发明，李约瑟在研究了从张衡到苏颂的水运天文仪器之后，认为上述这种认识是错误的，他在《中国科学技术史》这部著作中说：“我们以前关于钟表装置……完全是14世纪早期欧洲的发明的说法是错误的……中国在许多世纪以前，就有装有另一种擒纵器的水力传动机械的时钟。”浑仪置于上层板屋中，屋顶盖板可以自由移动，这是世界上最早设计的天文台观测室自由启闭屋顶。

苏颂晚年安居丹徒后，对水运仪象台的设计施工图纸进行总结整理，于1094年至1096年写成《新仪象法要》这部重要的科学专著。该书正文以图为主，介绍水运仪象台的总体和各部结构，各图附有文字说明。这些图不仅是中国现存最古老、最系统的机械设计图纸，也是世界机械制造史上最珍贵的资料。值得一提的是，书中附有两套共5幅星图，根据史籍记载和对星图本身的研究,确定该图是根据 1078 年至 1085 年一次恒星观测的资料绘制而成的,共绘有恒星 1462 颗。而西欧在 14 世纪文艺复兴以前,观测的星数为 1022 颗。书中保存的这一重要天文史料,足以证明我国当时在天文研究中的光辉成就。

直到 2013 年,当代学者江晓原否定了水运仪象台具有天体观察、天象演示、计时钟表、自动报时等功能,认为它只是中国历史上最宏大、最奢侈、最壮丽的一件礼器。“百花齐放、百家争鸣”是科技发展的强大动力,尽管如此,苏颂的科学创新精神和伟大成就仍然值得肯定。

苏颂曾两次受命整理历代医药典籍,编写了《嘉祐补注神农本草》和《图经本草》两部著作。特别是《图经本草》,每种药物都绘有图样,注明效用、产地、采集时间等,是当时最新、最全的药物志和药物图谱,具有较高的科学价值和实用价值。明朝大药物学家李时珍对《图经本草》评价很高,他在自己的著作《本草纲目》中,多处引用《图经本草》的成果,推崇它“考证详明,颇有发挥”。可惜的是,苏颂的这两部药物学专著都失传了,现在只能从后来的有关著作中读到某些片断。

此外,苏颂还著有《苏颂集》72 卷。

苏颂宦海沉浮 50 年,做人,堂堂正正;做官,清正刚直;做学问,更是专注执着、矢志创新。在他回到第二故乡丹徒后,以 70 余岁高龄仍笔耕不辍,完成了重要科学著作,从容地走完了光辉的人生历程。

一代名相张玉书

说起张玉书，熟悉丹徒历史的人都知道，这是一个令丹徒人骄傲的名字。这位清朝康熙年间的文华殿大学士，因为奉诏编纂《康熙字典》而成为著名的丹徒古代名人之一。

张玉书（1642—1711），字素存，号润甫，江苏丹徒（今镇江）人。自幼刻苦读书，顺治十八年（1661 年）考中进士，精春秋三传，深谙于史学。历任翰林院编修、国子监司业、侍讲学士，累官至文华殿大学士兼户部尚书，成为一朝宰相。清圣祖康熙五十年（1711 年）五月十八日卒于热河，谥号文贞。

才智过人

张玉书自幼刻苦读书，勤奋学习，资质聪明，智力超群。幼年时有一邻居想考验一下他的才学，就指着张家旁边一棵树让他以此为题作诗，张玉书出口就吟："门前一棵树，七八大丫杈。暮时鸦作叶，冬至雪生花。"邻居大为赏识。在恩师的栽培和自身不懈努力下，张玉书品学兼优，少年便学业有成。11 岁成为"秀才"，13 岁考中"举人"，20 岁高中"进士"。

后来，张玉书在京城为官，在康熙皇帝鞍前马后问事，深得宠爱。一天，康熙对张玉书说："卿才智过人，过目不忘，吟诗作对，出口成章，少见！少见！"张玉书双膝跪地说："皇上过奖，愚臣不才，至于吟诗作对，在我家乡江南,妇孺孩童,皆为易事。”说者无意,听者有心。康熙皇帝决定派钦差大臣到江南丹徒、大路一带察访,验证张玉书所言真实与否。

春暖花开时,钦差大臣一行来到江南圌山脚下,恰逢一牧童骑在牛背上放牧,即以圌山为题出一上联:“一山圆圆,四面八方。”要求牧童对出下联。牧童不知其意,将手高举摆动,示意不懂。钦差大臣第一炮就未打响,兴致全无,立即打马回朝,禀报康熙。

康熙传张玉书上殿询问,张玉书不紧不慢地说:“禀皇上,那牧童已对出了下联,且非常工整。”康熙说:“何以见得?”张玉书禀告说:“牧童高举右手摆动,下联即为‘五指摇摇,三长两短’。因孩童见识浅薄,未敢狂言,谢皇上免罪。”康熙及群臣听罢,皆翘指称赞。

励精图治

张玉书知识渊博,谨慎廉洁,效忠皇室,深得康熙的信任。为官50年间,他政绩卓著,一直被康熙所重用,为开创康熙盛世起了重要的辅佐作用。

从康熙二十三年(1684年)开始,张玉书先后做过刑部、兵部、户部尚书,仕至文华殿大学士。张玉书重任在肩,他十分重视农业生产,大举兴修水利,奖励农民垦荒。全国原有良田540万顷,通过开垦荒地增至为600万顷。他重视治理黄河,通过降低河床,浚通了黄河出海口;加固长江堤岸,引用长江水浇灌两岸的万顷农田,避免了黄河、长江的洪水泛滥。

张玉书博学多能,谙熟水利,曾数度勘视河工,提出增减各处水坝的建议。康熙巡视江苏丹阳,当地官民请求治河并提出了具体方案。康熙责成张玉书与河道总督共同审核。他们亲临现场,逐项落实,康熙十分满意。康熙四十六年(1707年),河道总督张鹏翮请开溜淮套河,张玉书随帝南巡,亲自对该工程进行考察,康熙看到计划开凿的河道上老百姓的坟墓极多,遂责备所开河道不当。张玉书实地考察后认为,采用明朝人白英提出的引汶水南北分流的办法,要比新开溜淮套好得多,他详细陈述其优点，受到康熙的赞赏。其后，张玉书又与康熙一起议定，疏通旧道，使其畅通。这样，既节省开支，又方便商民。

康熙三十五年（1696年），康熙亲征噶尔丹，张玉书随驾亲征，参与运筹帷幄，是随征的唯一汉臣。在他的提议下，康熙采取以逸待劳、诱敌深入的战术，以最小的代价取得平息叛乱的最后胜利。班师后，朝廷举行了盛大的庆功典礼，张玉书率领百官朝贺。次年，张玉书奉命充任编修《平定朔漠方略》总裁官，主持记述他曾亲自参与的平定噶尔丹叛乱的始末。

不仅如此，张玉书还奏请皇帝批准多措并举，以利国家振兴，社会和谐。他整顿税收制度，适当减免税收，将土地交给农民耕种。康熙四十四年（1705年）十一月，全国所免钱粮，以银两计算达9000余万两，相当于几年财政收入的总和。他主张对工商采取开放政策，开采金属矿铜、铅和煤矿，暂停征税，任民开采。他开放海禁，允许沿海居民出海贸易，其时，上海已成为我国东南沿海的贸易大港和漕粮运输中心。他加强户籍人口统计管理，清理户口人丁。他善于化解满汉民族矛盾，允许满汉通婚。他实施富民政策，修建常平仓、社仓等，为老百姓备荒，给旗人生计优惠等。

康熙时期，国家统一，国强民富，经济繁荣，文化昌盛，政通人和。可以毫不夸张地说，这其中张玉书立下汗马功劳。

编纂《康熙字典》

满人入关建立清朝后，为强化统治，需要有统一的文字标准。1710年，康熙把先后担任要职的两位大臣——文华殿大学士兼户部尚书张玉书和文渊阁大学士兼吏部尚书陈廷敬找来，命令他们组织30余名语文专家，编写一部具有典范性的大型语文工具书。

本来，张玉书担任这个大部头字书的总纂官，陈廷敬辅佐；没想到第二年张玉书病逝，陈廷敬继任总纂官。两年后即康熙五十五年（1716年）编成了巨著《康熙字典》，康熙非常高兴，亲自题签并撰写序言。康熙肯定这部书“开卷了然，无一义之不详，无一音之不备”，起个名字叫“字典”，意思是古今字书的典范。《康熙字典》是至今还在使用的重要工具书。在整个清代近300年的统治中,“字典”两字的含义只有一个,就是《康熙字典》。尽管张玉书介入《康熙字典》时间不长,但是担当主要组织作用,功不可没。

不仅如此,张玉书在位时组织编辑、纂修、翻译的书籍丰富多彩,已经达到数百种,为康熙盛世文化的繁荣昌盛和满汉民族团结和谐做出了杰出贡献。张玉书著有《力行斋》《文贞集》12卷、《明史》《三朝国史》《清史列传》《大清会典》《大清一统志》《平定三逆方略》《平定朔漠方略》《政治典训》《治河方略》等,这些典籍为当时治国富民提供了丰富的实践经验和理论依据,为后人安邦治国留下了宝贵的精神财富。

火了“京江饼”

张玉书从政50载,一生廉正清贫。他生活俭朴,平易近人,是后人广为颂扬的廉政清官,至今在镇江、丹徒仍具有广泛的影响力。镇江、丹徒有一种著名的面食“京江饼”,还有一段和张玉书有关的佳话。

张玉书在京师做官时,亲朋好友每年都会给他在镇江的家中送礼。张玉书为此心烦,如果对方礼送重了,自己的家人不能贪心收下,如果拒不收礼,又怕别人说自己架子大。愁眉不展之际,他想到了自己爱吃的小吃“京江饼”。便叮嘱家人,以后再有人送礼,只收“京江饼”。

正好,张玉书家隔壁有一家食品店,专门做“京江饼”。张玉书家只收“京江饼”的消息传开后,该店的“京江饼”生意顿时火爆起来,供不应求。张玉书又吩咐家人将收下的“京江饼”,偷偷送给店老板,店老板高兴得不得了。后来,店老板为了答谢张玉书,将自己的房屋卖给了张家,选择到别处开店去了。

如今,京江饼依旧保持着那独特的香味,并始终受到镇江平民百姓的喜爱。很多乡亲吃到京江饼,就会想起张玉书。

有关张玉书的传说故事很多,真耶,假耶?大可不必追究。这只是百姓们对这位足智多谋的清官、好官的一种敬仰之情的流露罢了。

淡墨探花王文治

辛丰镇的北边有个东石村，村里绿树掩映，屋舍俨然。其中的王氏宗祠虽已破败不堪，但粗硕的梁柱却依然完好，正厅横梁上悬挂匾额的铁钉仍赫然在目。堂柱上有一副王文治写的楹联，上联是："衍祖宗一脉心传，进而尽忠，退而尽孝"；下联是："教子孙两行正务，秀者勤读，朴者勤耕"。

原来，清代著名书法家王文治就是丹徒东石村人。

一

王文治(1730—1802)字禹卿，号梦楼。从小聪明好学，12岁就会写诗，尤擅书法，是公认的俊彦之才。他31岁时，在北京参加殿试中一甲第三名进士，即探花，被朝廷任命为翰林院编修；三年后又参加一次大考，取得一等第一名，升为翰林院侍读，并充国史馆纂修；35岁那年被外放到云南临安府当知府，做起了行政长官。但是，他的文人性格并不适合在官场上周旋，仅仅干了三年，下属的两个县经济上出了亏空，他就因"漫无觉察"而被罢官。其实，离开政坛正是他求之不得的，从此，他就过上了"无官一身轻"的自在生活。王文治55岁那年，乾隆皇帝第六次南巡到杭州，看到他在西湖书写的碑文，大加赞赏，便有了再召他出来做官的动议，但是，王文治没有答应。已经在丹徒这块绿水青山的好地方闲散惯了的他，怎会愿意再去干身不由己的事呢？王文治在云南卸任后，曾赋《解郡》诗一首，其中有“莫笑一官竟付人，且喜此身才属我。晚来对酒忽能狂，晓日熟眠真觉妥”之句。从诗中表露的情绪可以看出，即使他不被罢官，迟早也会找个理由辞官的。

二

王文治的书法秀逸天成，潇洒俊美，深得人们的喜爱，名气不仅超出其为官，也大大超出一般的书法家。当时就流传有“浓墨宰相，淡墨探花”之说，前一句指当过体仁阁大学士的书法家刘墉，他的书法用墨厚重；后一句即指王文治，他用墨淡雅。当时甚至还有“天下三梁，不及江南一王”的说法，“三梁”指当时公认的书法家梁同书、梁国治和梁巘，“王”即指王文治。后来有人把王文治和刘墉、梁同书、翁方纲并称为书法历史上的“清四家”。

谈到王文治的书法，在他的家乡至今还流传着这样的故事：东石村人拟集资修建一座土地庙，无奈资金缺口不小。一次王文治的伙夫回乡探亲，归去后如实说明家乡建土地庙有困难，帮他们化缘募捐，耽误了两天。王文治听后称赞他“心诚”，并说：“我给你们题写一幅碑额吧。有了它，款项可望募集。”当他书写的“福德神祠”拿出去以后，观赏者云集，捐资者纷至沓来。这块碑额至今仍为村民珍藏。在东石村村北的三茅宫，其门楣上“三茅宫”三个大字，也为王文治所题，铁画银钩，于法度中见洒脱，不愧为大家手笔。

三

王文治喜欢游历，这同他的性格有关，更为他成为一位艺术大家奠定了坚实的基础。丹徒本地的山水景物自不必说，附近的苏州、杭州、扬州的名胜，都是他在诗中反复吟诵的对象，远一点的，则有北京、云南和西北之游。北京是他 24 岁拔贡去的。拔贡是清代的科举制度，是地方向朝廷推荐人才的一种方法。王文治能被选拔入京，自然是因为他读书做学问成绩优异。他因此在北京逗留了好几年，结识了很多文友，游遍了北京的名胜古迹。在往返北京的途中，山东历下（现济南）等地也都留下了他的足迹。他还曾赴任远至云南，从运河南下到杭州，再由浙江西行到江西、湖南，然后过贵州入云南。每遇名胜之地，他必耽搁几天，纵情山水，陶冶性情，前前后后竟走了半年之久。在云南为官的三年中，他又赏玩了滇池、苍山、洱海等地风光。西北之游，是他46岁时的豪举。他先北上经商丘到嵩山，再过函谷关至长安，后又乘兴到甘肃兰州、临洮等地，吃到了新疆的哈密瓜。

王文治所到之处，除了和文友聚会，吟诗唱酬外，应主人之请，为某些景点题联书碑，也是常有的事。所以，至今在云南、浙江、湖北及江苏的苏州和扬州等地，均可见到他亲笔书写的碑刻。真是一路行程一路诗，足迹留处有字迹。

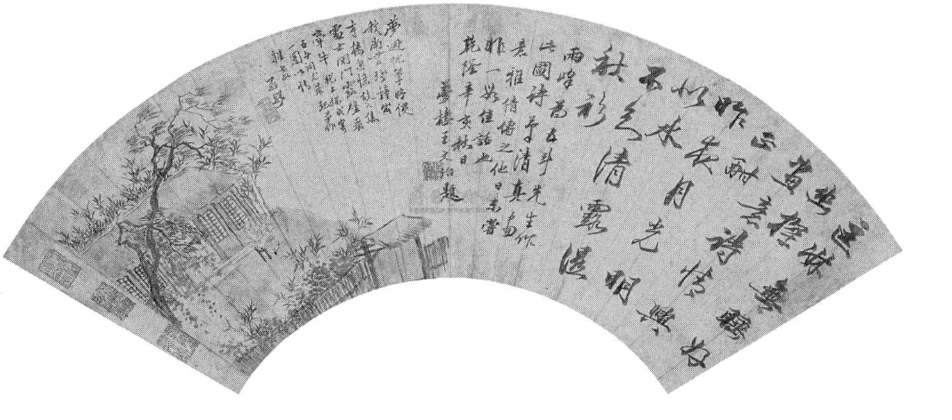

王文治书画扇面

王文治游历生涯中最具传奇色彩的莫过于琉球之行。琉球是我国台湾岛与日本之间的群岛，现日本冲绳，明清时与中国相通并受中国的册封。王文治是得到乾隆帝委派的册封使臣、翰林侍读全魁的邀请，作为从客去琉球的。那时王文治正逗留于京师，虽然才26岁，但其书法、文章早就蜚声文坛,全魁是慕名而邀的。去琉球交通十分不便。王文治一行从北京到达福州后,等了一个多月,才遇到顺风得以出海,但快到琉球主岛时,却遇到了台风,船触了礁,差一点葬身海底,幸亏得到当地人的援救,他们才幸免于难。册封典礼的时间并不长,但等修船、等顺风,却拖了很长时间,以致他们在琉球滞留了7个多月。在这段时间里,王文治几乎游遍了琉球的名胜景点,每当兴致浓厚时,又常常咏诗留书,得到琉球朝野的喜爱。据台湾研究王文治的学者考证,这一期间,王文治在琉球留下的手迹至少有24件以上,现今尚存的仍有11件之多。那里的读书人都很喜欢中国书法,对王文治尤其钦佩,至今仍有日本人到镇江来查阅王文治的资料。年轻时的琉球之行,对王文治来说,无疑是一件大事,他接触到了当时一般中国人想象不到的另一个世界,既增长了见识,也结交了朋友。

读万卷书,行万里路。王文治的游历生涯和创作生涯往往是同步的。他在游历中获取创作的灵感和素材,而创作又丰富了游历的内容和兴致。琉球之行虽然只有几个月,他却写出了不少诗书并妙的作品,他有2卷《海天游草》就是专写在琉球的见闻和感触的;在云南的3年则有《南诏集》3卷,诗作达208首;其他如在扬州游览的有《扬州集》,在杭州游览的有《西湖长集》,在湖北游览的有《楚游草》《后楚游草》《楚游三草》,等等。

四

王文治的诗文辞绮丽,气势恢宏,与同时代另一诗人袁枚齐名。袁枚对王文治的诗评价也很高,称其诗“细筋入骨,高唱凌云”。晚年,王文治把他的诗汇编为《梦楼诗集》,共24卷,收古今体诗1888首。可惜的是,为了节省刻印费用,他删去了不少,如《海天游草》仅保留1卷。他的书法论述,则由别人辑汇为《快雨堂题跋》。

王文治与丹徒同乡、画家潘恭寿的关系极不一般。潘恭寿比王文治小 11 岁，两人的性格、爱好很接近。王文治特别赏识潘恭寿的才艺和画，潘恭寿也特别钦佩王文治的书法和学识。其实王文治对绘画也有很深的功力，只不过被书法的名气所掩盖罢了。在绘画方面，王文治经常对潘恭寿有所指点，潘亦心悦诚服。潘恭寿的画作十有八九得到王文治的题识，可谓珠联璧合。有一次，他们两人合作模仿了一幅元初赵孟頫的人物画，十年后却辗转到了翁方纲的手中，这位大书法家，也未看出是仿作，就加写了肯定性的题识。有一天，王文治去扬州，路过高旻寺，住持将这幅画拿出来请他鉴赏。王文治这时才发现，他和潘恭寿的游戏之作竟然弄假成真。他立刻向住持表示歉意，说出了真相，显示出王文治为人的真诚和坦率。

说到为人，不能不提到王文治与姚鼐的友谊。王文治比姚鼐大一岁，早三年中进士。他们在北京相遇，一见如故，相互倾心，几十年中，他们天各一方，但彼此互通信息，从不间断，而且只要有机会，就设法见面。所以，他们在镇江、扬州、南京等地都不止一次地留下相会的踪迹。他们在一起时，或谈禅论文，或品书鉴画，或饮酒品茗，或听歌赏曲，两人的意见虽不尽一致，却无损于真挚的友情，他们的友谊保持了 40 多年，一直到老。这在“文人相轻”的封建时代是很不容易的。王文治去世后，姚鼐因身体不好，已不能来丹徒吊唁了，但仍写下一篇《云南临安知府丹徒王君墓志铭并序》。这篇文章和 15 年前应王文治之请写成的《丹徒王氏秀山阡表》一样，成为后世研究王文治的重要资料。

除了书、诗、画外，王文治对音乐尤其是戏曲音乐也有很深的造诣。他爱听歌赏曲，常听的有《梅花三弄》《秋风吟琴曲》等。他自己也能唱，还会操琴弄弦。他在杭州掌教一家书院时，曾应当地官员的重金约聘，撰写《迎銮乐府》9 种，作为乾隆来杭时迎贺之用。他曾帮助友人叶怀庭编辑刊印了我国民间私人刊刻的第一部曲谱《纳书楹曲谱》。这部曲谱共收元明以来流传之曲 353 套，内容之丰，在当时首屈一指。编辑过程中，关于工尺谱的审订，大多出自王文治之手，所以当时就有人认为王文治是

“叶谱功臣”。

不仅如此，王文治还有自己的家乐班子。明清时代，有条件的文人雅士常在家里养几个歌伶，供自己和朋友欣赏，这是当时的社会时尚。王文治步入中年以后前来求字索画的人很多，润笔也丰厚，有条件办家乐。他对歌伶的要求很高，总是亲自调教，而且经常创作新曲，四处演出。他的家乐班子，最多时达 30 人，一时名噪大江南北，许多戏曲工具书都列有“王文治”条目，肯定了他在这方面的成就。

语法泰斗马建忠

马建忠像

爱国老人马相伯，长寿100岁，被尊称为“国家之光，人类之瑞”。他的弟弟马建忠，仅活了55岁，一生虽然相对短暂，但他对国家和社会的杰出贡献，仍然是值得大书特书的。马建忠被人们称为“语法泰斗”，中国第一部较全面、系统的语法著作《马氏文通》便是他的传世之作。其实，他不仅是一位语言学家，而且是我国近代改革的思想家，他的一生是救国救民的爱国者探索奋斗的一生，丹徒同乡刘鹗、维新派领袖梁启超都把他引为知己。

留洋博士

马建忠，字眉叔，1845年2月诞生在丹徒一个商人家庭。他少年时代就勤奋好学，博览经史，后来，他目睹清廷的腐败，决心探求富民强国之道，转而攻读西学，得到洋务派领袖李鸿章的赏识。1876年，经李鸿章保举，他以出使英国大使郭嵩焘随员的身份赴英，继而又以郎中的身份留学法国，学习交涉、例律等。在政治学院的考试中，俱得优奖；在学位考试中，也取得优异成绩，引起了巴黎学界的注意。当时法国报纸评论说，来巴黎求学的东方人有日本、希腊、土耳其人，从来没有人考取文辞秀才，如果要有，那将从马建忠开始。1879 年，马建忠考取了文辞第二科，为中国争得荣誉；第二年，他又参加法国理科学位考试，获得博士学位后回国。

成功的外交活动

马建忠回国后，经李鸿章保奏，获赏二品衔候选道，“交军机处总理衙门存记”，一直为李鸿章帮办洋务，曾多次出使国外。1881 年他奉命去西贡、新加坡、印度调查，商谈增加鸦片关税及逐步禁止鸦片入关事项。当时统治印度的英国人中有主持正义者，也觉得有理，虽未能立即应允，但“皆称其公”。1882 年 3 月，马建忠偕北洋水师提督丁汝昌赴朝鲜，协助该国政府与美国订立通商条约，保护了朝鲜的主权和利益。当年 6 月，朝鲜大院君李昰应发动政变，冲进王宫，杀害闵妃，并围攻日本使馆，日本人亦有被害者。日本以此为借口，准备调集兵舰，入朝查办。马建忠出谋，一面诱拘了握有兵权的大院君长子戴冕，一面麻痹、稳住了日本公使花房义质，同时，在大院君回拜时将其拘捕，押送天津。10 天内平定了朝鲜内乱，辅佐朝鲜国王李熙复位，使日本公使无隙可乘，从而抵制了日本的觊觎和殊求，出色地完成了外交任务。朝鲜国王高度评价马建忠的外交和军事才能，特派 3 名官员到北京敬献谢表。

引进外资的倡导者

1890 年春，马建忠在《富民说》中提出了问题，他说，中国要想富强起来，就必先练兵；要练兵，就必先筹饷；要筹饷，就必先开源；而开源就必须先办工业、矿山、铁路等。然而，要办这些事业，国家又没有财力，怎么办？1897 年，他撰写的《铁道论》和《借债以开铁道说》具体回答了上述问题。他从天时、地利、人力、物力、财力等方面论述了中国修铁路的可能性和必要性，并指出：“铁路专由商办，而借债则官为具保。如是则阳为借债之名，阴收借债之效。”“用洋人之本，谋华民之生。取月增之利，偿岁减之息。"筹足款项修成铁路,不仅利于通货物、销矿产、便行旅、利工役、速邮递,而且还利于陆战、海防和河运,这样数年之后,就可以转贫为富,人民富裕了,国家就强大了。正当他竭力主张借洋资修铁路,为借汇丰银行之款修筑铁路而努力之时,却遭到当时大多数守旧官僚的责谤,甚至险遭杀身之祸,丹徒镇江籍寓京人士还开除了他的乡籍。100 多年后,中华大地实行对外开放、吸收外资、搞活经济的政策,使人不禁联想到马建忠可贵的、恳切的金石之论。

振兴工商业的实践者

1880 年,李鸿章创办官督民办的上海机器织布局,资本银 40 万两,分 4000 股,每股百两,均已筹足。至 1890 年,织布局经营陷入困境,后马建忠被委为督办,才正式开始生产。他一到任就立即购置新机器,并加强管理,精心经营,织布局每昼夜可生产 600 多匹布,销路颇畅,利润也好,显示出马建忠办实业的才干。后来他又在徐家汇创办过布厂华纶局。

1893 年,马建忠以 10 万两银子为资本,在丹徒城内开设元同钱庄,由其子塾师陶少南的父亲陶步蟾任经理,为故乡的经济发展做出了贡献。镇江商界名人陆小波和后来任江苏省财政厅厅长的李耆卿都曾是该钱庄的学徒。

《马氏文通》——中国系统语法之始

马建忠不但国学基础深厚,还精通英文、法文和拉丁文,学贯中西。经过对中西文化、教育的比较研究,他认为我国的传统教育,由于不教语法,致使青少年学习语文事倍功半,如果能提高学习效率,就能使学生腾出更多的时间学习自然科学和社会科学。于是,他积 10 余年勤学探讨之力,写成我国第一部系统的语法著作《马氏文通》全书 10 卷 30 万字,卷一"正名卷"阐述了创立的语法术语和界说;卷二至卷九是词类的分析研究;卷十是论句、逗的结构。马建忠精通古汉语,他在书中引用古汉语句例之多，有关语法著作鲜有能与之相比。全书引用“经书、诸子、国语、国策”等36种著作中的7326例句，除《史记》《汉书》和韩愈文章例句外，先秦诸子百家著作中的用例也很多。其中《庄子》513例，《荀子》56例，《吕氏春秋》15例，《墨子》10例，《老子》3例，《韩非子》3例。马相伯说马建忠“经20年长期记录所发表的只是十分之二”，可见马建忠精通古汉语，烂熟于心。《马氏文通》一书的问世，标志着我国古代语言学的终结和现代语言学的开端。自古以来，我国语法问题的若干零碎意见散见于历代的传、注中，没有专门的语法著作，有的只是少数的解释。《马氏文通》的出版，第一次证明中国古代的文章自有精密的语法，在中国语法学研究和建设方面揭开了崭新的一页。

后来有人对《马氏文通》的作者提出质疑，说此书是教育家马相伯所著。经专家考证，《马氏文通》的写成是马建忠的经历和学识的必然结果。当时，在上海办《时务报》的梁启超与马建忠比邻而居，每成一条，马氏即让梁氏先睹为快，有时还与梁有所商榷。但在成书过程中，马建忠也曾与马相伯切磋琢磨，马相伯曾帮助修改，删去例句三分之二，此书的问世，他的功劳当然不能埋没。当年马建忠将其著作的书名定为《马氏文通》，可能也包含这一因素吧。

博士之死

1900年，八国联军侵占天津、北京，东南各省督抚自行和帝国主义联系实行“自保”，李鸿章被授直隶总督、北洋大臣，从广东来到上海主持东南各省事宜，召马建忠至行辕办理公务。9月初，突然接到沙俄政府长达7000余字的电文，马建忠连夜翻译，竟因热症和劳累过度不幸去世，终年仅55岁。巨星英年早逝，惜哉！

谴责小说家刘鹗

1857年农历九月初一，一声响亮的婴儿啼哭震动了长江北岸六合县的朱家宅院，刘鹗在他的外祖父家诞生了。喜讯很快传到了丹徒县城内镇江古运河畔“上河边”刘家祖居的老屋内，传到在河南汝光道道台任上的父亲刘成忠那里。刘成忠企盼这第二个儿子能光宗耀祖，仕途显达。但是，他没有想到，这个儿子将以小说享名于世，将成为我国第一个有意识地大规模搜集甲骨文的开拓者。

“穿破绫罗纱，方是官宦家”，生在诗书官宦之家的刘鹗是幸运的，特别是为他童年接受教育提供了良好的条件。他4岁从包氏二表姐素琴识字，7岁随博学而著述甚丰的丹徒名儒赵君举读书。刘鹗成年后在给友人的信中说：“幼得良师，实为人生一大幸事。”给这位启蒙老师以极高的评价，道出了对老师的无限感激之情。

刘鹗天性聪颖，过目不忘，但不喜八股文。其父刘成忠精于算学，亦长于治河理论，对刘鹗的教诲和影响很多。鹗母朱氏通音律，精医学，也对刘鹗有很大影响。清末的国事维艰、列强侵略和民生疾苦，又使他对所谓的仕宦正途、功名举业不屑一顾，不喜欢当时那些规行矩步的人物，而留心于经世济民之学。

24岁那年，刘鹗在扬州拜太谷学派传人仪征李光炘为师，慨然以天下为己任。他曾给太谷学派同学、泰州的黄荷年写信论学：“圣功大纲不外教养二途,公以教天下为己任,弟以养天下为己任……从此同心同德,海枯石烂,无有二心。”

“养天下”是刘鹗治学立身的宗旨,也应是刘鹗一生事业的概括。刘鹗步入社会以后,在淮安开过烟店,在扬州行过医,但均不如意。31 岁那年,他在上海开设石昌书店,经营石印书籍,成为我国第一家私人石印书局。

次年,黄河在郑州决口,举国骇然。刘鹗以同知身份报效河道总督吴大澂。白天,他亲临灾区察看水情;晚上,他在灯下殚精竭虑,苦思良策。经过多少个不眠之夜,他终于提出了“筑堤束水,束水攻沙”的主张,并为吴大澂所采纳。这一年冬天,黄河大堤合龙。两年后,刘鹗写成《治河七说》,提出了自己的“治黄”见解和主张。

步入仕途之后,刘鹗满怀酬大志、办大事的愿望。但是,他的“养天下”之志,主要寄托在借外资开矿筑路、兴办实业上。这与当时“洋务派”思想的影响不无关系。1896 年,年届不惑的刘鹗风华正茂,应鄂督张之洞之召,筹办芦汉铁路,后辞归。也就是在这一年,他满怀振兴家乡的苦心,上书直隶总督王文韶,请筑京镇铁路,以天津为起点,镇江为终点。但因火车不能渡江,实际只能通到“京口瓜洲一水间”的瓜洲。此议一出,一些镇江籍的京官哗然,说镇江本是长江的水陆码头,繁华富庶,这样一来,无形中镇江市面将移至瓜洲,镇江人就没有饭吃了。于是群起反对,大肆攻讦建议人,并声言要开除刘鹗的乡籍。一番苦心付诸东流,刘鹗扼腕叹息,感慨万分。

呜呼! 倘若此路得以建成,津浦铁路将不复出现,南京、镇江岂不易势乎? 历史总是以无情的事实嘲笑那些卑陋者。但是,历史警戒后人的又何止于此呢? 刘鹗想依靠清廷和洋人办洋务,以求“养天下”,希冀“以渺渺之身转移运会于其间”,当然行不通。刘鹗的悲剧有助于后人认识当时的社会,也对当时寻找救国道路的有识之士有所启迪。

1900 年 7 月,八国联军入侵北京,清廷仓皇而逃,京城粮源断绝,百姓嗷嗷待哺。刘鹗为之痛心疾首,遂斥产捐款赴上海红十字会入京办赈。次年4至5月间,俄军占领太仓屋,拟尽焚仓米。刘鹗因向俄军洽购仓米,续办赈粜。京城居民赖以存活者甚多。罗振玉曾为刘鹗作传提及此事:“平生之所以惠于人者,实在此事。”然而,就是这“惠于人”的好事,竟成了日后酿成刘鹗冤案的“罪证”。

1907年,刘鹗51岁,他念念不忘浦口将成商埠之事,决心先期经营,以免又被列强索为“通商口岸”,就和戚友集资,共购浦口荒地与江中芦洲,并组织“三洲地皮公司”,全力经营。不久,津浦路议起,浦口实为终点,一时地价暴涨。刘鹗所购之土地为浦口豪绅陈浏所觊觎。陈浏本在北京为御史,就唆使同官御史吴某,弹劾刘鹗“勾结外商,代为抢购浦口土地,牟取暴利”。而此时权势炙手可热的军机大臣袁世凯,也挟宿怨乘机扩大事态,重提以前散太仓米一事,刘鹗遂因“私通敌军,偷售太仓陈储”和浦口购地案两罪并发,被逮进京,以汉奸罪充军迪化(今乌鲁木齐)。

1909年7月,刘鹗因脑出血暴死于西陲,一代英才抱憾长逝。

刘鹗之名扬天下,主要是靠《老残游记》一书。

1903年仲夏,刘鹗友人连梦青,因受沈基案株连,避祸上海,以卖文度日。刘鹗知连经济拮据,但又耿介清廉,不愿受人资助,于是草就一小说相赠。这就是后被誉为“清末四大谴责小说”的《老残游记》。

刘鹗每晚回家,乘着酒后勃发的豪兴,信笔直书,尽吐胸中块垒。每晚完稿一回,次日即送连梦青处,从不推敲斟酌,也不复看修改,但其文艺革新的思想却溢于笔端。后因该书出版商——商务印书馆违约,小说只写到十三回中止。1904年到天津后,刘鹗在友人方药雨的多次怂恿下,又续作到二十回,逐日在天津《日日新闻》上发表。此后因兴办北海公司失败,又复动手写二篇,共成十余回,仍逐日发表于《日日新闻》上(现通行本二集只印六回,十九回以下稿佚)。

《老残游记》借一个摇串铃的镇江籍医生老残在游历途中的所见、所闻、所为,表现晚清社会的某些社会现实。全书以玉贤、刚苎两个酷吏的暴政为主要内容,写出了现实的黑暗。小说在艺术上的特点是文笔生动,描写细腻:白妞的歌喉,桃花山的月夜,黄河冰岸上的雪月生辉,特别是济南大明湖、千佛山明丽如画的春色,恰如鲁迅所评赞的"叙景状物,时有可观",深深地感染了读者。尤其是小说中出现的长段刻画曲折心理的描写,明显地吸取了西方文学的写作技巧,在我国古代小说创作中是少见的。

刘鹗《老残游记》书影

由于此书并非一气呵成,加之刘鹗写作时信笔直书,所以情节缺乏提炼,结构比较松散,人物之间和情节之间尚缺乏内在的有机联系,不能不令读者赞叹之余亦留下几分遗憾。

另外,由于刘鹗对封建统治和帝国主义的本质缺乏认识,以为搞洋务、办实业就可以救国,因而书中带有明显的反对资产阶级革命、反对义和团和反侵略斗争的倾向,这也是毋庸讳言的。

刘鹗还以一部《铁云藏龟》成为我国甲骨学研究第一人。1899 年,刘鹗的老师王懿荣在中药"龙骨"上发现刀刻文字,始重价收买甲骨。1900 年,八国联军侵京后,作为国子监祭酒的王懿荣非常义愤,和夫人一起投井殉难。其子王翰甫变卖家藏文物,偿还债务,刘鹗把 1000 多片甲骨悉数买下。与此同时,刘鹗又托北京古董商代他收购,数年之间,共得甲骨 5000 多片。

1901 年,已成为刘鹗亲家的罗振玉在刘家见到甲骨的拓本,就认为是汉代文字学家许慎所未能见的东西。1902 年，刘鹗在上海寓所拿出甲骨实物请罗欣赏，罗赞叹之至，竭力怂恿刘鹗拓印一部分公之于世。1903 年秋，也就是《老残游记》发表的同一年，我国第一部著录甲骨文的六册专著《铁云藏龟》问世。从此，甲骨文才得以为世人所见，成为研究殷商社会和中国古文字学的重要资料。至今中外学者提到甲骨学，无不首举《铁云藏龟》之功。

在甲骨文研究上，王懿荣和刘鹗都首先确定了甲骨文是殷人的刀笔文字，是开拓者。但王懿荣一字未识，刘鹗识 40 多个，其中 34 个是正确的。他虽然识字不多，但首创之功，实不可没。

今人皆以为罗振玉为释甲骨文的第一人。其实，据现存刘鹗日记可知，1902 年 10 月，刘鹗曾为甲骨文考释，并有《说龟》之作数则。如此则刘鹗也应是最早解释甲骨文的人，可惜其稿不存。

刘鹗第一次把甲骨文著录成书，为古文字研究提供了第一手资料，他称得上是一位有功于甲骨学的开拓者。

刘鹗对故里丹徒一往情深。他在淮安的门壁上，一直悬有“丹徒刘宅”的木刻，他的所有学术著作都署名“丹徒刘鹗”，就连《老残游记》的主人公，也以“江南徐州”（镇江）为籍。他十分关心家乡的振兴，他的修京镇铁路之议，他在家乡开办实业之举，无不凝聚着对家乡的殷殷之情。

民主革命先行者赵声

在镇江市云台山下，有一处秀丽的公园，这就是为了纪念我国近代民主革命的先驱者赵声（字伯先）而建的伯先公园。

孙中山夫人、前国家名誉主席宋庆龄亲笔题写的“伯先公园”四个镏金大字镶嵌在园门右侧，曾任孙中山先生秘书的田桓老先生手书的赵伯先简介镌刻镶嵌在园门的左侧，赫然醒目。全国各地除了“中山公园”之外，以辛亥英杰命名的公园仅此一座。

步入园中，绿树满山，鲜花遍地，一尊赵声戎装铜像屹立在花园中央高高的石座上。铜像后面建有喷水池，池的周围假山环抱，从铜像两侧可拾级登山，山路盘旋蜿蜒，山上林木参天，全园景点错落有致，意趣盎然。蓝天丽日下，伯先将军的铜像身着戎装，腰佩战刀，手持望远镜，正雄视东方，那威武飞扬的神采，令人肃然起敬。

伯先将军，您是在眺望故乡——丹徒大港吗？

赵伯先将军自幼便是奇才，1891 年，他方 11 岁，便去镇江应考童子试，“振笔疾书，才气轶群”，“擢置‘案首’（第一名）”，“甚得主试官、镇江知府王仁堪和丹徒知县王芝兰激赏，大加奖励，自是文名鹊起”。

将军还是一个“义侠少年”。当时，大港镇上设有清廷的巡检司衙门，衙役鱼肉百姓，民众敢怒而不敢言。有一次，衙役又任意拘捕了镇上一个贫苦农民，敲诈勒索。出于无奈，这个农民年迈的母亲向伯先的父亲求援。年仅 14 岁的伯先听了老妇人的哭诉，义愤填膺，直闯巡检司衙门，砸开枷锁，扶着那个被拘押的农民便走。小小年纪便大义凛然，疾恶如仇，令人赞叹不已。

伯先将军在家乡创办“阅书报社”的那段历史让家乡人民没有忘记。当年，“阅书报社”大门上有一副对联：

纵环海奇观，开普通知识；

藉大江流水，涤腐败心肠。

字里行间律动着一个革命者以唤醒民众为己任，决心以革命精神荡涤旧世界的宏大志向。

1903 年的夏季，古镇大港在腐朽的清朝政府统治下更显得沉闷难熬，但是，伯先将军创办的“阅书报社”却吹拂出阵阵清新之风。他组织读书辅导会，在会上，慷慨激昂地讲述历朝兴亡史，介绍欧美国家资产阶级民主革命，激发民众的反清、反封建的情绪。

家乡人民也不会忘记伯先将军兴办“安港小学堂”和“体育会”的历史。他聚集热血青年，传播民主思想，教授军事技术。师生之中有 10 多人成为激进的“同盟会”和“新军”的骨干，名扬千秋的广州黄花岗七十二烈士中，就有丹徒志士的英名。

最令家乡人民自豪的是，伯先将军参与了推翻清廷、建立共和的革命事业，在中国历史上立下不朽的功勋。

年满弱冠，伯先便外出求学。他从江南陆师学堂毕业后，又东渡日本，考询军政。他深知，腐败的政权必须靠革命去荡涤，正如他在《保国歌》中所写的那样：“野蛮政府共推倒，大陆有主归华人。”在日本，他和黄兴、何香凝等革命志士来往甚密，他的革命热情得到同志们的赞扬。

回国以后，赵伯先进入了新军。他治军严明，时时不忘宣传革命，“领军哭陵”的故事便是生动的一例。

那一天，阴云密布，暴雨将至。伯先在南京防地紧急集合部队完成训练后，特地把部队带到郊外明孝陵，进行谒陵活动，向全体官兵进行民族革命教育。讲到悲痛处，将军声泪俱下，部属听了无不感愤痛哭，高呼口号。天空惊雷震耳，暴雨滂沱，陵前军容整肃，无一人躲避。伯先播下的推翻清廷、建立共和的革命种子，深深地埋在士兵的心中。

赵声骑马戎装照

伯先将军革命业绩的光辉顶点就是组织并指挥1911 年 3 月 29 日的广州起义，亦称黄花岗之役。1910 年 10 月，他被大家一致推举为起义总指挥，黄兴为副总指挥，指挥部设在香港。

伯先将军为起义殚精竭虑，1911 年 3 月 28 日晚 10 时许，他接到在广州的黄兴的密电，要香港指挥部速派“先锋”队员携带武器赶赴广州参加起义，伯先将军立即率领队员乘上开往广州的班轮。

晨曦初露，广州城隐约可见。忽然，一阵稀疏的枪声使彻夜未眠的伯先将军警觉地走出船舱，只见水面上兵船往返游弋，形势异常。他立即意识到，事发有变，黄兴已打响了起义的枪声，可是，城内起义力量有限，定然凶多吉少。他当机立断，部署队员们做好战斗准备。

大家登岸后，他预感到事态严峻，果然不出他所料，原先伯先部署在珠江南岸准备进城接应参战的民军，已经撤走，不知去向。原来，因秘密泄露，黄兴无奈仓促发难，由于双方力量悬殊，黄兴带领孤军血战一昼夜，牺牲惨重，终于失败。事已至此，伯先将军极为痛心，不一会儿，他终于见到被救冲出重围的黄兴，两人悲痛欲绝，当时，伯先将军便口吐鲜血，晕厥过去。伯先返抵香港，终于一病不起。弥留之际，他喃喃地嘱告守护的同志:“我负死难诸友矣,雪耻唯君等……”

1911 年 4 月 20 日下午 1 时,赵伯先走完了革命的一生,时年仅 31 岁。噩耗传来,家乡人民无不失声痛哭。

悲痛化为力量,遗愿终成现实,1911 年 10 月 10 日,在孙中山先生的领导下,武昌起义终于成功,共和胜利了。伯先将军领导的广州黄花岗起义虽失败,却为武昌起义的胜利奠定了基础。伯先泉下有知,也该欣慰了。

1912 年,孙中山先生任南京国民政府临时大总统,追赠赵伯先为上将军。为了纪念这位民主革命的先行者,1926 年,经赵伯先的战友、丹徒籍著名爱国民主人士冷御秋先生和著名爱国人士柳亚子先生倡导,镇江各界人士踊跃捐助,辟云台山东南麓修建起纪念性公园——伯先公园。

在伯先将军的铜像下,一位年轻的母亲指着将军的铜像向孩子娓娓讲述;一群少先队员戴着鲜艳的红领巾,在队旗的引导下,围坐在铜像前开展队日活动。这座公园是家乡人民对这位革命先驱永恒的纪念。

立足现在,放眼未来,丹徒人民永远不忘苦难的历史。

辛亥之英,民族之雄,丹徒人民永远牢记上将军赵声。

江苏学者陈庆年

1888年的一天，一份捷报送到镇江磨刀巷一位名叫陈懋桓的私塾先生家里，报告他27岁的儿子考取了优贡生。全家人欣喜万分，可那高中优贡生的年轻人却只淡淡一笑，并不十分在意，他的这种神情，使闻讯前来贺喜的人都感到疑惑。他就是日后与梁启超等人齐名，“以学术雄长海内”“腾踔百家”“冠民国儒林之军”、人称“江苏学者”的陈庆年。

一

陈庆年，丹徒人，1862年12月15日出生于一个书香门第，7岁在辛丰西石城家中随父读书，后又就读于高公书院、丹徒县学和江阴南菁书院。在南菁书院读书时，他有机会博览书院的藏书，广交四方知名人士，并开始研究经学，显示出超群的学识与才华，受到江苏学政和书院院长的赞赏。经学涉及的范围很广，有《周礼》《仪礼》《考经》《尚书》等，他通读群经，研究和探讨经书的精髓，陈述自己的观点和见解，撰写了大量的著作。儒学大师黄元同读过他对《尚书》的注疏后，称赞其“有石破天惊之妙”。

除了经学，陈庆年对历史、军事、法律、经济诸方面的研究也有浓厚的兴趣，造诣亦深，被时人视为“通才”。他对《三国志》史书进行完善，对汉代军礼进行研究，对我国最大的一部丛书——《四库全书》的目录进行补充，对郑成功攻占镇江和太平天国镇江之战进行描述，又撰修《两淮盐法志》《列国政要》《洋务辑要》等书，从更广的视角去研究历史。他特别精通谱牒研究，其中以《吴勤惠公年谱》最为珍贵，此谱填补了诸家书目的空白，记载了不少珍贵的史料，如谱主吴棠（四川总督，谥号勤惠）镇压捻军起义和云贵地区苗、回等民族反清斗争的情况，以及江南一带修水利、建城圩、设善后局和江北漕运的情况，比其他史书记载更为详细。

二

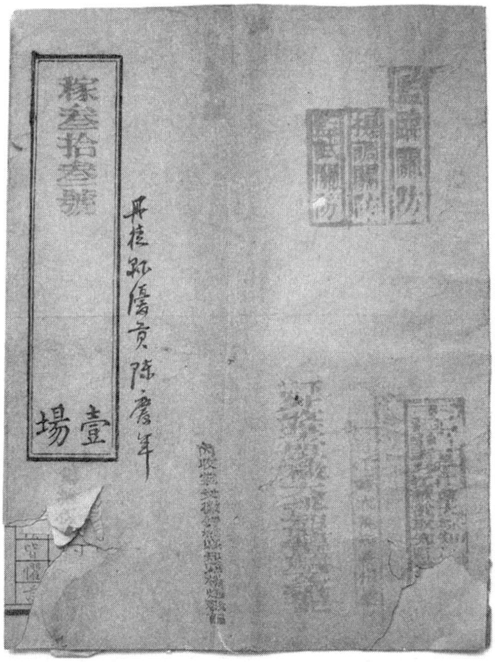

陈庆年早年读书时的考卷

陈庆年自考中优贡生后，因看到朝廷腐败、内忧外患的情形，内心十分忧虑，深深感到沿着考科举、走仕途的路，只能为个人获取功名富贵，对国家贡献不多，对人民更无大益。他认为有真才实学的人应当以振兴国家为己任，因而不愿再去考什么官，决心走教育救国之路。在当时有这样的认识和行动，是十分难能可贵的。机会来了，1896 年冬天，清政府中洋务派首领张之洞邀请陈庆年担任湖北译书局总纂，又让他勘查湖北京山唐心口堤岸溃塌之事。在别人饮酒休息时，陈庆年却在溃堤处调查了解，实地测量。同行人非常感慨，“如君之实事求是，天下能有几人”；张之洞得知后，对他的务实精神也大加赞赏。

第二年，张之洞在两湖开办两湖书院，聘陈庆年任教，主讲史学及兵法史略学教程。他讲史尊重史实,对历史人物的评价力求公允,讲课注重举一反三,循循善诱,进行启发式教学,每课结束必留思考题,做到“学与思”相结合,课余时间也常回答学生提问,顾不上自己休息,深受学生的崇敬,著名辛亥革命将领黄兴便是陈庆年的学生。他强调历史教学要“通今致用”,改编教材,改革教学方法。张之洞对他的教学方法和“诲人不倦”的精神深为钦佩,并接受他的主张,称赞他“才识开通,学问淹博”。执教期间,陈庆年还编写了许多教材,其中以《兵法史略学》《五代史略》《中国历史教科书》三部书影响最大。《兵法史略学》开拓了中国兵法史研究的领域,全书充满御侮图强的经世色彩,收到以史为鉴的实效。在编写体例上,采用了类似章节体的以课为题形式,突破了传统史书体裁的束缚,被张之洞推崇为“古来兵家未有此书”。《中国历史教科书》贯穿强烈的爱国主义思想,点明教育救国的道理,激发起学生的爱国热情,增强民族自尊心。该书在振奋民族精神方面起到了积极作用,并于宣统年间,经过重新修订,再版行世。

在两湖书院执教的9年,是陈庆年从事史学研究的鼎盛时期,因硕果累累,被誉为“江东大师”,引起学术界的广泛关注和好评。

三

1905年,湖南巡抚端方在长沙岳麓山创办高等学堂,邀请陈庆年出任湖南全省学务处提调,同时筹办长沙图书馆。当时全国尚无一家省级公共图书馆,陈庆年锐意经营,从藏书的采购、书籍的分类、书库的布局到人员的选择等,都亲自操问,国内首家省级公共图书馆终于创建成立。1907年,在时任两江总督端方的邀请下,陈庆年担任了江南图书馆坐办兼主持江楚编译局。

这期间,他办了两件大事:当时日本人在中国境内四处收购中国古代典籍,恰好杭州丁氏因生活所迫打算出售祖上收藏多年的“八千卷楼”藏书。陈庆年获此消息后,当即呈书端方,获准后立刻赶往杭州,抢在日本人之前，以 7 万元之价购得丁氏 8 万余册古籍并运回江南，这不仅极大地丰富了江南图书馆的收藏，还避免了祖国珍贵典籍流失东洋，影响极大。第二年，有一个名叫西泽的日本商人，以武力强占了我国领土东沙岛。湖广总督张人骏多次与之交涉均遭拒绝。西泽“明知中国志书仅详陆地，而海中各岛素多疏略”，坚持要中方出示志书为证。张人骏派人查找，一无所获，遂向端方求助。端方知道陈庆年博学多才，特请他考证。陈庆年受命后，感到“外人竟在以志书苦我，而我若不能依据志书与之辩难，无以折服其心”，便埋头群籍之中，终于查考出陈伦炯的《海国闻见录沿海形势图》和英国人金约翰所著的《海道图说》中，有关东沙岛的位置形状完全和实际一致，确为华属无疑。以此书为证，清廷迫使西泽退出东沙岛。在那积贫积弱的年代，陈庆年以自己的真才实学，捍卫了祖国的领土主权，可称壮举，誉满海内外。

四

作为丹徒人，陈庆年对家乡、对他的旧居所在地辛丰西石城有着深深的眷恋和浓浓的赤子之情，他用自己独特的方式，来回报养育他的这方热土。

他十分关心和重视家乡农业生产的状况。有一年大年初一，一亲戚从乡间来拜年，他询问家乡的农事情况，并在日记中作了详细的记述，而对贺年诸事只寥寥数语。初八日，表叔蒋某自乡间来，他又详加询问，从土质、物产到耕种，从肥料、灌溉到虫害，以及蚕桑林木副业的发展，甚至还问了雇工种田的工钱等。此时他已酝酿撰写《丹徒农事述》一稿，到 3 月 22 日开始动笔，26 日写成，月底即寄往上海《农学报》发表。陈庆年在治经史学术、繁忙执教之余，能关注家乡的农事，实在可贵得很。

辛亥革命后，陈庆年谢绝了南京留守黄兴将军的邀任，于 1911 年 9 月回到家乡，专心致志地从事编撰著述、校勘刊刻工作，尤其对地方乡邦文献倾注了大量的心血。他经过考察和研究，撰写了大量的著述，研究丹徒的人文和历史，存有《西石城风俗考》《西石城乡土志》《丹徒润故述》《横山保石牍存》《西石城杂咏》《横山乡人类稿》等。其中《西石城风俗考》最显特色，该书以村为单位描述该地的风土人情、婚丧习俗，这在全国还是第一次。《横山乡人类稿》最显功力，该书汇集了他多年的研究成果，内容涉及政治、经济、军事、文化、教育各类，揭示了许多鲜为人知的地方史实，被学者们赞为"近时人所未见也"。

为了让书籍能与读者见面，广为流传，陈庆年在家设"横山草堂"，招募了一些江北刻工，刊刻了不少书，其中以乡土文献居多，如《嘉定镇江志》《至顺镇江志》《京口三山志》《横山草堂丛刊》等。其中影响最大的是《嘉定镇江志》和《至顺镇江志》，是研究镇江地方文献必不可少的工具书。有人评价，"有关京口之掌故甚巨"，"洵为罕见之秘籍"，内容最丰富的要数《横山草堂丛刊》了。陈庆年从杭州丁氏"八千卷楼"藏书中辑出大量的乡土文献，对其中价值很高的 12 种唐人诗集、宋人词令、元人日记、明清文集等详加考证，撰写序跋，汇编而成，是研究历代文人的重要参考书。此书用雕版印刷，十分精致，深受人们喜爱，纷纷购而藏之。

1919 年，陈庆年不幸中风卧床，不能再参加社会活动，但仍编撰不辍。1929 年 6 月 3 日，陈庆年因病与世长辞，终年 68 岁，葬于丹徒赵家湖祖坟。

书籍是人类进步的阶梯。陈庆年一生淡泊名利，与书为伴，他读书写书，编书校书，刻书藏书，从书中汲取了大量的知识营养，又以富有创见、广博精深的等身著作，给丹徒人民、给中华民族留下了极为宝贵的精神财富。

国学大师柳诒徵

青山巍巍，松涛阵阵。姹紫嫣红的杜鹃簇拥着南山山坡上一座简朴的墓园，令学林乡邦引以为豪、被誉为“文笔东南第一峰”的国学大师柳诒徵便长眠于此。

柳诒徵像

柳诒徵字翼谋，号劬堂，清光绪五年(1880年)腊月廿五日出生在一个家道中落、生活贫苦的书香门第。贫穷更加励志，母亲鲍氏既为慈母，又当严师，她教柳诒徵识字，教读四书五经及《孝经》《尔雅》《周礼》《古诗源》《唐诗》等。家贫出孝子，柳诒徵谨遵母命，刻苦学习。六七岁时他就能背诵唐诗近千首，十二三岁时，做完母亲布置的功课后，他一个人悄悄地躲进楼上阅读家藏之书。只要听说谁家有什么好书，他都要借来阅读，有时人家只肯一本一本地借，他就借一本抄一本，直至抄完。

早期智力的开发，对一个人的成长是至关重要的，环境的熏陶，使柳诒徵有志继承先辈的事业，学习越发自觉勤奋。17岁那年，他报考童子试，经初试、复试，最后以小篆撰写《考焦山古鼎歌》《润州怀古》等七律5首，获得主考官“未冠能此，可称妙才”的赞语，并中了秀才。

因家境贫寒，柳诒徵中了秀才之后便以教授学生为生，自此开始了他漫长的教师生涯。学校从小学、中学到大学，身份从教员、校长到教授，地区辗转南北东西，先后在东北大学、北京女子大学、浙江大学、中央大学重庆柏溪分校，南京高等师范和东南大学执教，弟子门生遍及中华大地，出类拔萃者比比皆是，真可谓桃李满天下。

柳诒徵讲课时“口若悬河，滔滔不绝，声如洪钟，目光炯炯，长髯飘拂”，讲得深入浅出，条理清楚，主题鲜明，语言生动。他批改作业认真严格，容不得半点谬误。对好的文章，他或给赞语，或推荐到刊物发表，以资鼓励，不妥之处，他指导修改，斟字酌句，仔细推敲。他特别讲究教学方法，不主张读死书。在南京高等师范任教时，他带领学生去佛寺欣赏桂花，去栖霞山观赏满山红枫，去清凉山扫叶楼体味“山围故国周遭在，潮打空城寂寞回”的意境。他经常命题，要学生自己找问题，查资料，做结论。他的教学既受到莘莘学子的欢迎和好评，也得到官方的认可。两江总督派员视察各校后汇报说：“所有各校教师，教导有方者以柳诒徵为第一。”著名桥梁专家茅以升曾回忆说：“我从先生受业 8 年，感到最大获益之处，是在治学方法上从勤从严，持之以恒……这对我数十年来治学治事都有极大影响。”

三尺讲台，怎能让饱览群书、学贯中西、满腹经纶的柳诒徵尽情释放出他的智慧能量呢？他一边教书，一边创办学术刊物，如《学衡》《史地学报》《史学与地理》《地理杂志》《方志月刊》等。他更结合教学实践，潜心进行学术研究，著书立说，先后编写出版《历代史略》《中国文化史》《东亚各国史》《国史要义》《中国财政史》《中国教育史》《中国商业史》《中国版本概说》等多种学术书籍。《中国文化史》的横空出世，引起普遍而强烈的社会反响，赢得举世称誉。

1916 年柳诒徵任南京高等师范历史系教授，主讲《中国文化史》。为了编好讲义和教材，他搜集、参考、研读相关书目资料达 700 余种，历时 3 年，终成 3 巨册 70 万言，其内容博大精深，无所不包。从历代的典章制度、文功武略、各派学说，到工商技巧、民俗宗教、货币服饰等，无不追本溯源，究其发展，举其功用，论其得失，是一部百科性的专题史。他采用夹叙夹议的写法，引用一段原始资料，接着是一段评论。他的《中国文化史》教材主题鲜明，旁征博引，论证严谨，既条理论说，使之系统化，又提出新见，成为一家言。尤为可贵的是，他跳出了传统治史以汉民族的发展史为正史的窠臼，从整个世界东西方文化的相互融合、渗透着眼，用客观、科学、包容、开放的观点和方法去分析论述，力去陈腐，兼容中西，使这部巨著成为一部独一无二的中国文化史专著，一部开先河之作。它和柳诒徵晚年的另一部巨著——《国史要义》一同奠定了柳氏在中国史学史上划时代的地位。《中国文化史》一课，文科学生要听，理工科学生也要听，是当时学校学生选修最多的科目。这部巨著一版再版，直到今天，该书还在被各出版社作为文化史方面重要著述一版再版，一印再印，可见其流传之广、影响之大可见一斑。

一心只想做学问的柳诒徵不想在人事矛盾中耗费精力和时间，1927年夏，他“把定宗旨不再入此校”，毅然推掉东南大学（后改组为中央大学）的邀约，受聘江南图书馆馆长之职，开始了他的图书馆事业，是年47岁。

江南图书馆后改名为江苏省立国学图书馆，因藏书丰富而精善，有“江南藏书之冠”的称誉。柳诒徵主持馆务后，即清查整理，征访传抄，积聚图书，更定新章，理前贤遗漏，亲印出版。他用了两年时间，编印《江苏省立国学图书馆图书总目》计44卷，大大方便了读者查检，这在全国乃率先之举，国内外一些图书馆争相仿效。馆藏孤本精钞，外借恐会损毁，不借则毫无作用，柳诒徵将其刊印成新书，开放借阅，延续了它们的生命，扩大了其影响。先后共印行了百余种，其中如《洪武京城图志》等皆为当时稀见之本。此外，他还带领馆员开展学术研究，先后出版《国学图书馆馆史》《版本略说》等书刊并广为流传。就这样，他把图书馆办成既是为国家保存历史文化遗产的宝库，又是学术研究中心和培育人才的摇篮。

1949 年春，他获准退休，寓居上海。当年夏秋之间，时任上海市市长陈毅组建成立上海市文物管理委员会，负责接收保管上海地区的图书文物，闻知柳诒徵在上海，当即亲自登门造访，聘柳诒徵为文管会委员。柳诒徵不顾年老体弱欣然应聘，并赴文管会上班。大批图书接踵而来，一时丛杂山积，柳诒徵逐一核查，何为宋版，何为明钞，何为孤本，何为不经见。每见到一批校本，都要审定批者的字迹、姓氏，判断批注的学术价值，且顷刻间要做出决断，难度甚大。他仔细慎重，不敢稍有疏忽。有一天捡到《张啸山日记》一书，他大呼“尤为瑰宝”，欣喜之情溢于言表。就在这样既费体力更费脑力的繁重工作期间，他仍忙中抽暇，先后著《检书小记》8 册、《人民生活史》《奴隶史资料》《清实录类钞》等书，《检书小记》是极有价值的目录学著作。

柳诒徵飞得再高，飞得再远，也没有忘记自己的根在丹徒。他 20 岁去南京工作，长年在外，辗转漂泊，浓浓的乡愁使他始终思念着自己的故乡，思念着养育他成人的这方热土，殚精竭虑，造福乡梓。

他曾在家乡创办大港小学，1911 年他任过临时县议会副会长及镇江中学校长。他曾纂修过《江苏通志》，搜集家乡史料，辑成《里乘》5 卷，为编史修志留下不少精湛之篇。为建成云台山上的绍宗国学藏书楼，以补《四库全书》藏于金山文宗阁后焚于兵燹之憾，他更是十余年奔波操劳，终为家乡留下 8 万册藏书。

1956 年 2 月 3 日，76 岁的一代国学大师、史学家、教育家、图书馆学家、诗人、书法家柳诒徵，因中风在上海长辞人间。大师虽然仙逝，但他刻苦好学、独辟蹊径、创新开拓的精神，他博古通今、教书育人、著作等身的成就，他爱国爱乡、呕心沥血保护弘扬文化遗产的功绩，是留给家乡乃至全国人民的一笔巨大精神财富，值得我们在实现中国梦的伟大实践中发扬光大。

辛亥革命名将李竟成

1911 年 10 月 10 日，武汉城头传来隆隆炮声，敲响了清王朝的丧钟。在这个埋葬旧制度的生死大搏斗中，从乡村走出来的李竟成，从一个热血青年成长为一名将军，为镇江的和平光复及江浙镇军攻占南京做出了杰出的贡献。

投笔从戎　献身革命

李竟成，原名良波，1881 年出生于丹徒大路镇的一个贫苦家庭。1897 年，经人介绍，他到大港镇“天香阁”名儒赵蓉曾处读书。赵先生看到这个与自己的长子赵声年龄相仿的孩子虽家境贫寒，但聪颖好学，顿生怜悯，答应他免费就读，16 岁的李竟成与赵声成了同窗好友。当时中国面临帝国主义列强瓜分，清政府对外腐败无能丧权辱国，对内残酷剥削压榨百姓。这使他们萌发了立志推翻清廷、挽救祖国危亡的强烈愿望。

1906 年，在南京担任暂编南洋陆军第九镇十七协三十三标标统的赵声写信给李竟成，要他速去南京应征入伍，实现革命愿望。李竟成当时正在横山村设馆教书，接信后即抛家弃馆，赶赴南京，从此走上革命道路。李竟成到达南京后，在三十三标入伍，很快被提升为排长。他受到革命思想的熏陶，不久就加入了同盟会。后又考入南洋陆军讲武堂，1909 年毕业后，任三十三标教官。他经常向士兵宣传革命道理，灌输反清思想。

1911 年 2 月，广州起义前夕，李竟成奉总指挥赵声之命到达香港，被派为代表，返回广州与马锦春一起策动城外新军起义。为了保护赵声，他承担起一切对外联络的任务，经常往返于穗港间，秘密搜集情报，向革命同志传达指挥部命令，筹措军火，为赵声来广州指挥起义准备住所。4 月 27 日广州起义爆发，由于双方力量悬殊，起义失败，许多革命者倒在敌人的枪口下，72 人葬于黄花岗，这就是有名的“黄花岗七十二烈士”。当时敌人在全城戒严，李竟成趁深夜大雨爬越铁路封锁线，才得以脱险返回香港。

赵声返回香港后不久就因病去世。李竟成为失去这样一位同窗、挚友、革命引路人而悲痛万分，他发誓要继承烈士遗愿，不推翻清廷决不罢休。料理完赵声的后事，李竟成就从香港来到上海，“纠集同志，重新组织”，准备再次发动起义。

兵不血刃　光复镇江

革命形势发展迅速，1911 年 10 月 10 日武昌起义爆发。李竟成奉同盟会中部总会命令，回到镇江策动革命。他率领 10 余名敢死队员住到三益客栈，并在客栈内建立了秘密革命机关。

当时镇江的情况十分复杂，清廷在镇江驻有多种军队：新军、水师营、巡防营、陆军警察大队、绿营兵、四大要塞炮台、京口驻防旗营等。因武汉起事，副都统载穆加强戒备，派兵日夜巡逻，各炮台亦非常警惕，旗兵还将过山炮 10 余门分置于南门城上，以防动乱，这些都给起义增加了很大难度。李竟成把个人安危置之度外，利用自己是本乡人这一有利条件开展工作。他用签名的方式，把商、学、军、警界倾向革命的人团结起来，共同为光复镇江出力。

李竟成首先联系新军三十五标、三十六标管带林述庆和章祖衡。林述庆也是同盟会会员，正欲有所行动，两人一拍即合。接着又争取海军虎威、建威两兵舰的全体官兵，得到他们的支持。他分别派员做好陆军警察分队的工作,掌握了镇江的警察机构,发动象山炮台起义。此后又在准备将其眷属作人质的情况下,争取到巡防营统领陆如仙中立,成功策动了驻防京岘山的巡防第五营管带刘联福、驻瓜洲的水师统带赵春霆和驻防镇江颇具实力的新水师统领徐宝山参加起义。能把这部分人争取为起义方面力量,充分显示了李竟成的革命智慧和胆识。

此时,清政府为了加强对镇江的控制,又从南京调张勋部下的江防营来镇保护铁路,这支部队的到来对起义造成极大威胁。李竟成通过细致调查,了解到该营管带刘德贵和哨官林泽英曾是袁义保标统的手下军官,而袁的两位弟弟袁耀楣、袁佐良正为光复镇江而工作,于是李竟成便请这兄弟二人前去做说服工作。刘、林看到清政府大势已去,人心倾向革命,便表示愿意参加起义。李竟成随即请二人到三益客栈总部会商,约定起义时如旗兵抵抗,江防营先佯装中立 1 小时,然后向旗兵开火,以麻痹旗兵,攻其不备。至此,镇江驻军除旗兵外基本上全都同意参加起义,旗兵被完全孤立了。

虽然策反工作比较顺利,但起义经费一时无法解决。李竟成十分着急,他连饭也顾不上吃,就带着堂弟李良庚和一个姓杨的敢死队员,身藏手枪炸弹,先后闯进裕宁、裕苏两家银号,直接找经理借钱,两家经理被迫答应各借 5 万元,并约好在当晚 8 时送至三益客栈。10 万元准时送到,起义经费的难题迎刃而解。

在革命力量占压倒优势的情况下,李竟成还希望从政治上彻底瓦解敌人,他认为只有旗兵不反抗,和平光复镇江才有可能。这不仅表现了他作为一个革命者的超人胆略,更体现了他对家乡父老的爱,他要使镇江这座古老的城市免遭战事。1911 年 11 月 4 日,他召集各界头面人物杨振声、吴泽民、于立三、魏小圃等进行商议,请他们做常镇道、林景贤等官员和京口副都统载穆的劝降工作。在强大的压力面前,林景贤等同意交出权力,载穆本欲率旗兵顽抗,但当他在调动巡防营和各炮台不灵时,知大势已去,只好答应在保全旗人生命财产安全的前提下,缴械投降。

11月6日晚，李竟成在三益客栈机关总部召开紧急会议，最后检查起义的各项准备工作。会议决定成立军政府，建立民军和起义军大本营，李竟成提议由林述庆任镇江军政府都督兼总指挥。11月7日，李竟成将革命机关移至京岘山，林述庆所属新军5个营亦先后集中到京岘山。李竟成向新军发表演说，宣布起义开始，接着林述庆宣布成立军政府，建立民军。全体将士剪掉辫子，左臂缠上白布条，作为起义的标志。同日，象山、焦山、都天庙、圌山等炮台都举起了义旗。随后，林述庆以军政府名义向载穆发出照会，限旗兵即刻投降，缴出武器。事已至此，载穆只好让旗兵投降。

8日中午，李竟成率领士兵进城受降，林述庆都督率大队人马入城，全城百姓拍手欢迎，高呼"光复万岁"，就这样兵不血刃，镇江宣告光复。11月10日，镇江成立军务部，李竟成任军务部长，负责管理原镇江各处驻军和大江南北各地起义的联络事宜。

镇江光复，不仅是镇江人民的伟大胜利，而且对稳定东南地区的局势、光复南京进而支援武汉的革命军，都有十分重大的意义。

身先士卒　攻占浦口

11月下旬，林述庆率江浙镇联军攻打南京，李竟成请缨亲率江北支队（即镇扬联军）进攻浦口，任总司令。浦口系张勋部的弹药辎重基地，占领浦口就可断其军援，扰其军心，南京便可一举拿下。战斗于30日午后打响，一直激战了三天三夜，在柏文蔚镇江支队的支援下，终于攻克浦口，张勋部慌忙逃窜。在战斗中，李竟成亲临前线指挥，连续3日未进饮食。在炮兵阵地指挥战斗时，他被大炮震倒而至吐血昏迷，士兵抬他到后方抢救，刚苏醒过来即询问前方战况，并命令左右速将其抬至前线。将士们看到司令如此身先士卒，深受感动，士气大振，人人奋勇，以一当十，最终打败敌军。

除恶倡善 造福乡梓

1912 年,孙中山任中华民国临时大总统,李竟成被授陆军少将衔,任陆军十六师参谋长兼镇江卫戍司令。任职期间,他积极整顿社会治安,除恶倡善。当时镇江社会上流氓恶棍横行,敲诈勒索、强奸民女的案件时有发生,尤其是江边大流氓朱小五子,设堂收徒,被呼为“朱五太爷”,罪恶累累,民愤极大,前清政府不敢过问。光复后,群众控告盈门,李竟成疾恶如仇,将朱小五子等首恶 7 人绑押游街,在洋浮街斩首示众。尔后,他又设计铲除无恶不作的瓜洲驻军团长边振新。倚仗徐宝山做靠山,横行霸道、鱼肉百姓、血债累累的边振新伏法后,当地居民无不拍手称快。

1915 年 12 月,袁世凯在北京称帝,李竟成非常愤慨,与马锦春、赵念伯、解朝东等 7 位陆军少将联名通电反袁,遭到袁世凯的明令通缉,只得避居上海法租界。袁死后,李竟成始返镇江。之后,辛亥革命的果实被窃,许多仁人志士遭残杀,李竟成无限伤感,加上他反对个人拥有军队,因此受到排挤,于是愤而辞职,于 1916 年解甲归田,回到老家丹徒大路镇许弄小桥头村。

李竟成在家乡靠开小窑坊和种芦滩田度日,生活很是清苦,但他仍乐公好义,敢于与坏人坏事做斗争。东乡群众给李竟成送了一块匾额,上书“乡望所归”,落款为“十区十都十图同敬赠”,以示崇敬。李竟成回故里后,就再也没有离开过,除了为生计劳碌外,便以书法自遣。他书写的两轴对联寄托了家乡情怀和高尚心志:“早岁从戎,誓复润州铁瓮;近年养晦,每思梓里山河。”“一轮明月,两袖清风。”

1935 年,这位民主革命的斗士病逝于故乡,享年 55 岁。现在他的故居及墓均为县级文物保护单位,他的生平事迹收入《丹徒县志》《镇江文史资料》及《辛亥镇江将军录》等书中,永传后世。

泽被桑梓的冷遹

冷遹像

20世纪30年代初，一位面容清癯而严肃的老人，穿一件灰白长衫，着一双圆口布鞋，风尘仆仆地往来于丹徒城乡道上。他就是时任镇江塘工委员会主任委员的冷遹。1945年7月，冷遹和黄炎培等6人应毛泽东主席、周恩来副主席之邀，飞赴延安商谈国事，穿的也是长衫和布鞋。1949年9月，冷遹应邀出席中国人民政治协商会议第一届全体会议，10月1日登上天安门城楼，参加中华人民共和国开国大典，仍然是长衫和布鞋。同他一生布衣布鞋、粗茶淡饭的简朴生活一样，爱国家、爱人民、爱家乡的崇高品质纵贯他78年的人生历程。他是一位著名的爱国民主人士、政治活动家，也是“实业救国”和“教育救国”的倡导者、实践者。

冷遹，字御秋，1882年6月22日出生于丹徒黄墟镇。他在青少年时代就耳闻目睹了清朝政府的腐败无能、帝国主义列强的欺凌和掠夺给中华民族带来的深重灾难，立志要打倒卖国腐败的清政府，拯救人民于水火之中。他常对亲朋好友说：“他日得志，定要振兴中华，让所有贫苦的人有饭吃、有衣穿、有屋住。”

追随中山 投身革命

1902年,冷遹听说安徽武备学堂招生,就匆匆赴皖,经考试被录取入学。在安徽读书期间,他与革命志士赵伯先、管文蔚等交往深厚,并在1906年参加了同盟会,开始从事反清革命活动。婚后仅8天,接到赵伯先要他速去香港活动的信,便只身赴港为革命而奔忙。武昌起义后,冷遹先后担任广西民军混成协邦统、安徽都督府参谋部长等职。1913年7月,爆发了讨伐袁世凯的二次革命,时为中将师长的冷遹率军驻扎徐州前线,为江苏讨袁军先锋部队。后来,冷遹又参加孙中山领导的护法运动,护法运动失败后,他决心脱离军界和政界,开始了他的另一种探索——实业救国和教育救国。

解甲归田 兴业办学

1921年,冷遹从广州回到镇江,致力于实业建设和职业教育,并从家乡做起。为振兴蚕丝业,他跑遍了江浙蚕丝产地,调查观察,著文建议,在江苏利用丘陵荒山发展蚕桑业,改良蚕品种和生产技术,降低制丝成本,提高品质。冷遹率先在家乡黄墟购置50亩荒山栽种桑林,并动员家乡人民广植桑树,后又筹办了小型的永安蚕种场,同时,襄助蚕桑专家葛敬中在镇江西郊四摆渡成立了中国蚕桑改良会,建立试验场(即现中国农业科学院蚕桑研究所前身),到20世纪30年代初,江苏丘陵山区的养蚕业和制丝业均有较快的发展。后来,他又致力于丝绸工业和贸易活动,并开展了国际贸易。至抗战前夕,中国的蚕丝业已开始中兴。同时,他还与陆小波、严惠宇等人合作,先后集资在高资创办了"均益蚕种场",在桥头创办了"三益蚕种场",继而在四摆渡建成"益民蚕种场"和"益民蚕种二场"。抗战胜利后,冷遹将上述种场合并改组为四益农产育种股份有限公司董事会,并出任董事长。

冷遹与职教社倡办女子学校,于1926年10月组成"私立镇江女子职业学校校董会”,冷遹被推为董事长,该校先设蚕桑科,以桥头三益蚕种场为其实验基地。当时招收女生还有一定困难,冷遹动员自己的女儿福慧报考入学,以示倡导。后学校又增设师范科,培养初级蚕桑技术指导员和小学师资,深受各界欢迎。

1928 年,镇江黄墟农村改进试验区委员会成立,冷遹任主席。试验区以黄墟集镇为中心,就近划入 13 个自然村,在当时省农矿厅的支持下,制订了 1928—1932 年五年规划,在试验区办了 10 件大事。抗战爆发后,试验区在日本侵略者的屠刀下夭折了。但冷遹注重实业的精神和留下的兴建水利、道路等设施之举至今仍被人们所称道。

矢志抗战　坚持进步

1937 年“七·七”卢沟桥事变后,中华儿女奋起抗战。镇江“三老”——冷遹、陆小波、严惠宇于 8 月的一天,相约至都天庙,顶香燃烛,发誓保持民族气节,坚持抗战到底。“八·一三”以后,镇江成立了“江苏省会民众组织委员会”,冷遹为主任委员。在他的领导下,这个组织对镇江抗战初期的服务工作起了很好的动员和保障作用。

在武汉,他与中华职教社的负责人一起,积极开展救亡活动,艰辛工作半年,救济难民 10 万余人。

冷遹对国民党的不抵抗政策十分不满,在重庆他继续投入救亡运动。1938 年他以民主人士的身份参加了国民参政会并任驻会参政员。1939 年 1 月,又与张澜、黄炎培等人联合发表宣言,声讨汪精卫的叛国投敌罪行。冷遹由衷地拥护国共合作的抗日民族统一战线,作为参政员,他为协调国共关系做了大量的工作。同时,对于国民党对日妥协投降、对内黑暗统治的罪恶事实,也进行了无情的揭露和鞭挞。1944 年 9 月,在国民参政会三届三次会议上,他支持林伯渠代表中共提出的建立民主联合政府的主张,反对国民党一党专政,呼吁团结抗日。1945 年元旦,与黄炎培等 64 人联名发表《转捩当前局势献言》,要求国民党与各党派合作,挽救危局。

嗣后他与中共方面接触更加频繁,1945 年 6 月 2 日,冷遹与褚辅成、黄炎培等 7 人致电在延安的毛泽东和周恩来,表示“一致希望继续商谈”。

1945 年 6 月 18 日,毛、周复电:“诸公惠临,不胜欢迎之至。”7 月 1 日,除王云五因病未能成行外,冷遹等 6 人飞抵延安,毛泽东、周恩来、朱德等中共中央领导人前往机场迎接并合影留念。至 7 月 5 日离去,在延安 5 天,毛泽东、周恩来与他们有 3 次正式商谈,商定两点意见:一是国民大会停止召开,二是从速召开政治协商会议。7 月 5 日中午,冷遹等人结束了在延安的会谈和观光访问,飞回重庆。回到重庆后,6 名参政员向记者发表谈话表示:他们和共产党“数度商量之结果,前途颇乐观,一切尚有进一步解决之希望”。7 月 14 日,当国民党准备单方面召开“国民大会”时,冷遹、黄炎培、江问渔三人发表“关于不参加国民大会问题讨论的书面声明”,以支持中共建立联合政府的主张,坚守延安商谈的诺言。

抗战胜利后,蒋介石要冷遹担任“经济部长”,他毅然拒绝,并悄悄地从重庆回到江苏,以民主人士的身份,担任江苏省临时参议会议长,同时利用合法身份从事爱国民主运动。冷遹积极掩护、营救共产党的地下工作者和进步人士。他还支持地方开展对国民党政府的抗粮、抗丁斗争,为江苏人民的解放事业做了不少工作。他的正义行动,引起了国民党当局的忌恨,并密谋要暗杀他,幸而事先得到地下党组织传递的消息,得以避祸于上海。经过两个多月的隐居,终于迎来上海的解放。

钟情水利　造福地方

新中国成立后,冷遹心情舒畅,精神焕发,积极参加人民政权建设。1950 年 4 月,冷遹任华东军政委员会委员兼华东水利部部长,其时他虽已 69 岁高龄,但思维敏捷,神采奕奕,为华东水利建设殚精竭虑。华东水利部成立之初,人民政府即拨专款,并动员群众进行全面整修,水利工作呈现出一派欣欣向荣的气象。

其实,冷遹关心、热心水利事业并非自此日始,如前所述,早在 20 世纪30年代,冷遹即为镇江塘工委员会主任委员。抗日战争胜利后,他担任江苏省临时参议会议长时,苏北水利是江苏水利的重点,当时高邮、宝应、淮阴等地已是解放区,他又不顾个人安危,亲往解放区沟通,会商成立“苏北运河工程委员会”,实施运河水利工程。江南海塘为苏南太湖流域财富之区的屏障,为历代所重视。江苏省建设厅请冷遹出面联系太仓、常熟、宝山、松江4县知名绅士组成“江南塘工委员会”,并推冷遹为主任委员主其事,同时由建设厅于上海设立江南海塘工程处,负责施工。冷老一直关心并致力于水利事业,且富有经验,故而新中国成立时,中央政府请他出任华东水利部部长。

魂系延安　憧憬未来

1959年,年届78岁的冷遹住进南京鼓楼医院。一天,他特地让当医生的侄孙冷泰俊陪同他去看望莫逆之交的江月青老人。当时正值“大跃进”后三年困难时期之初,江月青对有些问题很不理解,担心国家的前途和命运,冷老虽重病在身,还是要与这几十年的患难之交一吐为快。冷老特别提到1945年那次访问延安时毛主席的一段谈话:当时,黄炎培谈及不少团体和朝代,“其兴也勃焉”,“其亡也忽焉”,问中共是否找到了跳出这个周期率支配的新路。毛主席当即乐观而肯定地回答,已经找出了新路。这条路就是民主,只有让人民来监督政府,政府才不敢松懈,只有人人起来负责,才不会“人亡政息”。冷老以此规劝老朋友,要对形势抱乐观态度,对未来充满信心。谁知这竟成了冷遹对江月青老人的最后赠言,也成为他对家人、对世人的遗言。

丹徒人民、江苏人民永远不忘一生为人民做好事的冷遹先生。

1989年8月,在冷遹先生逝世30周年之际,江苏省举行了冷遹先生纪念活动,编辑出版了《冷遹先生纪念文集》。1991年10月,丹徒县黄墟中学更名为冷遹中学,并举行了冷遹先生铜像落成典礼。1992年5月,冷遹的黄墟故居被列为市级文物保护单位,成为一个进行爱国主义教育的场所。

战士兼学者王洞若

王洞若像

土地革命战争时期的老党员王洞若，由于长期坚持在艰苦条件下工作，终于积劳成疾，虽经积极治疗，但病情始终没有好转，不幸于1960年12月19日上午，在家乡镇江丹徒逝世。1961年9月25日，中共上海市委政法工作部批准王洞若为革命烈士。我党卓越的理论家胡乔木在给王洞若之女王勤的一封信中深情地写道："洞若同志对党很忠实，做工作很积极负责，生活上很艰苦，待同志很热情。他留给我的印象是我所不能忘怀的，他过早地逝世实在是我党的一个损失……"1998年，北京市陶行知研究会出版了《王洞若文集》，此书由胡乔木题签，原国务委员张劲夫作序。重庆市育才学校内的烈士碑廊中巍然屹立着王洞若烈士纪念碑。镇江市烈士陵园里陈列着烈士的部分遗物，供人瞻仰。镇江市档案馆收藏了与烈士有关的大量文字资料供人们进一步学习与研究之用。

王洞若为什么在全国、全市有如此之大的影响？请循着他的人生轨迹寻求答案吧！

王洞若，原名义田，又名王作、王甲观。丹徒大路镇人。1909年10月10日出生。1933年春，参加"左翼教育工作者联盟"（简称"教联"），同年11月加入中国共产党。先后在上海、武汉、桂林、重庆、昆明等地从事地下党的组织、革命教育、抗日救亡和统一战线工作。历任“教联”和国难教育社党团书记、江苏临时工作委员会(简称“临委”)委员、群众团体工作委员会(简称“群委”)委员、中共宝山区委书记、江苏省外县工作委员会宣传委员、武汉抗战教育研究会党团书记、育才学校研究部主任、党支部(直属南方局领导)书记、中共南方局特派员等职。

一

王洞若是一位忠诚的共产主义战士。他自幼聪慧敏学,以优异的成绩在省立第六中学(今省镇中前身)高中毕业后,于1927年3月考进陶行知先生创办的南京晓庄师范,成为该校首届13名学生之一。毕业后留校工作,与刘季平、徐明清、朱泽甫、戴伯韬等同学一起探索改革乡村教育和救国救民的道路。1930年4月,晓庄师范被国民党查封,王洞若转到上海,开始从事职业革命活动。自参加党组织后,受命组建中共宝山区委和上海工学团党支部。1935年7月,上海和江苏的党组织遭到严重破坏,在和党中央失去联系的艰难岁月里,他顶着腥风血雨坚持斗争,团结周围的进步青年,吸收张劲夫、王东方、杨应彬、戴伯韬等进“教联”,然后分别介绍入党。后来,这些同志都成长为党的高级干部。1936年12月,党中央派冯雪峰到上海与保存下来的地下党组织取得联系,出于对当时独立作战的王洞若等20余位领导同志的信任,在审查了他们后,对他们所发展的中共党员就不再审查,而是全部予以确认。

王洞若有很强的洞察力和超凡的政治敏感。1934年10月,由于王明“左倾”冒险主义的错误领导,中央红军未能打破国民党军的第五次围剿,被迫退出中央苏区进行长征。当时,在国民党统治区上海很少有人知道长征途中的消息,甚至连遵义会议这样重大的消息,也是直到后来才听到传达的,更不要说看到党内文件了。就是在这样的情况下,王洞若仍坚信毛泽东是党的正确路线的代表,是党的领袖,他在会议上多次指出正确路线的重要性。这种灼见来源于他的极高的政治素养，当时参加地下党活动的同志至今记忆犹新，说起来仍十分佩服他。1941 年 1 月 7 日，发生了震惊中外的“皖南事变”，顿时有“黑云压城城欲摧”之势。南方局书记周恩来指示王洞若迅速将育才学校的党内外专家、学者、教师疏散和转移，所需经费由八路军办事处提供。王洞若立即行动，逐一进行密谈，对要转移的人员，定好去向，发给足够的路费，对留下来坚持工作的同志，发给应急费用立即疏散。等国民党宪兵到校抓人时，丁华等十余人已安全转移。接着，他以南方局特派员的身份，去昆明一所中学以教师职业为掩护，开展对李公朴、楚图南等人的统战工作。王洞若去昆明前，在给外甥徐晴的信中写道：“……扰乱无时无刻不在余之左右，竟以此为动摇我的人生观，实属愚妄！”他对革命总是充满信心，对国民党反动派总是横眉冷对、嗤之以鼻。

二

王洞若还是一位刻苦治学的学者。自晓庄师范毕业后，他在从事革命工作极其繁忙的时刻，仍孜孜不倦地博览群书，手不释卷，从不放过点滴时间。由于王洞若苦学深思，他在社会科学的各个领域，尤其是在哲学、政治学、心理学、语言学等方面都较有研究，并善于填词作诗，写骈体文，他还通过自学掌握了英文，不但能阅读英文版《资本论》，还常到外文书店寻找马列著作和进步书籍。1934 年 2 月起，他参与编辑《生活教育》半月刊（抗战后改名《战时教育》），主编《生活教育论集》，与戴伯韬、马昌富合编《小学教师手册》，他还写了大量有关国际、国内形势等方面的文章，分别发表在《生活教育》《中华教育界》《大众教育》《育才通讯》等杂志上。

1937 年，与王洞若一起工作的刘季平（新中国成立后任上海市副市长、教育部部长等职）被捕，他在烟台监狱中还用复写纸写文章寄出来与王洞若讨论，当时参加讨论的还有张劲夫等。他们讨论最多的是哲学问题,如膨胀与收缩的矛盾问题,王洞若认为在经典哲学著作中没有提到这一问题,是值得进一步探讨的一个重要问题。在心理学问题上,当时英国一位马克思主义者出了一本书,叫《马克思主义与精神分析学》,这本书的观点有片面性,对于弗洛伊德的精神分析学,过分强调其唯物主义观点,不适当地将其与马克思的历史唯物主义联系起来,给予过高的评价。王洞若认为这是极其荒谬的。在语言学方面,在陶行知的支持下,王洞若主持制订了《推广拉丁化新文字方案》,在《生活教育》半月刊上发表,并由丁华、王洞若等编成新文字课本,在沪西、沪东工人夜校及附近农村推广。抗战初期,王洞若还编写了普及到工农中的《战时课本》,在第一课中他满腔怒火地写道:“火、火、火,日本鬼子放的火!”第二课是:“血、血、血,中国人民流的血!”他锐利的笔锋像匕首一样刺向日本侵略者,唤起民众进行抗日斗争。

王洞若是陶行知的学生,他认为陶行知先生的人民意识很强,有正义感,因而很尊重他。但对其教育理论,总想用马克思主义的观点予以科学的阐述和补充。陶行知对当时中共“左倾”路线影响下的一些做法,持有保留态度,直至党的抗日民族统一战线政策提出后,才无保留地跟随毛泽东同志为代表的党的正确路线走,才由党的朋友成为党外布尔什维克。王洞若和张劲夫等对陶行知政治态度的变化过程都很了解,并受党的指派,做了一些思想工作。1946 年 7 月 25 日,陶行知因突发脑溢血在上海逝世,王洞若在重庆惊悉噩耗,十分悲痛,遂填《长相失》词曰:“长相失,命运忒朦胧,生离不再逢。海角天涯,朝云暮雨,三色黑兰红。智仁勇达新辞古意穷。绝阿容!圣贤知介入英雄,谁说西方民主同。长恨国中天地小,熊鹰互斗及蛇龙。犹未尽哀荣!”以挽陶师,寄托哀思。

三

王洞若的革命斗争生活十分艰苦。他没有社会职业,是一位职业革命家,仅靠组织上发给的几元津贴及微薄的稿费维持生活。王洞若当时住在简陋的亭子间里，既思考着对敌斗争策略，又要做学问，生活极其艰苦，有时甚至到城乡接合部买来剩饭剩菜重新煮过充饥。他患有肺结核病，无法增加营养。他曾经手过巨额党的经费，但却始终克己奉公，两袖清风。他对同志的帮助是竭尽全力的，吴瀚同志曾讲过："洞若是季平的救命恩人！"那是在1937年，刘季平在南京反省院写信给王洞若提出要500块银圆就能保释，他随即请王承祖先生设法筹措，如数将银圆汇去，刘即被释放回沪。

当时，沪、渝等地的革命斗争承受着国民党反动派的巨大压力，环境相当险恶，随时都有被捕的危险，再加上工作任务繁重，生活条件极为艰苦，王洞若终因积劳成疾，难以继续工作。新中国成立初期，中央组织部安排王洞若在沪离职疗养，但他拒绝享受过高的生活待遇。时任上海市副市长的刘季平经常偕夫人吴瀚去看望王洞若，他总是嘱咐他们"要努力工作，不必多费时间到郊区来看我"。

王洞若的政治节操、领导艺术、道德文章、人格魅力，使许多战友和学生至今仍深切地怀念着他。上海左翼"教联"成员、由王洞若介绍入党的老党员杨应彬，在从中共广东省委常委、秘书长、广东省政协副主席的岗位上退下来后，写了一首《洞若老师礼赞》，可以反映大家的心声：

燕子矶头辟晓庄，锄镰舞处见晨光。

一生燃尽千枝烛，化作人间火凤凰。

长江的儿子闻捷

火！你跳荡，你飞腾；
火！你闪光，你纯净；
火！你发热，你殷红；
你是无限灿烂的结晶。

这是闻捷的诗。火一样绚丽的诗，火一样炽烈的感情，非凡的才华，纯洁的诗魂……

闻捷，现代诗人，无论是广为传诵的成名之作《天山牧歌》，还是“我国新诗发展史上新的突破和收获”的长篇叙事诗《复仇的火焰》，都为读者所赞誉。茅盾先生称赞闻捷的诗“诗味盎然”“极为洗练”“章法谨严”。

闻捷像

然而，一颗诗之星于1971年1月13日，因“四人帮”迫害，含恨离开了人间。

凄凉苦难的童年

闻捷，原名巫之禄，曾用名赵文节、巫咸，丹徒高资镇巫岗村人，生于1923年6月12日。闻捷3岁时，父亲重病故去，母亲走投无路，只好带着孤儿弱女于高资镇中街赁屋栖身。在亲友的帮助下,闻捷7岁得以在塾师开蒙,后进入高资镇小学学习。为了帮助母亲“赶生活”,小小年纪的他常常帮母亲做些钉纽扣之类的小活计,往往总要忙到夜静更深才上床睡觉,贫困的生活磨砺了他坚忍的意志,培养了他的志向和情操。

在战斗中成长

1937年,年仅15岁的闻捷只身来到南京一家煤店当学徒。他咬紧牙关经受苦难的煎熬。不久,抗战全面爆发,闻捷参加了由郭沫若领导的抗敌演剧队四队,1938年3月,他光荣地加入了中国共产党。1939年5月,闻捷不幸被捕,他在狱中表现得沉着机智,绝不暴露自己的政治身份,半年后获释。

1940年,在党组织的帮助下,闻捷来到了革命圣地延安。

从1940年至1949年的10年中,闻捷一直战斗在延安和陕甘宁边区。1944年,他创作的第一个作品便是秧歌剧《加强自卫队》。次年,他来到陕甘宁边区《群众日报》担任编辑和记者。他还常作为军事记者深入敌后,又常常活跃在前沿阵地的壕沟里,写出了大量的战地通讯、特写、散文和诗歌,极大地鼓舞了军民的斗志。

他用笔向全国人民报告边区军民英勇歼敌的捷报,报捷多了,他干脆将自己的名字巫之禄更名为“闻捷”,“闻捷”这个名字越叫越响亮了,人们也逐渐忘掉了他的真名。

在那段烽火遍地的岁月里,闻捷的心中涌动着澎湃的激情,特别是1948年,他为那些令人心醉的胜利欢腾、跳跃。吃过晚饭,闻捷常常和战友们在夕照下,和劳动一天荷锄归来的农民纵情欢谈,引吭放歌,习习的晚风里,歌声激荡着延河之水,叩击着人们的心弦。

战争,使他成长为坚强的革命战士。

“吐鲁番的葡萄熟了”

1950年3月,闻捷随军进驻新疆,在新华社西北总社任采访部主任。

1952年,任新华通讯社新疆分社社长。分社50年代产生过许多在全国有影响的报道,此期成长起一批优秀的青年记者,这些都得益于闻捷的直接领导和培养,稿件经他修改润色,文风淳朴,文字优美,新华总社播出后,几乎都被多家省市报纸刊用,成为新华社所有民族地区记者学习的榜样。

闻捷自己还积极采写稿件,去工厂,下煤矿,访牧民,他始终不忘自己是一个诗人,他要讴歌在中国共产党领导下全国各族人民的幸福生活。新疆广袤的山野和草原、能歌善舞的少数民族、天山南北的巨大变化、崇高的理想和纯真的爱情,都强烈地吸引和感染着他,激发了他的创作热情,成了他诗歌的主题,《吐鲁番情歌》《果子沟山谣》《博斯腾湖滨》等一大批瑰丽的诗作都出自这个时期,这些诗歌受到了人们的喜爱,1956年,人民文学出版社出版了他的第一部诗集《天山牧歌》,这也是我国当代文学史上第一部反映边疆民族新生活的诗集。从此,闻捷成为我国诗坛上的一颗耀眼的新星。

长江的儿子故乡情

1962年秋,闻捷回故乡体验生活。

多少年来,闻捷始终难忘家乡的母亲河——长江,他决心创作一部长篇史诗,来赞美、讴歌这条母亲河。就这样,50多年前他由上海作家协会安排回到家乡丹徒,挂职担任丹徒县委常委,下乡深入生活,搜集素材。

他住在县委招待所简陋的房间里,招待所伙食很一般,闻捷每顿只吃一个菜,如果食堂给他端上两个菜,他一定原封不动地退一个回去。他的自律行为给招待所工作人员留下了深深的印象。

回到家乡就得探探家,到高资去的那天,一路上闻捷收起了笑容。进了高资乡政府的大门,他对陪同他的县委领导说:正是这房子,当年的乡公所,父亲死后,我跟母亲来过,记得母亲和我是流着眼泪离开的。梦魇般的童年生活的阴影投射到他明净开朗的脸上,他陷入对辛酸往事的追忆。直到他得知一个本家兄弟在任乡党委副书记时,才露出了笑容。当晚，他住在那位本家兄弟家，翌日一早，他又在故乡巫岗村的田野坡地上徜徉，家乡的山水让他流连忘返。他在以后写给家乡的一首诗中袒露了对家乡真挚的爱："家乡的山峦披满霞光，那东来的信风正在家乡的天空翱翔；我双手捧起这乌金般湿润的泥土，喜悦的泪珠溢出胸膛……"

为了深入生活，诗人几乎跑遍了全县各个乡镇。

阳光下，金风里，涛声中，闻捷来到了江心洲的村头田畴，没有一点矫揉造作。乡亲们说，我们不把你当大诗人、县领导看，我们把你当成村里人看。有一天夜里，暴雨如注，天刚放亮，他冒着瓢泼大雨，未吃早饭便踏着泥泞赶到农机站。公社党委领导赶来时，只见他和农机站的几位同志站在江堤上，忧心忡忡，他对党委领导说："江堤是江心洲人民的命根子，千万不可大意。"闻捷对家乡满怀眷恋与痴情，当年的老同志回想起来至今仍历历在目。

在宝堰，他住在当年新四军司令员陈毅住过的楼上，那天，他正好收到《雨花》杂志社寄来的稿费，当即买来猪脚，又沽了宝堰米酒，请来公社干部和老农，同吃同饮。他还为在宝堰举办的全县新民歌创作座谈会的10多位民歌作者做了两个小时的诗歌创作讲座，为丹徒新民歌在《人民文学》杂志上向全国发倡议打擂台奠定了基础。

在高资，他常到马桥口江边漫步，凝思长江。《长江万里》的史诗画卷已在他胸中逐渐酝酿成熟。

他还到丁角、前隍、后亭等村落与农民话家常，和他们一起下田干农活儿，亲如家人。

他曾到大港中学、谏壁中学和宝堰中学与师生们促膝长谈，谈学习、谈理想、谈诗歌。

1963年1月闻捷作为大会代表在丹徒县第三次党代会上，当选为县委常委，会上，他诵读了《我的发言》诗稿：

……

我脱帽，深深地鞠躬，

再一次感谢同志们的信任和期望；
我将借用长江那磅礴的气势与歌喉，
为家乡的胜利而放声歌唱。
……

雄浑深沉的朗诵和他那战士般的形象，赢得了一阵又一阵江浪海涛般的掌声。

闻捷，丹徒人民为有你这样的人民诗人而骄傲和自豪。

诗魂在烈火中永生

1967 年冬天，那是“四人帮”肆虐神州的极其寒冷的冬天，一天黄昏，闻捷来到他的挚友、著名诗人芦芒的家中，他的话很少，直到临走，终于凄然地说了一句话：“他们打人呐！”说这话时，他的眼中溢出了泪花。

“四人帮”成员之一的张春桥幸灾乐祸地说过：“闻捷等人不听我的，总是躲着我，现在挨斗是活该！”

“四人帮”为了篡党窃国的需要，最终向党、向人民举起了罪恶的屠刀。于是，接踵而来的是“黑线人物”“叛徒”“破坏样板戏”等莫须有的罪名横加到闻捷头上，他被捕入狱，爱人也被迫害含恨而死，两个女儿去了黑龙江插队，只留下一个 11 岁的小女儿孤身在家……

女儿咏苹在离开上海时，去监狱探望闻捷。短暂的父女相见将要结束，闻捷用颤抖的声音对女儿说：“爸爸妈妈都不是敌人，不是叛徒，我们工作中有错误，但都是吃延安的小米长大的，受了 30 多年党的教育。要相信群众，相信党。爸爸非常支持你们走与工农兵相结合的道路，过去，爸爸也经常下去体验生活，是人民养育了爸爸。爸爸不能为你们准备行装了，你们需要什么东西，就拿什么东西，家都是你们的，爸爸什么都不要……”

闻捷被释放了，家里只剩下小女儿，出狱那天晚上，邻居们都来看他，大家想让他乐一下，便说：“小妹，跳个舞给你爸爸看看吧。”小妹是个不爱跳舞的女孩，但是那一天，她跳了，这是她第一次跳舞给爸爸看。闻捷看完后，将女儿拉到跟前说：“小妹，你太瘦了，爸爸给你订瓶牛奶吧！”小妹再也忍不住，扑进爸爸的怀里痛哭，闻捷紧紧地抱住女儿……

可是“四人帮”仍然没有放过闻捷，对闻捷实行人身侮辱，无所不用其极，不许他爱，也不许他恨。他是诗人，诗人就应该歌唱，而现在他的歌喉被封住，他感到窒息，毋宁死！

于是，在1971年1月13日那个寒冷的深夜，他安详地躺在自己扭开的煤气管边，让那无色无味的气体无声地进入呼吸道，吞噬了他才华横溢的大脑和热情如火的心脏。

若不是人的尊严、生的自由、爱的权利都被残酷地剥夺殆尽，陷落在漫长的隧道中看不到一丝光亮，诗人闻捷会毅然决然地举步跨过那最后一道门槛吗？

历史终于拂落尘埃。

1978年，上海市文化局党委为闻捷平反。同年12月30日，上海市文联和作协为闻捷举行了追悼会，宣布为他平反昭雪，恢复名誉。由文坛泰斗巴金同志主持追悼会。诗人轻轻地走了，骨灰盒里仅放着他生前用过的一支钢笔。

家乡没有忘记这位人民的诗人。1993年7月30日，丹徒县人民政府为诗人闻捷诞辰70周年举行了系列纪念活动，少先队员们用稚嫩的童音情真意切地朗诵了一首缅怀诗：

火！为生产，为劳动；
火！为战斗，为革命；
火！为祖国，为人民；
你是无往不胜的象征。

长江的儿子——闻捷，家乡人民悼念您纯净的诗魂，愿您在烈火中永生。

中华桥魂茅以升

1989 年的春天悄然降临人间，辛劳了近一个世纪的茅以升终于睡倒在北京医院。窗外春寒料峭，窗台上葱绿的水仙和花篮里姹紫嫣红的鲜花给病房增添了盎然的春意。往事悠悠，思绪绵绵：94 度春秋，岁岁年年都与桥紧紧关联；94 岁的人生，日日夜夜都与桥苦苦相恋。

一

儿时的茅以升，一叶扁舟辞别故乡丹徒，来到南京求学。10 岁那年的端午节，秦淮河赛龙舟，观者挤坍文德桥，溺死多人。茅以升闻之，心中萌生了建桥之愿。

1911 年，16 岁的茅以升考入唐山路矿学堂预科，此时辛亥革命的浪潮正席卷华夏大地。1912 年秋，孙中山先生亲临唐山路矿学堂，谆谆告诫学生们："中国革命的成功绝不仅仅是需要一支武装大军，而是需要武装和建设两支大军。在中国广袤的土地上，需要修建无数座桥梁，要修建 10 万英里的铁路和 100 万英里的公路，否则，中国的富强，是不可能的！"从那以后，茅以升暗暗立下誓言：要当一名中国的桥梁专家！为了这个誓言，他要求自己朝夕苦读，大学四年的总成绩名列全校榜首，苦读一年就攻下了硕士学位。

在康乃尔大学研究生院毕业前夕，治学严谨的贾柯贝教授以西方人的直率提出请茅以升留校做他的助教。茅以升惊喜不已。然而，为了当年的誓言，他知道自己还必须学到造桥的全部真本领。沉吟片刻，他勇敢地开了口。教授完全理解面前的年轻人，轻名利而重事业，始终把祖国放在心里，这是金子般的心灵！科学是没有国界的，但科学家是有祖国的，他应该热爱自己的祖国。

贾柯贝教授非但没有生气，而且抓起电话，推荐茅以升到匹兹堡桥梁公司去实习。

茅以升喜出望外，这个公司在当时是世界一流的。白天，茅以升在公司学习造桥实践知识，晚上，他又赶到梅隆理工学院桥梁系去攻读博士学位。1919 年 10 月，茅以升 30 万字的博士论文《桥梁框架之次应力》被全票通过，成为梅隆理工学院首名工学博士。

1919 年 12 月，学成之后的茅以升博士毅然返回自己的祖国。

二

然而，归国以后，由于种种因素，整整 13 年光阴蹉跎，这令茅以升痛心不已。他除了在任教的几所大学给学生讲授造桥知识外，身怀屠龙绝技，却无用武之地。

机遇终于姗姗迟来。

1933 年 3 月，茅以升接到时任浙赣铁路局局长杜镇远的电报："……修建钱塘江大桥，现在时机成熟，拟将此重任，寄诸足下，特此转达，务望即日来杭，面商一切。"

几天后，浙江公路局局长陈体诚又来信鼓劲："我国铁路桥梁，过去都是由外国人包办的，现在我们有了自己造桥的机会，千万不可错过。"

茅以升为此欢欣不已，报效祖国的时机到来了！

他迅即向学校请假，直奔杭州。

与杜镇远、陈体诚两位老同学面商之后，欣然去见浙江省建设厅长曾养甫。

曾养甫在病榻上会见了茅以升，他非常高兴，快人快语道："经费我负责，工程你负责，让我们共同努力，一定把桥造好。"

会见之后，茅以升以科学家的严谨态度和求实精神，对钱塘江的水文资料、气象资料和地质资料进行了全面的调查和研究。

对在此建桥既欲染指又不敢尝试的外国工程师们，屡以妄言吓唬炎黄子孙："能在钱塘江上造大桥的中国工程师还没出生呢！"

这使茅以升清楚地看到，在他面前横亘着一道道的艰难险阻，但血气方刚的茅以升矢志不渝：一定要为祖国造出第一座由中国人自己设计建造的现代化大桥。

1933 年 8 月，茅以升辞去北洋大学教授的工作，毅然南下杭州。到杭州后，他迅即率领中国工程师们昼夜兼程，精心设计，很快就拿出了设计方案：双层桥，上层为公路，下层为铁路，造价 510 万，远胜于美国专家的设计方案。

1935 年 4 月 6 日，大桥正式开工，头一个难题就是打桩。要把长长的木桩打进厚达 41 米的泥沙层，并钻进江底岩层才算成功。茅以升专门设计了打桩船的打桩部分，交船厂赶制出来。

谁知打桩船刚驶进杭州湾，就遭遇狂风巨浪，不幸触礁沉没。茅以升又亲自督工，赶制第二艘。

要在茫茫江面上把木桩准确打进江心预定位置，加之江心泥沙层坚硬如铁，打桩工程极为困难，初期辛劳一天只能打下一根桩。按计划总共要打 1440 根桩，如此缓慢的进度，岂不要打到猴年马月！

沉了一条船，工程进展又迟缓，社会上闲言碎语多了起来：中外银行担心贷款能否收回；上层也给曾养甫施加压力，受了压、受了气的曾养甫找到茅以升，声色俱厉地说："桥不成功，你得跳钱塘江，我跟着你后头跳！"

茅以升的母亲是位很有胆识的女性，听说儿子受到各种压力，且儿媳妇又忽染重症，她风尘仆仆地赶到杭州，亲自主持家政，以解儿子的后顾之忧。夜深人静，她步入书房，对儿子说：“唐僧取经九九八十一难，唐臣（茅以升的字）造桥，也要经八十一难。只要有孙悟空，有那如意金箍棒，就一定能渡过难关！”茅以升心领神会。

他特制了江上测量仪器，解决了木桩定位问题。他以水治沙，用高压水枪冲开江底坚硬的泥沙层，打桩困难迎刃而解，一昼夜便打下了30根桩。

闯过打桩难关后，茅以升又采用“沉箱法”，攻克了水下施工的难关；采用“浮运法”，利用江潮涨落巧妙地解决了把几百吨重的巨大钢梁运到江心并准确安装在桥墩上的难题。由于综合了全体工程技术人员的智慧，80多个重大难题先后被一一攻克。

1937年7月7日，抗日战争爆发，而这时正是工程最紧张阶段。日空军把大桥作为重要战略目标，多次狂轰滥炸，但建桥施工仍继续进行。1937年9月26日，钱塘江大桥铁路桥提前通车，一列列满载战时物资的列车从大桥上飞驰而过，及时缓解了战时交通的燃眉之急，价值以千万元计的物资抢运过江，单从经济价值看，就超过了建桥投资的数十倍。

同年11月17日，公路桥正式开通！这天从早到晚，大桥都拥挤得水泄不通，很多杭州人特意在桥上来回走，尝到了“两脚跨过钱塘江”的滋味。

然而，几十万过桥的人谁也不知道，他们脚下的大桥上已经装埋了数以吨计的炸药。

11月16日下午，一位不速之客突然来找茅以升，他是南京工兵学院的爆破专家，奉命率部来执行炸毁钱塘江大桥的任务。

茅以升看了对方出示的密令后，只觉心痛欲裂。作为桥梁专家，他对军事失利时大桥必须炸毁的前景早已明了，而且在建造时早就在关键部位预留下装埋炸药的洞穴，但是，这一令人痛心的时刻来得未免太快了！他和数万桥工多年心血的结晶还没来得及发挥效益就要毁于一旦，这就等于亲手杀死自己刚刚成人的儿子啊！

然而,深明大义的茅以升还是沉重地点了点头:“造桥是爱国,炸桥也是爱国。”一语未竟,热泪夺眶而出。

1937 年 12 月 23 日下午 5 时许,尘烟腾起,日寇骑兵先头部队已到达北岸桥头,一声轰然巨响,浓烟冲天,大桥被炸断。

1945 年 8 月 15 日,日本天皇宣布无条件投降,抗日战争取得最后胜利。茅以升在与全国人民共同欢庆之时,首先想到的是尽快修复钱塘江大桥。经过一番奔波,筹划班子,筹措经费,终于在短时期内修复了被炸毁的钱塘江大桥。

1975 年,他在多次指导对钱塘江大桥进行维修保护的同时,把精心保存了 40 个寒暑的大桥资料全部献给国家。

此后,他考虑到进入老年期的大桥已无法承受日益繁重的运输量,多次向国务院提出尽快修建第二座钱塘江大桥的建议。可以说,钱塘江大桥的建设史,也正是茅以升崇高的爱国主义精神的光辉写照。

三

20 世纪 30 年代以来,我国大型桥梁的建设都留下了茅以升的智慧和汗水,而他考虑更多的是培育更多高素质的建桥人才,带出一支我国自己的建桥人才队伍。1933 年至 1937 年,他主持设计建造钱塘江大桥期间,深入现场,言传身教,对工程人员工作上严格要求,生活上体贴入微,从实战中带出了一支成熟的建桥队伍。

抗战初期,唐山交通大学师生被迫流亡各地。校长茅以升在尚无任命的情况下,在报纸上刊登《茅以升博士招生启事》,流亡的师生迅速聚拢到他的身边,唐山交大在战火中得以复课。

日寇步步入侵,茅以升率领师生一次次内迁,每到一处,立即赁屋授课。

经桂林时,敌机狂轰滥炸,不少学生的行李付之一炬,茅以升让家属挤在一起,抽出自家行李,送给学生御寒。在平越建校时,他把借到的好房子先给教授和学生住，自己一家三代蜗居于旧屋。反动军警要来抓进步学生，他凭借自己在铁道部门的威望，调来铁路警察，日夜守在校门口。

抗战时期，很多桥梁工程技术人员报国无门、谋生乏路，茅以升经多方努力，于1943年创建中国桥梁公司，并亲任总经理。一方面主持工程设计，在实践中把这批骨干培训成高级人才；另一方面顶住责难，派人经商，收入用于贴补骨干们的生活费用。解放战争时期，金融混乱，民不聊生，茅以升想方设法，继续维持着这批人的生计。

新中国建立后，他培育和维持的这批科技骨干成为祖国建设大型桥梁的前驱和中坚。国内有武汉长江大桥总工程师汪菊潜、南京长江大桥总工程师梅飏春和副总工程师刘曾达、郑州黄河大桥总工程师赵燧章、铁道部大桥局总工程师王序森、云南长虹石拱桥总工程师赵守恒、南昌赣江大桥总工程师戴尔滨等，国外有林同炎等，他们均以自己的贡献为中华民族增光添彩。

茅以升公园

在茅以升90岁寿筵上的友人贺诗中,有“雄跨长江与大川,半出公门桃李间”之句,当为如实评价。

茅以升的功绩绝不仅仅是在祖国的大江大河上架起了一座座钢铁桥梁,他还是杰出的社会活动家,在中国人民与世界各国人民之间架起和平、友谊的金桥;他是著名的教育家,为神州大地莘莘学子架起了奔向知识宝库的桥梁;作为全国政协副主席,他为密切党与知识分子之间的关系,架起了水晶般的理解与信任之桥;他高举普及科学的大旗,以大量通俗易懂的著作和报告,在科学技术和广大人民群众之间架设了桥梁;他披肝沥胆,四处奔走,广泛沟通,在耄耋之年,为海外的炎黄子孙架起了报国之桥;他情系中华,督率海峡两岸的科技工作者修建祖国统一的大桥。

茅以升的一生,为祖国建造了许许多多有形的和无形的大桥。他虽已溘然长逝,但他建造的一座座桥梁,犹如道道彩虹,永留人间。

中国现代冶金之父周志宏

非凡的起飞

周志宏像

说起炼钢一事，中国曾居世界领先地位。只是后来落后了，到了近现代，出了一个周志宏，创造出不朽的业绩。

周志宏，1896 年 12 月 28 日诞生于丹徒高桥，17 岁那年考入扬州中学，成绩一直名列前茅，尤以数理、英语更加出类拔萃。他在高三读书时，听到一位日籍教师讲："一个国家强弱的标志是它的钢铁生产水平与产量。1842 年，英国打败清政府时，年产钢 104 万吨，而你们大清帝国只有 2 万吨。"这番话大大刺激了周志宏，高中毕业后，他报考了天津北洋大学矿冶系并被录取，从此便与钢铁结下终生之缘。

1923 年毕业后，他到美国南芝加哥钢厂工作，两年后进入匹茨堡卡内基理工学院，次年获得冶金硕士学位。此后，他又到哈佛大学攻读博士学位。1928 年被授予科学博士学位。

周志宏留美 4 年，舍不得花一点时间去欣赏一下异域风光。学成后，为了筹集回国的路费，他到美国劳伦钢铁厂当研究员。厂方见他是中国人，仅派一名中学生做他的助手，却交给他一项不易解决的课题——消除钢管表面缺陷。然而，周志宏却将这一难题解决了。厂方立即对他另眼看待，表示要从优续聘。但周志宏婉言谢绝，他回到了祖国。

拯救了一个濒临倒闭的厂

1929年秋，中国最早的钢厂——上海炼钢厂濒临倒闭，周志宏受命担任厂长。

这个厂有两千吨水压机和我国第一座酸性平炉等设备，具备炼钢、铸造和热处理能力，还有材料试验机等科研设备。33岁的周志宏欣然赴任。

他到厂后采取了一系列的措施：制定新的工资制度；把酸性炼钢改为碱性炼钢；改从国内购买国产生铁炼钢；等等。这些措施降低了成本，提高了质量，增强了竞争力，并扶持了民族炼铁业和采矿业的发展。

1937年，抗日战争爆发。他受命去接管规模更大的汉冶萍炼钢厂，迅速生产抗战急需的钢铁产品。他深知高级合金钢的研制是我国冶金业中的"牛鼻子"，于是决定从研制炼钢坩埚入手，终于在重庆的一个小山沟里建起我国第一座大型坩埚炼钢车间，浇铸出大型合金钢锭。他还研制了硅铁、钨铁、高速钢、冲模钢、不锈钢等产品，填补了当时我国的空白，满足了军工生产的迫切需要，形成了现代中国冶金科技的基地。

1942年，他兼任合金厂厂长，不仅解决了军工生产和民用生产之急需，而且把中国冶金技术推向新阶段。来兵工署考察的美国专家格雷汉姆等对他给予高度评价，并代表美国南芝加哥钢铁协会聘他为荣誉会员。

同时，他还担任重庆大学教授，为中国培养新的冶金人才。

新中国成立前夕，周志宏未去台湾，他把希望寄托于生气勃勃的新政权。

新中国给了他施展才华的大舞台

新中国成立后，在上海大同大学任机械系主任的周志宏感到浑身有使不完的力量和智慧。1951 年，他接受重工业部的委托，在上海办了一个钢铁理化检验培训班，为全国输送了首批检验技术干部。1952 年，他任上海交通大学机械系主任兼金属热处理教研室主任（后任副校长），创建了金属学及热处理等专业，建成热处理实验室和多个专业研究所。

1958 年，他任上海交通大学冶金系主任，研制成我国第二台高温金属显微镜。1979 年，美国材料科学访华讲学团来上海交大时，饶有兴趣地观察了这台显微镜下金属相变的动态，并给予了高度的评价。

当年，周志宏在氧气炼钢技术的研究上投入了大量精力，并得到周恩来总理的肯定和支持。周志宏组织建成了我国第一座年产 30 万吨钢的氧气顶吹转炉……现在，氧气顶吹转炉的工艺已为我国普遍采用，周志宏是这项技术在中国的播种人和催生者。

他还提出了开展氧气底吹和顶吹双吹新技术的试验。1976 年，他不顾 80 岁高龄，直接领导氧气炼钢研究组，并深入实验，获得成功，荣获 1982 年上海市重大科研成果一等奖。

他出任上海宝山钢铁厂首席顾问 10 年间，和在职人员一样，每天都上班，用丰富的学识和经验，为宝钢的建设和发展做出了突出贡献。1985 年 10 月，已 89 岁的老人还亲赴宝山为高炉开工点火。

周志宏在冶金学领域成果丰硕，陆续发表的专业论著有 30 多篇（部），具有广泛的国际影响。一些著名的科学家如 R. A. 梅尔和 C. R. 沃曼等都直接受到他的学术思想影响；他所制作的“枝晶图”为苏联的鲍尔豪威季诺夫著的《金属学》采用。他的一张放大的金相组织图被当作一件艺术品陈列在美国密苏里大学冶金系的陈列室里。一位英国教授在美国里海大学参观访问时，在周志宏的次子周以苍教授的实验室中看到周志宏早年制作的“陨石金相图”时，感慨地说：“周教授当时所做的工作，比我们后来做的要精细得多。”

周志宏也是一位教育家。他在40多年的教席上,经常对青年教师和学生说:“没有丰富的想象力和创造力,是没有前途的。”他强调选择研究方向要有预见性。为鼓励从事冶金和材料科学的学生勤奋学习,他拿出多年的工资积蓄2万元,充作“周志宏奖学金”的基金,上海交通大学因而建立了“周志宏奖学基金会”,每年颁发一次。为表彰他为祖国冶金事业的杰出贡献,中国科学院授予他最高荣誉奖章。他桃李满天下,为中国培养了大批杰出人才,其中有学部委员、科学院院士、大学校长、研究所所长、总工程师和省、部级领导等。

周志宏还是一位杰出的社会活动家。他历任上海市一至五届人大代表,第二、三、四届全国人大代表,第五届全国政协委员,中国科学院学部委员,欧美同学会名誉会长,其影响远远超出了学术范围。

1991年2月13日,周志宏以94岁高龄辞世,结束了他不断追求、不断奉献的光辉一生。时任中共中央总书记的江泽民同志敬献了花圈。

对这样一位为中国的钢铁事业奋斗了70余年的伟大的科学家和教育家,人们爱戴他,敬仰他,誉他为“中国现代冶金之父”。

京剧艺术大师张君秋

亲情乡情

1997年5月27日，我国著名的京剧艺术大师张君秋在北京逝世。张君秋自幼热爱京剧艺术，13岁开始学习京剧青衣，15岁首次登台，不到20岁就红遍大江南北，名列“四小名旦”。他以自己的天赋条件，加上刻苦勤奋的磨砺和永不止步的探索，博采众长，继承前辈艺术大师的成就，结合自己的特点和优势，创造了风格独特的张派艺术，成为风行海内外的一大京剧流派，是新中国京剧艺术在新时代取得辉煌成就的一个重要标志。

张君秋剧照

张君秋原籍丹徒，1920年出生于北京，原名滕家鸿，6岁时父亲失业，带着张君秋的哥哥到南方另谋生路。母亲张秀琴是河北梆子演员，幼小的君秋跟着母亲过着颠沛流离的艺人生活，也饱尝了人生的艰辛。

亲情是割不断的。1937年5月，张君秋第一次到上海演出，张秀琴随行，父亲带着长子到车站来迎接，张秀琴指着迎面走来的中年人对君秋说：“孩子，这就是你爹！”50多年以后，张君秋回忆起这段往事时，仍满怀深情地说:“我父亲离开我时,我很小,他长什么样,我根本记不清了,不知什么原因,一看见他,我就认准了他是我的父亲,眼泪就止不住地涌了出来。”

乡情也是割不断的。1986 年 5 月,张君秋回到原籍丹徒,在丹徒县招待所挥毫作画。他用饱蘸水墨的大笔,点了三下,成了鸡头和双翅,然后用笔一圈,鸡身轮廓就出来了,最后勾嘴、点眼,寥寥数笔,一只毛茸茸的雏鸡就跃然纸上。他还为新建成的丹徒县招待所大楼题写了“圌山楼”的楼名,为丹徒县书画社题写了社名匾额,并与夫人在丹招门前合影留念。此后不久,他又应丹徒县政协的要求,为《丹徒文史资料》一书题签,以此表达对故乡的一往情深。

张君秋逝世以后,丹徒县收到了张君秋治丧办公室发来的讣告,县人民政府、县政协联合发出唁电:“我们将化悲痛为力量,用建设丹徒、富裕家乡的实际行动,悼念张君秋同志。”

刻苦磨砺

12 岁那年,为了帮助母亲维持家庭,张君秋向母亲提出要学戏。身为伶人的张秀琴深知“戏子”地位的低下、“吃戏饭”的艰难,她要小君秋上学读书,将来另谋出路,在家庭生活极度困难之中,她仍让儿子上了几年私塾和小学。儿子提出要学戏,实非她所愿,但她毕竟是梨园中人,偶尔听到儿子从留声机里学来的青衣唱段,还挺有韵味儿,加上邻居也帮着说情,张秀琴终于答应让儿子学戏。13 岁,张君秋经人介绍拜师学戏,还和师傅订了契约:生活自理,登台演戏之后,演戏的服装自己添置,7 年之内将自己所得戏份的一半酬谢师傅。张君秋晚年时回忆这段往事,感慨地说:“实际上就等于一半是卖身性质。”

拜师以后,张君秋开始了刻苦的学戏生涯。每天天色未明,他就起床跑到僻静处练功喊嗓,结束以后,天才大亮。回家吃完早点,又赶忙到师傅家去练戏,吊嗓子,直到吃午饭。饭后也不休息,又开始学戏,晚饭以后,张君秋仍然不肯休息,复习一天的功课。他整天沉浸在戏里,有时甚至哼着唱腔入梦。在不到两年的时间里,张君秋学会了《苏三起解》《二进宫》等8出折子戏。到15岁,师傅便让他以《苏三起解》在北京首次登台。张君秋首次登台就以甜润的嗓音、俊美的扮相受到赞赏。此后一段时间,在师傅的安排下,他一边学习,一边演出,增长舞台实践,在观众中也渐有名声。张君秋并没有自我满足,依然虚心谨慎、精益求精、锲而不舍。

王瑶卿是著名的京剧教育家、旦行艺术的革新家,张君秋经师傅的引见,拜识了这位京剧界的"通天教主"。王瑶卿独具的刚健、挺拔、秀丽、流畅的艺术风格,后来经张君秋而得以继承和发展。

梅兰芳、尚小云、程砚秋、荀慧生是当时京剧界的四大名旦。旦行演员多以能得到四大名旦的传授为荣。张君秋16岁就得到尚小云的教诲;17岁在上海向梅兰芳行跪拜大礼,正式列入梅氏的门下;21岁时,程砚秋来到张家,主动把程派的代表剧目传授给张君秋;荀慧生也经常看张君秋的演出,给他指点,使他获益匪浅。除四大名旦以外,张君秋还虚心向一些学有专长的京、昆名家学习。他优越的天赋条件、虚心刻苦的学习态度,深得前辈艺术家的喜爱,并得到他们的真传,为他日后在剧目、唱腔、表演上的艺术创造奠定了基础,成为继四大名旦之后,最有成就的旦角表演艺术家。

德艺双馨

1942年初,张君秋自己挑班组"谦和社",除在北平演出以外,还到天津、上海等地演出,受到各地观众的热烈欢迎。除了上演传统老戏之外,还有梅、程、尚各家的代表剧目,然而无论上演哪位名家的剧目,张君秋从不打出某某名家的旗号来标榜,完全是自己的面目。

1948年,张君秋和马连良等著名演员应邀赴香港演出,响应李济深等爱国民主人士的倡议,为共产党领导的东江游击队义演三天。除舞台演出外,还拍了三部戏曲影片。这时,国民党当局通过各种渠道,重金礼聘,要他们到台湾演出。但张君秋心系北京,毅然拒绝。1951年,在周恩来总理的直接关怀下,张君秋等从香港回到内地。1952年,周恩来多次接见张君秋,鼓励他为新中国的京剧事业“多做贡献”。从此,他的艺术生涯进入了一个崭新的阶段。他放弃了高额的“包银”,率先组建北京京剧三团,深入厂矿农村,参加赴朝慰问,热情为工农兵演出。1956 年,他与马连良等名角组建了阵容强大的北京京剧团,即现在的北京京剧院,名家荟萃,好戏迭出,使京剧的繁荣达到新的高峰。

张君秋不仅是著名的京剧艺术大师,也是一名优秀的中国共产党党员,对党怀有深厚的感情。他曾说:“我走过的 60 年生活道路,前 30 年是在旧社会苦难艺海中漂泊过来的,后 30 年是在党的亲切关怀下成长起来的。”“我的一切都是党和人民辛勤培育的结果,没有党的领导,就没有我的艺术。”“文革”十年,尽管身心受到严重摧残,但他对党的信念始终不渝。粉碎“四人帮”后,张君秋恢复了舞台生活,他在出任中国戏曲学院副院长后做的第一件事,就是向党组织郑重地递交了入党申请书。1981 年 6 月,他光荣地加入了中国共产党。

晚年,张君秋怀着对振兴京剧的高度责任感,毅然把主要精力放在培养青年京剧演员的戏曲教育事业上。他的弟子遍及海内外,桃李满天下,有“十旦九张”之誉。1990 年底,张君秋应邀赴美讲学,被授予“人文学”荣誉博士学位,并获得“终身艺术成就奖”。1994 年时任中共中央总书记的江泽民同志发出“弘扬民族艺术,振奋民族精神”的号召,1996 年又指出:“京剧是我们民族文化的精华,特别是在海外,一听到京剧就会使人想到祖国,爱国之情油然而生。我们一定要把振兴京剧这件事抓好。”党中央的这些号召和指示,使张君秋倍受鼓舞。他接受了中央领导同志的委托,担任“中国京剧音配像精粹”的艺术总顾问。他不顾年迈体弱,夜以继日,呕心沥血,忘我工作,不幸在 1997 年 5 月 27 日赶赴音配像工作室时倒下,从此告别了他视为生命并为之奋斗一生的京剧艺术。

张君秋逝世一年以后,天津市成立了张君秋艺术基金会,李瑞环同志出席成立大会并讲话,对张君秋给予了极高的评价:“做人是好人,演戏戏德高,做党员党性强,是位德艺双馨的艺术家。”

一代化学宗师戴安邦

丹徒辛丰镇一所学校门口左侧墙上嵌着的“辛丰中学”四个字，苍劲有力，金光闪闪，题字者是我国配位化学奠基人、一代宗师戴安邦教授。

一

戴安邦出生于1901年，那是一个充满屈辱和苦难的年代。他在辛丰庄泉村的家，虽然有少量的田地，但仍然时时会遭受贫困的威胁。12岁那年，他离开家到镇江润州中学读书。对于年轻的戴安邦来说，“五四”反帝爱国运动具有振聋发聩的作用。他除了积极组织同学上街游行，参与“不用日货”“毋忘国耻”的宣传外，还暗下决心待中学毕业后去学农，实现振兴农村、振兴中华的目标。

但是，在那国运艰难的年代，很多事是难以遂愿的。戴安邦虽然在1919年的秋天考取了金陵大学农科预科，但因没钱交学费，便同时到南京成美中学去兼教化学课和物理课。他渐渐感到农科的田间实习频繁，时间常因气候变化而难以固定，自己无法妥善安排兼课，出于无奈，他不得不改学化学。进入化学世界以后，他慢慢认识到，化学同样可以“富国”，便身体力行，从此毕生与化学结缘，为普及化学教学、提倡化学研究和推广化学应用做出了杰出的贡献。

1924年，戴安邦从金陵大学化学系毕业并获得学士学位，母校留他

戴安邦（后排左一）第一次出国时在海轮上和同船学生合影（前排右四为李公朴先生）

担任助教，1926 年升为讲师。1928 年，戴安邦从中国医学会获得一笔奖学金，得以赴美国哥伦比亚大学化学系深造。由于他勤奋刻苦，1929 年即获得硕士学位，1931 年又获得博士学位。他的博士论文充分发挥了扎实的化学功底和精湛的实验技术，取得了创造性成果，受到学术界的瞩目。他的导师、胶体化学家托马斯称戴安邦是他遇到过的最好的博士生，想挽留他在美国工作。

留在美国工作自然好，但戴安邦想到自己振兴中华的理想，最终还是婉拒了导师的好意。1947 年，他应邀赴美国伊利诺大学分析化学系访问，这个系的主任克拉克教授对他十分欣赏，欲以丰厚的待遇留他在美工作。戴安邦依然不改初衷，又一次婉言谢绝，并于 1948 年如期回国。

二

从 1921 年在南京成美中学登上讲台开始，到担任母校教授，戴安邦从事化学教学 70 年，在教学中，他十分注重教育目的和教学方法，并形成自己的特点。1934 年，他撰文指出："科学教学不单只传授知识，而要进行全面的教学,包括人的科学思想和品德的培养。”他的这种教书育人的思想到了80年代更发展为“全面的化学教育思想”,即“全面的化学教育,要求既传授化学知识和技术,更训练科学方法和思维,还培养科学精神和品德”。

戴安邦针对国内高等学校化学教学中存在的问题,强调启发式教学的重要性。1983年,他发表了《基础化学教学启发式八则》一文,所指八则即引导学生有学习要求、诱导和启发学生始终专心、以学生为学习主体、使教学符合认识规律举一反三、学思结合、重视实验教学、重视教学的思想性和发挥教师的主导作用。他常说:“授人以鱼,不如授人以渔”“孬教师只给人奉送真理,好教师教人发现真理。”他的这些观点,在教育界特别是广大化学教师中引起强烈反响,有的教师将此作为座右铭,终生受用。

过去我国高校的化学教材都是引进的,新中国成立前用英美课本,新中国成立初期是翻译的苏联教材,这些教材都不能适应我国培养化学人才的需要。1956年,戴安邦接受教育部下达的任务,主持编写出了我国自编的高校教材《无机化学教程》。这部教材摒弃了当时苏联教材中普遍存在的陈旧概念,融入了戴安邦自己的化学教学思想,受到读者的极大欢迎,出版以后多次重印,至今仍然是我国公认的重要化学基础教材和参考书。

在繁重的教学工作之余,戴安邦还积极投身化学人才组织的发起与筹备事业,1932年8月成立了中国化学会。接着,他又着手筹办化学刊物,一年多以后,由他担任副总编辑兼总经理的中国化学会的《化学》杂志(《化学通报》前身)与读者见面。从1933年起,金陵大学每年都举办理科教师暑假讲习班,戴安邦积极参与,并担任化学讲师,讲授化学教学法。他只有一个目的,就是发展化学事业、培养化学人才、推广化学研究,实现“富国”的愿望。

三

戴安邦的成就,不仅表现在化学教育方面,还表现在基础化学研究和推广化学应用方面。

在教学中他敏锐地发现，在无机化学基础上发展起来的配位化学（又叫络合物化学）的研究，不仅具有基础性的意义，可以丰富基础理论的内容，而且在开发新材料和高新技术方面，有着重大的应用价值，对生产和社会的发展将产生深远影响。因此，他把配位化学作为研究的主攻方向，从而成为我国配位化学研究的倡导者和奠基人。在他的努力下，1963年南京大学建立了综合物化学研究室，并于1978年扩建为南京大学配位化学研究所，这两个研究机构均由他主持工作。这是我国第一个配位化学研究基地。80年代后期，他以耄耋之年，仍多方奔走，终于在南京大学建造了一座设备先进的大楼，创建了我国无机化学的重要研究基地——南京大学配位化学国家重点开放实验室。

戴安邦认为："科学家到生产实践中去找研究课题，把我国现代化建设搞上去是当务之急。但同时要对其中有关的基础理论，有所发现，有所创造，再回到实践中去，使生产不断改进和革新。"他在1982年获国家自然科学二等奖的硅酸聚合作用理论，就是从研究实际任务开始的。这项研究成果得到国内外学者的高度评价，其理论及数据已为国内外多种专著及手册所引用，对生产和科研均有重要的指导意义。这项成果被选入国家科委的《中国基础研究百例》一书，还被南大校刊誉为"植根于生产实践的科研之花"。

1987年7月，第25届国际配位化学会议在南京召开，这是一次有44个国家和地区共约一千名科学家参加的盛会。由于其在化学界的突出地位，戴安邦被推举为大会主席。苏联科学院普通及无机化学研究所为戴安邦颁发了科加边夫荣誉奖章，以表彰他在国际配位化学方面的贡献。这次会议也表明，正是由于戴安邦的努力，我国配位化学研究才跻身于国际学术前沿。

对于戴安邦在化学研究方面的贡献，我国政府和科学界给予了更多的肯定与赞扬。戴安邦曾是第三届全国人大代表，第五、第六届全国政协委员,1978 年荣获江苏省劳动模范称号,1980 年当选为中国科学院学部委员(院士),1981 年被聘为国务院学位委员会理学学科评议组成员,1998 年 7 月被授予中国科学院资深院士称号。

戴安邦在配位化学研究方面的贡献,犹如一座丰碑矗立在中国化学史上。

四

多年以来,除了教学和研究,戴安邦还兼任过许多行政和社会工作。如江苏省科协副主席、理学院院长、中国化学会常务理事、江苏省化学化工学会理事长、《高等学校化学学报》副主编、《无机化学学报》主编、高等学校理科化学教材编审委员会副主任等。对于每一项工作,他都同对待教学和研究一样,极其认真,负责到底,尤其是他任《化学》杂志主编一职长达 17 年,从编辑到财务,他都尽心尽力地操持。

到了晚年,为了把经验留给后代,他笔耕不辍,从不虚度每一天,甚至生病住院,也不放松。他的治学经验是"勤学习,多动手,深思考,自强不息"。他常常付出大量的时间为他人修改论文或书稿,自己从不计较荣誉和报酬。他还拿出自己的稿酬、奖金及积蓄,设立"化学实验优秀奖"和"化学实验教学先进奖",以表彰南大化学化工学院实验优秀生和实验教学的先进教师,而且坚决反对以自己的名字来命名这些奖项。

1999 年 4 月 17 日,戴安邦去世,享年 99 岁。他的一生,几乎与 20 世纪同龄,历经这个世纪的各个时期,只有在后半生,他的化学事业才如鱼得水、如虎添翼,他也得到了大显身手、为富国强民做贡献的机会。他在遗嘱中为自己做了总结:自然而来,尽力尽责,推己及人,心地坦荡。他将毕生的精力,奉献给了祖国的化学事业。戴安邦的优秀品德和卓越贡献,堪称一代宗师,是留给家乡人民的一笔宝贵的精神财富。

传说故事

四月初八吃乌饭

在丹徒南乡宝堰、荣炳一带,有四月初八吃乌饭的习俗。

传说吃乌饭的习俗始于秦朝。当时,秦始皇筑长城,把孟姜女的丈夫万喜良抓去,关到牢里。孟姜女急得要命,担心丈夫在牢里挨饿。她每天煮了白米饭,炒几碟小菜,送到牢房门口,请狱卒传给万喜良。

几天下来,另一个送牢饭的人对她说:“你家里的关在牢里头,要我家的带信出来,叫你送点饭菜给他吃。”

孟姜女一惊:我天天送饭去的,万喜良怎么没有吃到呢?一打听,饭全被狱卒吃掉了。

于是,她就想了个法子,到茅山上找了一种像冬青树叶子的草,草叶尖有点暗红色。弄回家来洗洗,拌在米里,煮出来的饭乌黑,样子很难看,但放在嘴里一尝,透香!

她把这黑饭送到牢房。狱卒以为是老鼠屎,不敢吃。这样万喜良就吃到了。

后来,当地人为了纪念孟姜女,每逢四月初八这天,家家都做乌饭吃。用来煮乌饭的草就叫乌饭草。直到现在,到了这一天,宝堰街上还会有人卖乌饭草。

荷花池的来历

从镇江到姚家桥，现在有汽车直达，快捷便利。以前则是以水路为主，有姚镇班小火轮可通，大港的下一个码头就是荷花池，即今天的高桥镇汽车轮渡码头西侧约500米处。

传说很久以前，顺江洲南江边，有一个大池塘，里面长满了荷花，每当花开时节，红装艳艳，翠盖亭亭。其中有一朵特大的荷花，颜色异常鲜艳。更令人称奇的是，这朵荷花独拒风霜，四时不谢，因此遐迩闻名，观者不绝。游客若把食物投入池中，霎时便不见踪影，大家争相试验，莫不如此。

离池塘不远，住着一位博学的老秀才，他有一个女儿，聪明俏丽，多才多艺，对池中之怪事，也想探个究竟。于是翻遍各种奇书异典，发现了一则与此相同的记载，说是某地有一座大池，不知何时来了一条大蛇，潜伏在池中修炼，为了诱取食物，便用唾沫幻作荷花来蛊惑游人。后来这条大蛇修炼成龙，腾空飞去，这个大池也随即陆沉，变成一片汪洋，当地人就此遭受了一场巨大的灾难。姑娘看了之后，觉得此事非同小可，立即和父亲一起请来邻里商量对策。姑娘想出了一条妙计，动员家家拿来麦粉，做成许多馒头，里面包进烈性毒药。第二天一早，把馒头投入荷花池中，一眨眼，池中波浪翻滚，黑烟冲天，突然发出惊天动地的巨响，一时日晦雨冥。待到风平浪静后，只见一条粗如米瓮的巨蟒浮尸池中。

事隔若干年后，姑娘死了，乡亲们为了纪念她，在荷花池旁砌了一座祠堂，岁岁祭祀。荷花池的名字也就流传下来了。

文章变芦席

历史上的小沙，是一个很大的集镇，不但人口众多，商业繁盛，而且是一个文人荟萃的地方，传说那里的人每天能写出一千篇文章，因而有“日出千章的小沙”一说。

这年，康熙皇帝下江南，驻跸金山，闻得丹徒小沙有如此众多的才子，龙颜大悦，但不知真假，遂命随行宰相张玉书微服私访，以探虚实。如确有可用之才，当即征召重用。张玉书遵旨而行。

这天，张玉书乘船来到小沙，上得岸来，只见文人秀士满街书写文章，确如所闻。只可惜那些人恃才傲慢、目中无人，且对外乡人口出秽语，全无礼貌。张玉书见到如此风气，甚不以为然。他认为，此地才子虽多，却是腹中怀才，目中势利，处世不仁，非栋梁可依。于是带着十分气恼的心情，扫兴而归。康熙帝问曰：“小沙日出千章，可有其实？”张玉书答道：“臣奉旨察访，所见小沙男女百姓皆系家居织苇，所谓日出千章，不过是日出千张芦席而已。”帝乃作罢。

时隔不久，皇帝与宰相的对话传到了小沙，那帮文人秀士闻讯大为惊恐，怕遭灾祸，就陆续迁居他乡了。从此以后，小沙的日出千篇文章真的变成了日编千张芦席了。

世业洲又称四叶舟

镇江金山西面的江心当中有一个洲，叫世业洲。原来它的名字叫四叶舟，关于四叶舟的来历有一个传说。

当年，孙悟空大闹天宫，偷吃了王母娘娘的蟠桃，又偷喝了千年琼浆玉液，直喝得猴性大发，在天宫里到处乱逛。走着走着，不料一道门挡住了去路。孙悟空瞪大眼睛一看："嗬！哈！这不是玉皇大帝藏宝贝的地方嘛！今天该我老孙走运啦，先让我饱饱眼福，然后回去再跟小的们吹吹。"他从耳中掏出金箍棒，一家伙就把这道天门捣得粉碎。乖乖，这里头宝贝多着呢！什么夜明珠啦，聚宝盆啦，照妖镜啦……无奇不有，个个闪闪发光。孙悟空看过一个摔一个，看到最后一个："啐！是块又黑又小的土疙瘩。"他心里好笑，这个玉帝老儿也不识宝，把个土疙瘩也弄到天上来，当个宝贝藏起来。他随手一捏，顺手一摔，这块土疙瘩就碎成四瓣，从天宫落下凡尘，一落落到了扬子江心。哪晓得这块又黑又小的土疙瘩真的是个宝贝哩！叫"聚土丸"。落到江里，见水就长，越长越大，转眼就长成四块碧绿碧绿的土地来，像四片落叶漂在水面上，美极了。

一天，八仙从这里路过，一看，吃惊道："江中怎么长出四块绿洲了？我们一起下看看吧。"于是落下云头，到了洲上。张果老倒骑在毛驴上说："想不到世上还有这么好的地方，可惜不连在一起。"吕洞宾一听，和铁拐李、何仙姑、韩湘子三个咬了会儿耳朵，就不见了。不一会儿工夫，只见东西南北方向各来了一条船，四个仙人分别站在四条船上，有的吹箫，

1976 年 7 月，丹徒县在世业公社举行纪念毛主席畅游长江十周年渡江活动

有的舞剑,有的拿着酒葫芦,有的擎着荷花,四块绿洲在仙乐声中,慢慢地向一块儿靠拢了。曹国舅高兴地说:“这下好了,连到一块了。我们给它起个名字吧!”张果老用拂尘指着逐渐靠拢到一起的洲地说:“我看就叫四叶舟吧!”蓝采和抓起鲜花向洲上撒去,汉钟离用扇子一扇,只见洲上到处鲜花盛开,美得就像一个大花园。

从此,这里就叫“四叶舟”了。后来天长日久,这个名字被喊白了,叫成了“世业洲”。

世业洲还有个名字叫鹰洲,这个名字又是怎么来的呢?据说,从前世业只是一座极小的土冈,有一次发洪水,小土冈被洪水团团围住,住在这里的人们又饿又冷,几乎快要绝望了。这时,刚好有一只神鹰飞过,听到下面的人叫苦连天,神鹰看着快要死去的人们,很是同情,心想:“我何不用法术把周围的江水退去,救救他们。”但江水退去了又涨上来,涨了退,退了涨,神鹰施尽了法术,还是制服不了江水。神鹰想:“只有献出自己的生命来保存众多的生命了。”于是就伏在土冈上,不让水漫上土冈。这土冈就是今天的世业洲,南北小五墩子就是鹰的翅膀,裤裆腰是神鹰的腰,鹰头在西,与十二圩遥遥相望,尾巴在东,与镇江隔水相连。

马迹山上龙洞茶

黄墟盛产茶叶。这里世代流传着美丽的龙洞茶传说。

在黄墟乡的东北角,有一座石头山,叫马迹山。山腰处有一个朝天的洞,洞口长着一棵茶树,正好盖住洞口,洞内终年不见阳光。每天早上,洞口雾气腾腾,直到中午才能慢慢地散掉。

连续三年,每当采茶季节,都有一位白发老翁上山来采茶,期间留宿在庙内。

一天晚上,通慧方丈吩咐膳房用上等素菜招待采茶老翁。豆腐百叶、面筋素鸡、金针木耳……盘子、碟子摆了满满的一桌。饭后,方丈问老翁:"你这么大年纪了,为何还吃这个辛苦,到山上来采茶呢?"老翁只是笑了笑。

第二天,采茶老翁临走时,感激地对方丈说:"我年年来此山采茶,承蒙方丈厚待。我没有带什么礼物,只有三片茶叶相赠,请方丈笑纳。"说着从袋子里取出一个小包,左一层、右一层地打开白纸,然后取出三片茶叶,双手捧送给方丈,貌似还有点舍不得呢。

送走了采茶老翁,通慧方丈越想越气,心想:"我堂堂一庙住持,年年都厚待于你,何求你三片茶叶?真是太小气了!"便随手用纸把三片茶叶一包,往菩萨龛内一丢。

第二年,采茶老翁又来到了马迹山,仍留宿在庙内。晚上,老翁看到通慧方丈招待没有以往那么热情了,晓得方丈以为那三片茶叶没有用,就笑嘻嘻地对方丈说:"去年我临走时,送你三片茶叶,不知方丈可曾用否?"

方丈不高兴地说:"三片茶叶有何稀奇?被我丢在菩萨龛内,未曾用。"

采茶老翁说:"此茶非普通茶叶,它是山上一宝,名叫龙洞茶。沏茶用别的茶叶要动把抓,这茶只需在一片茶叶上掰下一点点,放在杯里,开水一泡,满屋清香,饮了此茶,可以返老还童,长生不老。"

通慧方丈将信将疑,待老翁休息后,就从菩萨龛内取出那三片茶叶,转回方丈室,按老翁所说,试试这茶叶。他在一片茶叶上掰下一点点放在杯里,开水一冲,果然满屋清香,一饮浑身精神,老翁说的一点不错,连说:"好茶,好茶。"

第二天,采茶老翁上山采茶,方丈暗暗尾随,想知道何处能采到此茶。一看,老翁在山腰洞口处采摘,便偷偷地转回庙内。

采茶老翁走后,方丈想:此茶如此神奇,我何不把这棵长在洞口的茶树移栽到寺院里,早晚也好看管,明年采茶我一人独饮,免得被人偷去。想到此,便吩咐小和尚上山,把洞口的茶树挖出,移栽到寺院里来。刚刚栽好,天空乌云翻滚,雷电轰鸣,一条青龙从洞口腾空而去。

第二年,采茶老翁又来采茶了。得知方丈移栽了这棵茶树,连连跺脚道:"可惜,可惜!"方丈看到采茶老翁急得这个样子,急问老翁:"何事可惜,这么着急?"

采茶老翁叹了一口气说:"可惜啊,可惜,此茶乃是一棵宝树。它生长在山腰的洞口处。这个洞是个龙洞,洞里睡着一条青龙,洞口就是这条龙的鼻孔,茶树就是鼻栓,它拴住了龙的鼻子,使青龙不能借助风雨而上天。同时,龙的呼吸滋润了这棵茶树。此茶乃龙茶也。如今宝贝已成废物,我白跑了一趟。"老翁说完,拂袖而去。

通慧方丈想追问老翁可有补救的办法,但老翁已经走远了。从此,老翁再也没有来过。

伏牛山藏金牛

从前,伏牛山叫枫林山,后来怎么改叫伏牛山呢?这里有个灵芝草钓金牛的故事。

一天,一个识宝人来到枫林山,得知山洞里藏着一头金牛,要取金牛必须用灵芝草。于是他到周围各村转来转去,一转转到东甲村,看到一家墙头上长的一棵草与众不同,识宝人想买下这棵草。这家住着个老头儿,心想,墙头上的一棵草有什么了不起,还用买吗?就开玩笑地对他说:“就怕你买不起。”“你要多少钱?”“一头牛钱!”“那你牵一条最大的牛来,值多少钱我给多少钱。”老头儿一听,嗨!还真有点名堂经,心想这个人有钱又好说话,就变了态度,认真地说:“我不要耕田的牛,我要一头金牛。”识宝人一听,就说:“我买这草就是为了钓金牛的,你要金牛,那你自己去钓吧!”却没有告诉他钓金牛的方法。老头儿心中大喜,也忘了问识宝人怎么个钓法。第二天,吃过早饭,老头儿拿着灵芝草来到山中洞口,左边敲敲不见动静,右边敲敲毫无声息。老头以为上当了,火上来了,把草往地下一摔,不钓了,走了。不料,金牛在山肚里听到了声音,知道来了灵芝草,就出来了。只听见轰隆隆巨响,像山崩地裂一样。老头一慌,吓得昏了过去。等他醒来时,乃看见万道金光中有一条金牛向自己奔来,他拿起草来就跑。金牛见到草,拼命地追赶,人跑牛赶,人奔跑逃命,牛紧追不舍。

金牛追到了上会村，被人们看见，人们就在上面围，没有围住，所以上会村又叫上围。金牛跑到下会村，人们就在下面围，又没有围住，所以下会村又叫下围。金牛跑到丁角，被人打了一下，打下头上的角尖，这个村就叫金角。村上有个人口吃，把金角说成丁角，后来这个村就叫丁角了。金牛最后又跑到山肚里去，再也不出来了。从此以后，枫林山就被人们称作伏牛山。

槐荫村董永传说

在镇江南乡,有一座享誉江南的文化名村叫槐荫村。槐荫树的出名,源于一个流传千年的经典爱情传说、一段感天动地的传奇姻缘——天仙配。

相传东汉时期,家住丹阳董家村的董永,家境贫寒,为安葬父亲卖身到槐荫村的傅员外家为奴。董永卖身葬父的一片孝心深深感动了七仙女。她力排众议,决心下凡以身相许。

当董永走到槐荫村石坝河上的石拱桥时,七仙女变化为村姑模样,往桥中间一站,挡住了董永的去路,提出要董永娶她为妻。董永一时惊呆了,停了一会,才恳切地说:"我上无片瓦,下无立锥之地,拿什么娶你为妻呢?"村姑满不在乎地说:"你再穷,我也愿意。"董永还是犹豫不决,推辞说:"婚配要有父母之命,媒妁之言。我虽然没了父母,但媒人不能没有。"村姑说:"这个好办,我们请媒人去。"于是拉着董永来到石拱桥一旁的老槐树下,村姑说:"就请老槐树做媒,怎么样?"董永不解地问:"老槐树是棵哑木头,岂能为媒?"就在这时,老槐树居然开口说话了:"董永,你和这位姑娘乃天生一对,地造一双。我愿意为你们做媒,祝你们相敬相爱,白头偕老!"一听哑木头开口讲话,董永惊讶得说不出一句话,以为是天意,便听从了村姑的安排。于是,两人就在老槐树下,拜天拜地,夫妻对拜,再拜媒人老槐树。从此,董永与七仙女喜结连理,男耕女织,相依为命，过着忙碌而清苦的日子。

村里的老人讲过这样一件怪事：董永在傅家帮工的三年中，石拱桥下每天都有一大一小两对脚印，一位村民感到好奇，曾将两对脚印抹去，谁知第二天脚印又在原地出现了。试过多次，仍旧如此。这大概是董永与七仙女夜间相会留下的。后来，村民就把这座石拱桥称为“七仙桥”。

如今，在七仙桥南边的槐荫大道路边，并列着七个水塘，和乡间的河塘并无二致，但有个美丽的名字叫“七仙池”。听村里人说，董永和七仙女结婚以后，在傅员外家男耕女织，虽然劳作辛苦，但夫妻恩爱，其乐融融。那个傅员外为富不仁、贪婪成性，故意刁难七仙女，给她一堆乱丝，要她一夜织成十匹锦。七仙女遇到困难，以焚香为暗号，请求天宫的六位姐姐前来帮忙。于是，众姐姐悄悄相约下凡，帮七仙女织锦，织累了就到距离村前大桥不远处的小塘里洗个澡。七仙女在六位姐姐的帮助下，一夜之间果真织出了十匹锦。后来，村民把七姐妹洗澡的池塘称为“七仙池”。

“七仙池”又叫荷花塘。据说，七仙池里原本没有荷花，七个仙女担心自己洗澡时冰清玉洁的肌肤被凡人偷看，因此施展法术，让池塘里长出翠绿的荷叶，盛开粉红的荷花。这样，荷叶荷花既可以遮羞，又给仙女带来瑶池的感觉。村民看到池塘里的荷花如此茂盛，干脆称之为“荷花塘”。后来，七仙女私自下凡的事情被玉皇大帝知道了，他下令天兵天将捉拿七仙女回归天庭，仙女们再也不敢下凡，荷花塘里的荷花也仿佛通晓人性似的很快枯萎了。时间一长，“七仙池”的称呼却渐渐被叫开了。

俗语有“一步登天”的说法，真有那样神奇的登天梯吗？在槐荫村就有登天梯，又叫上天台。

听村里的老人说，原先槐荫庙的前边有一个大土墩，高不过十来米，有一亩地大小，四周空间非常开阔。传说七仙女的六个姐姐就是从这里下来帮小妹织锦的，天亮前也是从这里上天的，所以村民就把这个大土墩叫作“上天台”。上天台上有一块桌面大小的方石，20 世纪 50 年代时还在，后来就不知去向了。那时老人们一说起这个土墩的来历，就会煞有介事地说:“槐荫庙前的土墩,就是七仙女的登天梯啊!”

董永为葬父卖身给傅员外,工期定为三年。后来,在七仙女的帮助下,董永的三年长工百日完成。正当夫妻双双满工回家的时候,玉皇大帝得知七仙女私自下凡,龙威大发,命她午时三刻必须返回天庭,不然就要降灾于董永。为了不使丈夫受害,七仙女忍着悲痛告别董永,从上天台上被召回天庭。

上天台上有一棵千年桤儿树,长得精瘦精瘦的,槐荫村八九十岁的老人都曾见过那棵树。传说七仙女在天庭生下一个儿子。第二年春天,七仙女送子下凡,没有等到董永前来,便含泪在树上写下“弃儿董仲”四个大字,嘱托那方土地,通知董永来桤儿树下抱回儿子。从此,这棵桤儿树就被改名为弃儿树。后来,四面八方想求子的人经常到上天台来烧香祈愿,因为上天台上有弃儿捡,送子娘娘送不掉的孩子都放在弃儿树下。

今日槐荫村

仙人山由来

过去薛村是一个凤凰栖息的宝地,绿树成荫,百花常开,人们还说这里仙气旺盛。薛村西面有一座山,就叫仙人山。传说有真仙曾在这里呆过。山上有个洞,洞里还有仙人的生活用品,锅、灶、桌子、凳子,一应俱全。村上放牛的孩子,到仙人山去放牛,只要去得早,灶里还冒着烟,锅里还有剩锅巴吃呢!有一天,一个放牛的孩子去迟了,一看锅巴没有了,就恶作剧起来,往锅里拉了一泡屎。仙人回来一看,轻轻地说了声"太不像话了",回头就走,从此再也不来了。

这个仙人是谁呢?是张果老,他跑了,但他住过此山的事还是传下来了。仙人山的仙人洞里,张果老睡过的石床还在。还有一首人们纪念他的诗流传至今:

日落山空翠欲流,仙人已去石床幽。
长松黛色参天岭,疑是蓬莱第一丘。

如今,沪宁高速公路镇江段有一个服务区,就叫仙人山服务区。

海神覆船成山

丹徒石马与句容东昌交界处，一脉东延的高骊山、覆船山、青山、长山起伏相连，蔚为壮观。石马境内的覆船山有好几个名字：船山、赶船山、酒罂山。但这里原来却不是山，而是一片汪洋大海，后来怎么有了山呢？这就得从高骊山谈起。

高骊山的主峰在句容境内，原名句骊山，立于东海的西岸边，因高骊国的美女来此采药，最终定居于此，故改称高骊山。相传东海海神见高骊国的美女经东海而西去，她的绰约风姿令海神一见钟情，遂心驰神往，乘船赶来，用整整一船美酒作为聘礼，想娶高骊女为妻。他以为以海神之位娶一个采药女是不会有什么障碍的，却不料高骊女以“人神难共，山水难融”为由，予以拒绝。海神恼羞成怒，连船带酒一起弄翻在海里。船翻成山，此山形就是覆盖的一艘船样，后来称为覆船山，又称赣船山。“赣”在当地土语中就是翻过来的意思。酒流入曲阿（今丹阳），后来从宝堰到辛丰再到丹阳一带都产美酒，就是这个原因，此山亦称酒罂山。

斩龙桥的故事

宝堰刘庄有一座斩龙桥，村里千百年来流传着刘伯温追斩游龙的故事。

传说明太祖朱元璋称帝后，疑心病加重，为防人篡位，设计诛杀了许多与他一起打江山的功臣；又带上半仙帝师刘伯温巡视各地，斩杀图谋不轨之人。他们巡视到镇江时，发现宝堰上空有龙时隐时现，急命刘伯温携八卦图和斩龙刀直奔宝堰。

却说宝堰太子冈有一个风水先生，修炼多年，即将成仙。一日，风水先生把儿子叫到面前，说："我将不久于人世，去世之后千万不要给我穿衣服，也不要埋葬，要一丝不挂地摆在屋后的竹园里，否则死后不得安生。切记，切记！"

儿子闻听此言，不觉泪流满面："不，不，您身体好好的，不会死的。"

"这是天数。"

没过几天，风水先生果然无疾而终于家中。儿子遵照父亲的遗言，把遗体脱得一丝不挂，但又觉得太不雅观，就给他穿了一条蚕丝短裤，放在屋后的竹园里。

风水先生修炼得道，变成了一条水龙，只要在地下游到大海里，就能飞上天，成为真龙天子。哪知道这条蚕丝短裤坏了大事，正好扎住龙嘴，在地下吃不到东西，饿得慌，只能游一阵歇一阵，吃力地向大海游去。

这一天，刘伯温拿着八卦图，提着斩龙刀来到宝堰，根据天上云气寻找这条龙，一路寻到刘庄。他暗中寻思：刘庄人与我同姓刘，说不定500年前还是一家人呢！要是在这里斩了龙，有点过意不去，要是不斩又君命难违。斟酌再三，刘伯温决定拼着老命也要把龙斩了，以绝后患。可他东南西北都找遍了，就是找不到这条龙，直找得他口干舌燥，腿脚发软。他走到一座桥下，看见河水清澈见底，就想喝口水、洗洗手。想到寻龙多时却未见效果，不觉仰天长叹："朱元璋气数尽矣！"随手将斩龙刀往地上一插，就准备去喝水。突然他看见地上冒出血来。刘伯温大惊道："这个孽畜在这里！"原来，风水先生变成的龙正在这休息，被刘伯温的斩龙刀就这么随意一插，正好斩断了。这座桥也因此被人们称为"斩龙桥"。

刘伯温无意中斩了那条龙，灭了王气，他又掐指一算，这宝堰刘庄还要出六个宰相，连忙召集人在龙脉上挖沟。这龙脉很是奇怪，白天挖掉，晚上又长起来，挖的人惊恐不已。刘伯温于是要起了八卦阵，吩咐晚上收工时用六把铁锹按六个方位插在地上。第二天一早，大家发现六个缺口在流血，六个宰相又被除掉了。从此，插六把铁锹的地方就叫"六宰坟"。

白龙塘的神话

丹徒荣炳有个叫白家庄的村子,这儿绿树成荫,湖水清清,是个美丽而富饶的地方。村边有个湖塘,名叫白龙塘。关于这个白龙塘的来历还流传着一个动人的神话故事。

相传若干年前,白家庄上有个白员外,他有一双儿女,儿子娶了个善良的媳妇。姑嫂和睦,一家人相亲相爱地生活着。

有一年端午的前一天傍晚,姑嫂俩来到小溪边散步,一边走一边说笑着。忽然间,小姑子发现路边的茅草中,有个像鹅蛋一样的东西,忙拖着嫂子来看个究竟。她俩用手扒开茅草,只见两只大鹅蛋躺在茅草里闪闪发光。小姑子好奇地拾起来端详,又觉得沉甸甸、圆滚滚的,可爱极了,爱不释手,边看边递给嫂子一个,说:“这蛋真大,不像是鹅蛋,恐怕是龙蛋吧?”“世上哪有龙蛋!”“管它什么蛋,我们一人一只。”嫂子接过蛋,也乐滋滋的。两人各自把蛋放进了自己的衣兜里,便回家去了。

姑嫂俩回到家里把这件事告诉家里人,伸手一摸衣兜,发现蛋没有了。小姑子看看嫂子,嫂子望望小姑子,心想:“咦!奇怪,是怎么回事呢?莫不是路上丢掉啦?”两人闷闷不乐,各自回房睡觉去了。

两个月以后,嫂子发现自己怀孕了,白员外一家人都很高兴。与此同时,嫂子发现小姑子脸色憔悴,经常呕吐,便来到小姑子房里探望,发现小姑子的情况与自己差不多。但一想:不可能呀!小姑子还没有出嫁,平时又不跟外人接触。于是安慰了几句就回自己房中去了。

谁知小姑子的肚子一天天大起来了，而且觉得肚子里有东西在蠕动。这件事到底还是给白员外知道了，便打骂姑娘，要她说出实情，并把姑娘赶出了家门。嫂子十分同情小姑子，便把她藏到一个偏僻之处，每天白天给小姑子送饭。就这样一天天地挨着。

第二年端午节前一天的傍晚，小姑子肚痛难忍，痛得昏过去几次，她咬着牙挣扎着，这时她忽然听到一个洪亮的声音说："娘，娘！您别怕，快将左手臂伸开，我要出来了！"话音刚落，只听得一声巨响，一条白龙从她的腋窝下飞了出来。与此同时，嫂子也生了一条黑龙，黑龙飞上天，扬长而去。

白龙出生后，看到自己的母亲昏倒在地，十分难受，它唤醒母亲，把母亲扶起，让她坐在自己的身上，然后对她说："您闭上双眼，千万别睁开。"白龙驮着母亲飞上了蓝天，白龙娘只觉得腾云驾雾般到了空中，耳边风声呼啸，不一会儿就来到了南天门。南天门的鼓乐声、迎接白龙的欢呼声，传进了白龙娘的耳朵，由于好奇，她一时竟忘掉了白龙的叮嘱。她睁开眼一看，啊……一下子从白龙背上滚下来，摔倒在地面。白龙觉得情况不妙，赶到地面，发现娘已摔死，悲痛万分，急得在地上直打滚。顿时，地面上滚出了数个大坑，白龙滚呀、哭呀，就这样将这个地方滚成了一个水塘。人们为白龙的孝心所感动，从此就叫这个塘为"白龙塘"。

黄墟原名“荒墟”

据说，黄墟原名“荒墟”，因南宋前这里曾是一片荒墟。

有一天，一位货郎到丹阳去贩货，从这儿经过，看见一只野鸡与一只兔子相欢，且有地光云霞异象，颇以为奇。货郎到丹阳后，在茶馆喝茶时与他人谈起此事，座旁有一位徐姓测字先生，听了此事也暗暗称奇。他再三恳请货郎带他去看看。货郎嘴上应诺，心里却感到很蹊跷，猜测必有缘故。于是，他陪着测字先生往回走，走了大概十余里，到了一座小山冈，货郎诳骗他说：“就在这里。”测字先生信以为真，立即取出罗盘往地上一放，定了向，左瞧右看，琢磨了一阵喃喃地说：“并不稀奇。”货郎也不在意，没多久，两人就分手了。

时隔一年，货郎又往丹阳去贩货，再次途经山冈，突然在他眼前出现了一幢新瓦屋。心想：前几次我从这里经过时并未见有此屋啊，是谁家盖的呢？正纳闷时，远远瞧见那位测字先生坐在门口，手捧着书看呢！货郎恍然大悟。原来测字先生真以为这里就是雉、兔交合之处。货郎心想，幸亏没有讲真话！

当天，货郎从丹阳回到家便探询“荒墟”究竟属于谁。后来，得知这块地属于他的舅父，心里暗自欢喜，但因家境贫困难于启齿，但又必须加快行动。翌日，货郎亲自来到舅父家，借口来往丹阳，路途遥远，需借一席之地当作歇脚之用。没想到舅父慨然应允了。又过了几个月，货郎兴冲冲地提了两瓶白酒和两只锦鸡来到舅父家,笑吟吟地说:“前不久,我与您谈过借一片地之事,您老健在时话好说,但您百年之后可能会有纠葛,不如立个契约。但我家境贫穷,无以为报,权以两瓶白酒和锦鸡一对作为酬资。”舅父说:“这样也好!”于是,货郎便写了个契约,其中有“御酒两瓶,金鸡一对,换荒墟一片”的字样。舅父看了并不在意,以为一片之地的“一片”并没有多大,“金鸡”以为就是“锦鸡”,便提起笔在契约上签了字。货郎满心欢喜,拿着契约高高兴兴地回家去了。

过了数年,舅父去世了。当货郎的表弟到“荒墟”砍树时,货郎便出来阻止,表弟很气愤。他认为这里是自家祖传的土地,为什么没有砍树的权利?于是把表兄告到县衙。县官传唤货郎并问他有何凭证,货郎取出契约。县官见契约上载有“金鸡一对换荒墟一片”字样,因此就将“荒墟”判给了卖货郎。从此,“荒墟”之名便传扬开去。

这货郎是谁?就是黄墟殷姓的始祖,名希圣。他的高祖殷秉常是两宋之际护驾南渡的右武大夫。随宋高宗南迁至镇江,先定居在大港附近的殷家村,后迁居到华墅。传到殷希圣这一代时,由于他不肯在外族统治的元朝为官,乃以挑货郎担谋生,维持一家人的生活。殷希圣胜诉后就在荒墟上盖了房舍,将“荒墟”改名为“黄墟”,并带领全家开垦荒地,勤俭持家。从此生活一天好过一天,子孙后代繁衍,兴旺发达。到了明清两代,黄墟殷姓中举人的有20多人,中进士的也有多人。又据考证,殷姓始祖系契,尧封契于商,商部落首领汤灭夏后以殷为国名,后盘庚复迁都至殷(今河南安阳),后称殷墟,而黄墟殷姓始祖殷希圣又是河南籍,文人推敲,改“荒”为“黄”,两字既是谐音又含有炎黄子孙在此建立村墟,且又有殷姓子孙眷恋故土殷墟的意思,故改名为黄墟。

黄墟又名麟里,对此知道的人很少。据说在明万历二十一年腊月初一,黄墟东面的塘里湾村一朱姓农户家中的一头牛,在半夜产下一只麒麟(怪胎),而在麒麟出世之前十几天,每天晚上人们都看到有红光在朱家屋顶上翻腾,麒麟落地后就不见光了。麒麟生下后遍体皆龙纹,色青黑,

殷氏六房

项间之色稍白,光润异常。耳后及眼眸皆有纹,鼻下有二横纹。口为红色,颔下有胡须,项皆细鳞。四只脚也有细鳞。麒麟刚生下时声如洪钟,人皆疑为怪,遂将其埋入土中。过了两天,黄墟殷氏第十五世祖殷士望闻讯赶来。他是一位理学家,善著文。他启而视之,当即说:“惜也!是麟非怪也!”并叹息道:“麟,仁兽也,麟为圣人之瑞者仁也。”后来,郡侯王应麟特命将麒麟葬于镇江北固山。后又生一麟,也同葬于此,因而称“双麟冢”。时王应麟作瑞麟图说,殷士望作获麟解,并让人刻一“双麟碑”,立在黄墟十字街口。碑高2米,宽80厘米,为青皮石质,上刻碑文已不可考。1958年“大跃进”后,石碑被生产队长移到下沿塘作码头,黄墟小学扩建运动场时填了下沿塘,此碑从此下落不明。因而,黄墟又称“双麟里”。后来不少文人以麟里作地名,以麟里居士作别号,以麟里作诗集名,以麟里作校名,以毓麟、瑞麟作堂名(如前房的毓麟堂),更有以双麟苑作茶馆名,一时相沿成风。

传说中的驸马庄

十里长山东首丹徒新城附近有个远近闻名的村庄，叫驸马庄。庄上人大多姓谢，据传是南宋驸马谢廷宠的后裔。谢廷宠，浙江天台人，生于宋隆兴元年(1163年)。他的远祖为东晋宰相谢安和大将谢石。曾祖父谢大祚在北宋徽宗时官至正仪大夫，金灭北宋后谢大祚保驾宋高宗南渡长江至临安，建立南宋。祖父谢敏，在高宗时官至副宰相。父亲谢深甫历任高宗、孝宗、光宗、宁宗四朝宰相。谢廷宠为谢深甫之次子，从小智力过人，才貌超群，文武双全，深得父母宠爱。他24岁中状元，当时适逢宋光宗为女儿宝庆公主择婿，被皇帝看中后，选为快婿，并于当年完婚，后得二子一女。女儿谢道清在理宗即位后入宫，被封为正宫皇后。恭帝即位后，她便临朝听政，称太皇太后。两个儿子分别封为骁尉大将军和右军司马，镇守镇江、丹阳。

宋绍定三年(1230年)，谢廷宠已年过花甲，要来镇江看望子孙。两个儿子为迎接父母的到来，并意欲挽留两位老人长期居住，就在镇江城内阳彭山建造了宫苑，又在城南的长山脚下买了一块地，建造了一座乡间私宅庭院。

坐落于乡间的谢氏庭院，占地有三百多亩，前后楼宇互相贯通，五间五进，三廊两庭。两边建有祠堂三进九间，宅院有开阔的草坪，种有果树、松柏、翠竹、龙爪槐和各种花草，中间建有凉亭、书房和假山石，并有荷花池。每到春天,庭院内外鸟语花香,景色宜人。驸马谢廷宠显然被两位孝子的真诚和舒适优美的环境所打动,辞官后便定居镇江,两处府宅轮换居住,直至终老。

南宋景炎年间元兵再度南下,南宋朝廷终于1279年寿终正寝。元兵进入镇江城里,阳彭山谢氏家苑遭到洗劫并被烧毁,谢廷宠玄孙谢仁携家眷逃出镇江城,避居于乡间的庭院。从此,谢氏家族便在这儿繁衍生息,成为不小的村落,后人将其城内的家苑称作驸马府,而乡间的谢氏庭院称为驸马庄。

风土人情

南乡服饰乡情浓

南乡泛指丹徒南部谷阳、上党、上会一带的乡村。这里的人们(尤其是妇女)不仅能即兴吟唱高亢嘹亮、优美悦耳的劳动山歌,而且还擅长剪纸、挑花等“女红”技艺,从而使得这里人们的服饰越发绚丽多彩、“土色土香”,极具地方特色。

南乡服饰始于何年已无从考证,然而,很久以来,这里的姑娘们从小就认真学习“女红”手艺。不管是富家千金还是贫家女,学习“女红”已成为她们人生的一门必修课。从八九岁开始,她们就在长辈们的指导下学习穿针引线,然后学习描个简单的花样儿,绣个荷包儿,在鞋面上绣一对稍稍复杂一点的金鱼儿。随着时间的推移,她们渐渐长大了,于是心也灵了,手也巧了,绣出的活儿也就越来越丰富多彩了。

南乡人十分看重“女红”手艺,自古就有以“女红”评优劣之说。南乡姑娘到了该出嫁的年龄,不仅要为自己精心绣织一件件嫁衣,而且还要为夫家的家庭成员按照年龄、性别的不同,分别绣一些礼品带过去相赠,以展示新媳妇的心灵手巧和表达对长辈的孝敬、对同辈的心意。若是谁家的姑娘“女红”手艺差劲,那可是十分难堪的事情;若是谁家的姑娘对“女红”一窍不通,即使她长得如花似玉,恐怕也难以找到一个称心如意的婆家。

南乡服饰的面料大多以她们自己生产的“土布”为主,即由古老的木制机械纺纱织布，通过染色（衣裤以蓝、黑为主，头巾以白色或黑白相间为主）、裁剪，然后按照自己的意愿绣个花草虫鸟，编个花边儿，结个流苏穗带，再后就缝制成头巾、衣裤、鞋袜等，以此来打扮自己、美化生活。可以想见：一群水灵灵的农家少女，她们头扎乳白色的绣花头巾，头巾的角儿翘得格楞正正，身着藏青色的土布衣裤，腰间系一条绣着吉祥图案、滚着五彩花边的围裙，裙边扎一根宽宽长长的绣着鲜艳花朵的腰带，美艳的彩穗低垂在柔媚的腰际，在潺潺小溪的伴奏下从绿柳中款步走来的时候，该是一道多么亮丽的风景啊！

南乡服饰实用性很强，除了自己在生产、生活中须臾不可缺少外，还经常被作为人情往来的馈赠礼品。例如，给意中人送一两双绣花护肩，以表达自己的关心与爱慕之情；再如，亲朋好友家生孩子，送一两件亲手绣织的毛衣、老虎帽、老虎鞋、老虎肚兜等，以祝福孩子身强体壮、虎虎生威；又如，长辈们过生日，送去绣有松鹤图样的布鞋，以祝福老人家健康长寿、松鹤延年。

清代诗人戴九灵曾写过一首题为《插秧妇》的诗，诗中写道："清袱蒙头作野妆，轻移莲步水云乡，裙翻蛱蝶随风舞，手学蜻蜓点水忙……"诗句描绘并赞美头戴青色头巾、身束围裙的农妇在田间轻盈潇洒地忙着插秧的情景。南乡妇女在农忙时也有这样的装束，这种装束不仅表现了她们对生活的热爱，同时也十分符合她们肩负繁重生产劳动的实际需要。头戴包头巾既可防止沙尘的侵袭，又可挡风遮阳、抵御寒冷，还可以保护自己的美丽发型，不至于在风吹雨打中被搞乱；腰系围裙可维护衣服的清洁，围裙一旦弄脏了也易洗易干，既方便又省力，岂不妙哉？南乡妇女在繁重的生活压力下能运用自己的"女红"手艺，在美化生活的同时，创造出一件件乡情浓郁、土色土香的服饰艺术品，真可谓匠心独具，别开生面。

南乡服饰是中华民族文化百花园中一朵艳丽的奇葩，它必然会引起中外有识之士的高度重视与悉心关怀。1990 年，丹徒县文化部门在南乡等地广泛征集民间工艺品，并从中挑选了 100 余件精品服饰去参加江苏省首届工艺品博览会。展出期间观者如潮。一位北京的艺术评论家观赏了丹徒南乡服饰后,跷起大拇指,感慨地说:“在当今较为发达的江南地区还能有如此美妙绝伦的传统服饰,真是凤毛麟角,难能可贵。这些服饰都是真正的民间工艺珍品啊!”《人民画报》1991 年第 11 期曾发表南乡服饰的专页。

南乡服饰不仅在国内广受人们的喜爱,而且在国际上也引起了众多友好人士的青睐。听说曾发生过这么一件趣事:有位南乡的老太太到镇江走亲戚,半路上被一位“老外”死死盯住不放。老太太误以为遇到了坏人,吓得东躲西藏,直到喊来警察才把真相搞清楚。原来,这位“老外”看中了老太太腰间系着的那根绣花腰带,想用美元来购买。可这位老太太偏偏不稀罕美元,说什么也不肯卖掉她这根心爱的腰带。

土家洋客

1990 年秋天,一批来自美国、法国、德国、日本等国家的留学生到南乡采风。热情好客的南乡人接待了这批洋学生,并为他们举办了一场别开生面的中外民歌演唱会。洋学生和南乡人联袂演唱,各放异彩。其间,南乡女歌手们的头巾、围裙、腰带,花鞋上的精美的图纹及巧夺天工的技艺引起了洋学生们的浓厚兴趣。演出结束时,洋学生们蜂拥而上,将南乡女歌手团团围住,争相观赏她们精美而独特的南乡服饰。一个个把蓝眼睛睁得大大的，嘴里不住地称赞。南乡女歌手们想不到这些洋小姐竟如此喜欢自己的土服饰，自豪感油然而生。她们落落大方地解下自己的头巾、衣服、围裙和绣鞋，让洋学生们尽情欣赏。一位叫柯立雪的美国姑娘兴致勃勃地穿上南乡服饰，玲珑的身段越发显得婀娜多姿，顿时，全场爆发出热烈的掌声和欢笑声。丹徒著名摄影家佘佳虎眼明手快，举起相机，闪光灯一亮，“咔嚓”一声，摄下了这一美妙的瞬间。

丹徒岁时民俗谈

民间风俗是一种文化积淀。它的发展轨迹，往往折射出一个地区的文化、经济、宗教信仰的深刻内涵。丹徒地处“吴头楚尾”，四方异俗互相融合，令人叹为观止。丹徒民俗主要表现在婚姻、丧葬、祭祀、宾客、节令等方面，其农历岁时风俗，确实颇有情趣和韵味。

正　月

“正月初一是新年”。据说这一天是弥勒佛的生日，丹徒人此日原来多不食荤、酒，只吃素菜，如今此旧俗已几近绝迹。旧时，早起敬神祭祖，燃芝麻秸、麦草和冬青枝，取节节高升、四季常青之意；同时，在大门前燃放鞭炮。爆竹又称“高升”，寓意不言自明。早饭吃枣子、茶鸡蛋和汤圆，寓意早生贵子、圆满吉祥。中饭及晚饭均为家常饭食，一般不下生米，吃除夕多煮的饭菜，以示年年有余。早饭后，年轻人一般要带着孩子，到亲戚、邻居家拜年，共祝身体健康、万事如意。

大年初一，如需扫地，一般由外向内扫，垃圾也不倒，以示聚财之意。

正月初五是财神的生日。从前这一天是不能出柴灰的，因柴与财同音。故春节期间均烧灰少的豆秸、芦柴和木柴。初五要抢先迎接财神，家家都赶早放鞭炮，其热闹程度仅逊于大年初一。

正月十三到正月十八是灯节。十三为“上灯节”，十八为“落灯节”。

"上灯圆子落灯面",以寓圆满和长久。旧时,丹徒各村村头都要竖一高杆,升起一串灯。如今,家家为孩子制作、购买各式花灯。夜幕甫降,孩子们唱着童谣,提灯串门,主人还得赏给红钱、糕点和水果。

正月十五是元宵节,家家吃"元宵"(汤圆)。而在江洲高桥则家家炒糖圆子吃,圆子小小的,似外乡酒酿圆子大小。

大年初二,有岳父母的人就得和妻子儿女一起,带上礼品去拜年。以后还要给近亲"拜年"。互相宴请,其乐融融。平时因忙碌而疏忽的亲戚走动,这时都要补上。故民谚曰:"正月里拜拜年……"

二　月

"二月二,龙抬头。"旧时儿童开学,女娃扎耳眼。女儿新嫁的三年间,娘家要接女儿。谚云:"二月二,接女儿,不接女儿穷女儿。"

二月八,丹徒不少地方有庙会。但是,在沙洲高桥,这一天家家吃荠菜馄饨。据说是取"下水饺子"(落水)之意,因为曾有一次虔诚的信徒们过江赶庙会翻了船,落了水,乡民们以此纪念。另一说是:"二月八,吃了馄饨病不发。"

三　月

三月三又称"上巳节",丹徒旧有用新鲜的荠菜花敬供祖先的习俗。而在江中沙洲和平原圩区,旧时一般人家要在灶柜上贴一红纸条,上书:"三月三,送九娘,九娘送到千里外,永远不还乡。""九娘"俗称骚腥娘子,是一种多足类蜈蚣形的又腥又臭的小虫,多生于灶脚和水缸边的潮湿地方,乡民极厌之。

"三月里来是清明。"清明节多在农历三月。这一天乡民要上坟扫墓。丹徒是丘陵山区,农家的祖坟多在山上,逐渐演变成登山之俗。东乡"黄明(清明次日)登山"经千古而不衰。在高桥,农家清明节要吃"蒿蒿茧"。这是一种有馅儿的食品,类似外地的"青团",祭祖时缺此不可。而

《双推车》表演

在宝堰坞村一带的清明前南宫庙会庆典活动中，人们还有表演“双推车”这一传统节目的习俗。

五 月

五月初五端午节，家家包粽子。旧时，丹徒人用雄黄、蒜头及菖蒲根浸酒，在正午时洒在墙脚、门边以禁蛇虫。大门上插上艾草、菖蒲以驱邪气。在丹徒部分乡镇，人们要给小孩儿的手腕和脚踝上扎上用五色丝线合成的彩绳（俗称“百脚绳子”），说是扎上它，“百脚”（蜈蚣）等毒虫就不会咬小孩了。这一天，孩童的胸前常常晃动着一只存放咸鸭蛋的五色网兜，身上挂着彩色香袋或雄黄荷包，额头上用雄黄酒点上“王”字，配上外婆家送来的画有虎纹的“老虎兜子”和“虎头鞋子”，真是别有情趣。端午节，穷人家盼个“五红”，即苋菜、鸭蛋、虾子、红烧肉、雄黄酒；富裕一点的人家则要“十二红”，就是除了“五红”外，再加上红萝卜、黄瓜、黄鱼、枇粑、红果、鸭汤、凉粉。

夏至这天，乡民们要将刚收获上来的蚕豆、豌豆炒熟了给孩子吃，传说可防孩子疰夏。

六　月

六月初六又称天贶节。民谚云："六月六，晒红绿。"这时，梅雨刚过，伏天已下来十天半个月了，正是拿出棉衣被褥曝晒的好时机。民谚又云："六月六，百脚绳子掼上屋。"端午节为孩童扎上的"百脚绳子"，一定要在这一天解下来抛上屋顶。这一天，家家以面食为主，乡民们要吃新面馄饨，或吃拍出来的烂面烧饼。

七　月

七月初七，牛郎织女鹊桥相会。丹徒旧俗有"乞巧"说，这一天，人们会让家中的女孩子夜间灯下穿针，如能一次引线穿过针孔，则求得了智巧。传说这天晚上端一木凳坐在茄子田里，以待天门开。如天门开启，就将木凳抛回屋中。那么，此凳就变成金凳。这些都是无稽之谈，此处录以存笑。

七月十五是中元节。中元节和清明节、冬至节并称三大"鬼节"。这一天，家家祭祖。晚上，还要到土地庙前或野外烧纸钱，谓之"斋孤"，就是为孤魂野鬼布施钱财。此俗现已渐趋消失。

八　月

八月十五中秋节。这一天家家吃月饼。但是，旧时农家多以面粉发酵的"团圆饼"代之。而在高桥，又多以米粉发酵做成的"米饭饼"代之。晚上敬月神，除金黄的团圆饼外，还有红菱、白藕、绿的毛头荚和冰糖芋艿，可谓五色纷呈。孩童们围着供桌唱童谣："月亮公公，月亮婆婆，掉个钱来，买个馍馍。"

九　月

九月初九重阳节。九为阳数，两个九谓之“重阳”。旧时重阳要吃重阳糕（取“高”之意）。近年来国家提倡敬老，重阳节又成了敬老节，并很快与民俗融合在一起。

十　月

十月初一（朔日）俗称“十月朝（读 zhāo）”。丹徒旧俗用糯米饭做团子，滚上芝麻当食品，叫作“糍粑饭”。做佣工的人这一天被主人决定去留，所以有民谚云：“吃得糍粑饭，伙计要滚蛋。”而在高桥，则有民谚云：“十月朝，糯米饭，炒茼蒿。”取全家团结（黏合），共同高升之意。

冬　月

冬月最大的节日是冬至节。这一天，丹徒家家要祭祖。冬至有小冬（冬至前一日）、大冬（冬至当日）之分，因宗族而异，各有传承。民谚曰：“大冬大似年。”冬至节，早饭吃圆子，中饭要丰盛，祭祖、烧纸钱，一切如仪，表达深沉的怀祖之情。

腊　月

腊月初八，相传释迦牟尼于这一天得道，每逢这一天寺院都要煮粥供佛。沿袭到民间，便有煮“腊八粥”的习俗。农家用山芋干、南瓜、胡萝卜、红豆、绿豆、黄豆、蚕豆等豆蔬入料；富家用莲子、栗子、白果、桃仁、红枣等入料，均凑成八样，其实文化内涵是一样的。

腊月二十四家家要“送灶”，以求灶神“上天言好事，下界保平安”。因此，腊月二十四以前必须“掸尘”（大扫除），让灶神有个好印象，可往上界“报喜不报忧”。“送灶”之前蒸糕、做馒头（包子）。高桥在这一天吃“灶烧饼”。和过“小冬”一样，丹徒也有腊月二十三“送灶”的人家，但是绝不能在腊月二十五“送灶”。俚语云:“二十五送灶(灶,指灶神),狗屁糟灶。”此俚语现引申为“不上规矩”“乱七八糟”等意思。

农历除夕又称“岁除”和“大年三十”。丹徒家家贴春联。这一天最隆重的活动叫“辞年”,要准备丰盛的饭菜祭祖,以祝福来年吉祥如意、兴旺发达。这一天,早晨要吃汤圆,下午要炒瓜子、花生、蚕豆等,准备给孩子作春节期间的零食,亦可用来待客。晚饭吃馄饨(这一天称“元宝”)。入夜要守岁,在新年来临之际放鞭炮,祭祖,接灶(迎接“述职”归来的灶神)。

絮絮写来,不胜枚举。透过纯朴的民俗,我们可以看到先人的足迹,看到文化的演进。这些习俗随着历史的沧桑变迁,有的已趋向平淡,几近湮没。同时,随着历史的进步,一些新的习俗又确立下来,如“春节团拜”“重阳敬老”“大年三十阖家看春晚”等。

丹徒民俗,源远流长。丹徒民俗,意蕴隽永!

甜美的丹徒山歌

这是茉莉花盛开的季节。在古城苏州的一座华丽的礼堂里，正举行着“江浙沪首届吴歌（山歌）演唱大赛”。一曲终了，主持人报分数：“丹徒代表队的最后得分是9.96分！”潮水般的掌声骤然响起，千余名观众钦佩的目光一齐投向舞台，不少观众情不自禁地跷起大拇指：“丹徒代表队了不起，了不起！”

丹徒山歌源远流长，妙为天籁之音，醇如开坛美酒，魅力独特，动人心魄。据说，在三千多年以前的商代，丹徒就有了山歌。那时的先民们在丹徒这块土地上繁衍生息，在创造物质财富的同时，也即兴自发创作了许多山歌。千百年来，这片古老而神奇的土地，无论是在碧绿的田野里，还是在青翠的山坡上，场头间、水渠旁，哪里有人们活动，哪里就有山歌飘荡。男女独唱，男女对唱，男唱女和，女唱男和，一高一低，一来一往，唱者津津有味，听者乐在其中。就这样唱呀唱呀，劳动的单调消失了，终日的疲劳忘却了，胸中的郁闷驱除了，创造的豪情抒发了。日复一日，年复一年，口耳相传，一直传唱至今而未见衰竭之势，其生命力可谓强矣！

丹徒山歌属于口头文学。它语言简洁明快，形式生动活泼，形象鲜明，抒情言志，意境清新，而且音韵流畅，铿锵悦耳，声通气顺，朗朗上口，易学、易记、易唱、易传。例如，流传在上会镇一带的耥草山歌这样唱道：“耥草好比姐梳妆，梳落杂草好长粮，可惜稻好无我份，一年到头替‘鬼’

忙。”这首山歌具有一种自然的朴素之美，言简意赅，形象生动，是旧社会丹徒百姓心声的自然流露，也是丹徒人民对剥削阶级强烈愤恨的真实写照。可以毫不夸张地说，这首丹徒山歌与《诗经·伐檀》有异曲同工之妙。

丹徒山歌经历长期演变、发展，融汇了丹徒人民的聪明才智，较为完整地继承了民间文学的优良传统，尤其是较多地运用一问一答的形式，形成了丹徒山歌格调清新、乡土气息浓郁的艺术特色。流传在大路、姚桥、丁岗等东乡一带的放牛山歌《对花》就是一个典型的例证。甲：“什么花开一条线？什么花开一大片？什么花开一盆金？什么花开白如银？”乙：“扁豆花开一条线，豌豆花开一大片，葵花花开一盆金，荞麦花开白如银。”一问一答，轻松活泼，趣味盎然，又具有一定的知识性，因此流传颇为广泛。

丹徒山歌经常使用虚词，往往以两三句实词做骨架，其余均用虚词来铺垫，或是借以烘托气氛，使场面更趋热烈；或是为了使唱词神通气顺，音韵优美，犹如烹饪佐料，味道浓烈，妙趣横生。例如，流传在丁岗、宝堰、黄墟一带的打麦山歌《大麦上场小麦黄》就只有“大麦上场小麦黄，小麦上场好插秧”这么两句实词，其余均用“呵呵来”“唷嘿嘿”这类虚词来铺垫。人们在连枷噼啪声响的伴和下，应着连枷上下翻飞的节拍，唱着简洁明快、铿锵悦耳的山歌，打麦场上洋溢着紧张热烈的气氛，跳跃着丰收在望的喜悦。

丹徒山歌形式多样，三四句的短歌虽然不少，但也不乏十几句、几十句乃至上百句的长歌。歌词的长短主要根据不同的劳动特点和不同的歌唱内容而定，有话则长，无话则短。例如，流传在谷阳镇一带的砌房山歌《挂红布》就只有四句唱词：“挂块红布结二个球，好比狮子滚绣球，滚到前檐生贵子，滚到后檐砌高楼。”而流传在高资、石马一带的种棉山歌《十二月棉花》歌词则比较长，从正月里选种，二月里下苗，一直唱到九月里收新棉，十月里纺新纱，十一月织花布，十二月做衣裳。前后十二段，每段四行，每行七字，娓娓唱来，情趣跃然于字里行间。它是前人种棉经验的总结，又是向后人传授植棉生产技术的活的教科书。

特定的地理位置，使丹徒山歌风格多样，它既有南方山歌的柔美之情，又不乏北方山歌的阳刚之气。那亢奋激越的车水山歌《长号》以“哎呀嘿嘿嗬来嗨”为主调，唱起来令人劲头倍增，节奏随着脚板的移动而控制；那插秧山歌《童养媳的日子真难过》则是凄婉哀怨，配着“哎咳哎子唷”的衬词，唱起来令人柔肠寸断。

随着时代的不同，丹徒山歌的风格也有了较大的变化。新中国成立后传唱的《植树造林歌》和《参军歌》，浓郁的时代气息和多样的艺术风格，使丹徒山歌在与时俱进中又有了新的发展。

丹徒山歌产生于民间，扎根于厚实的沃土之中，吮吸着民间永不枯竭的艺术甘泉。为了挖掘丹徒山歌这一优秀的民间文化遗产，丹徒文化部门做了大量的普查、搜集和整理工作，并组织文艺工作者深入农村山乡，领略这一古老文化的风采，接受祖先艺术的熏陶，在深刻的体验中吸收民族传统文化艺术的营养，以弘扬优秀民族文化之精华。20 世纪 80 年代，他们根据上党、上会、荣炳、宝堰一带的车水山歌编创了独幕民族舞蹈《车水号子》，其音乐旋律高亢、深沉，如泣如诉，动作造型刚健、扎实，神韵逼真，成功地塑造了勤劳智慧的丹徒人民与天奋斗、与地抗争的大无畏的英勇形象，给人们带来了力与美的审美体验，获得了镇江市歌舞曲艺调演创编一等奖，并应邀参加了第二届中国艺术节(华东片)的演出，受到了中外行家和广大观众的一致好评。

丹徒山歌是丹徒人民集体智慧的结晶，是劳动者的艺术，是丹徒人民心上的歌。丹徒人民一定会一代一代地把丹徒山歌继承下来、传唱下去，并在传唱中进一步丰富、发展、提高。

情趣盎然的“蛋茶”

“朋友来了有好酒，若是那豺狼来了，迎接它的是猎枪。”这句脍炙人口的歌词，唱出了中华儿女爱憎分明的豪情。而在地处“吴头楚尾”的丹徒，朋友来了，则是既有好酒，更有好“茶”！以蛋为茶，在中华茶文化中独树一帜，以“蛋茶”待客，在丹徒已经有悠久的历史了。

民俗学家认为，以蛋为“茶”是古人生殖崇拜的象征，是我国先民卵生观念的遗存，和为祝贺婴儿出生，请亲朋好友吃红蛋并无二致。但是，丹徒的乡亲们却把这件事和乾隆爷扯到了一起，“戏说”了一回。

据说，乾隆皇帝下江南，走到丹徒，饥渴疲惫，就差人去找个地方歇歇脚，讨口水喝。他们敲开一家茅屋的柴扉，从屋里走出一位妇女，左右侍从忙上前招呼：“大嫂，我们是过路的，想借你家歇歇脚，讨口茶喝。”

那位妇女见来者一副赶路人的样子，就请他们进屋，说：“请坐，请坐，我去烧茶。”她进厨房拿了几个鸡蛋，在锅里放上水，烧开后把蛋打下去，不过一会儿舀上来，放上点糖，再洒上些炒米，然后端给乾隆爷，笑着说：“乡下没什么好东西，客官，就请吃点茶吧！”

吃遍了美味佳肴的乾隆，此时饥渴难熬，接过碗喝了一口，觉得既香甜可口又沁人心田，不禁连声赞道：“好茶！真是好茶！”再一看碗里，三个洁白如玉、晶亮中透出嫩黄的水潽蛋，宛如飘浮欲动的玉雕荷包，香气四溢，又连声赞道：“好茶，真是好茶！”从此，丹徒人就管它叫“茶”了。

然而,蛋茶毕竟不是鸡蛋。吃鸡蛋,你可随意;而吃蛋茶,你却随意不得。什么场合烧什么茶,什么日子吃什么茶,以及怎么吃,在丹徒民间传统习俗中都有讲究,其中的学问还真不少呢!

如果家里来的客人是一两个,主人一般是做两碗"水浮蛋",蛋的只数照例是每人三个,也有人家,每人五个。但无论是谁家,蛋茶绝不能烧两个或一个,否则,客人会在心里责怪你没规矩、没道理,碰到火气大的,则可能抛一句:"我吃不动你家的茶!"而后站起身鼓着嘴离去,任主人百般解释,心里仍不爽。此时,鸡蛋就不再是鸡蛋了,也不是一般的茶,而成了一种礼节。烧错了茶就是行错了礼,客人是不能接受的。

而客人吃蛋茶,也不能胡来。鸡蛋你不能一咕噜全部吃完。否则,主人虽嘴上不说,但心里一定会窃笑:"这人好贪婪,没吃过茶似的!"要剩,也不能随便剩,若你吃了两个,剩下一个,那主人就一定会生气,涵养好的还能等客人走了再骂,涵养不好的可就等不及,他们就会当着客人的面说:"您可都吃完啊,我们家的鸡多着呢,可没有独卵的!"弄得客人好一阵尴尬。

这并非丹徒人小气,舍不得给客人吃。原来,在丹徒人眼里,蛋是鸡的卵,卵即子,而子是不能吃完的,剩,也必须剩"双"。当然,随着时代的进步,掌握现代文明的人们已经不再把它当作那么一回事,而只是尊重习俗罢了。

所以,在丹徒,若碰到吃蛋茶,你最好的选择是吃一个,剩两个。当然,若碰到特别殷勤的主人,真心诚意地劝你吃完,你也不能过于推辞,若坚持不吃,那主人是会不高兴的。

不同的场合行不同的礼。吃蛋茶也一样,场合不同,蛋茶的烧法和吃法也会有所变化。

如果家里来的客人比较多,这时,主人不再一碗碗地烧水浮蛋了,而是拿出十几个乃至几十个鸡蛋,往锅里一放,加上水,烧开后除去蛋壳,然后将洁白如玉的蛋丸子满满装上一盘,端上桌。并且,还用小碟子装上些酱油、香醋、精盐及味精等,再在每个客人面前放上把小汤匙,客人可根据自己的口味,或咸、或酸、或鲜,自己蘸佐料品尝。吃这种蛋茶,客人们围坐桌旁,一般不先动手,需等主人走过来,将盘内的蛋丸剥出,放在客人面前,客人方可蘸着酱油或香醋,慢慢地品尝。

客人吃完一个鸡蛋,主人再将盘内的剥出几个,并殷勤地劝客人吃。这时,客人不必拘泥于只吃一个,而可随意。而主人烧蛋,也不必一人三个,可根据客人的多少,或十六或二十六或三十六不等。"六"是个吉数,有"六六大顺"之意,烧这种蛋茶一般都凑足此数;而"七"则被视为凶数,烧蛋茶是要坚决避开的。

"蛋茶,蛋茶",除了鸡蛋,主人一般还得给客人备上一杯茶水。这茶水在平时可以是茶叶茶,也可是白开水,而在节日则大多很讲究。枣子茶,银耳茶,莲子茶,因主人的条件而异。

蛋茶,作为丹徒人的一种礼节,其运用的范围也是相当广的。在丹徒农村,无论哪里,若是来了特别尊贵的客人,乡邻们总会主动地烧蛋茶。此时的"蛋茶"又不同于前面说的那种。说是烧,其实是不用烧的,一般是备上几十个鲜鸡蛋,放在一只精细的竹篮内,篮口盖一方干净的毛巾或女人的头巾,由家里的老人拎着给客人,以示慰问。客人收下鸡蛋后,照例要在篮内放上几包点心,再回赠给主人。来回传赠之际,总免不了相互推让一番,感情就因此得到了交流,而彼此似乎也就因此得到了某种满足。

在丹徒,亲戚朋友家生小孩,要送蛋茶"望月子"。这时的"蛋茶"也是不用烧的,除了鸡蛋,还要再送些馓子之类的点心。而自己家里生小孩,则又要向亲戚朋友送蛋茶"报喜"。这时的"蛋茶",是染成红壳的熟鸡蛋,有的人家还配上些染成红皮的花生,花生又名长生果,有祈求孩子长命百岁的意思。

丹徒人结婚娶媳妇也要烧"茶",一般是男家为女家送亲和认亲的人烧茶。这时的"茶"就不仅仅是蛋了。结婚茶一般要烧三道(三道即三种）：第一道是子孙茶，茶是用糯米搓成的小汤圆做成的；第二道是枣子茶，枣子即“早生贵子”之意；第三道压轴的才是鸡蛋茶。每道茶还要配上糕点和糖果。这一天，娘家人一个个穿着崭新的衣服，端坐桌旁，一副尊贵的模样。他们不紧不慢地等主人家将茶一道道端上来，有的悠然地挑筷子，评论几句；有的则根本不动，只静静地观看，以显示气定神闲的风度。然而，这一天，无论怎样，主人家都是不言语的。他们一个个毕恭毕敬、神色紧张，唯恐在哪道礼数上出了岔子，过不了关。因为，在丹徒，结婚这天要等娘家人吃了茶方可开酒席，若是在烧茶上出了问题，那酒席就得推迟，甚至开不成。因此，烧茶的意义就非同小可了，关系到整个结婚仪式是否成功。

婚后，新媳妇回娘家，第一天，也要烧“三道茶”。第二、三两天，岳母要为新女婿烧蛋茶。乡谚云：“新女婿一到，丈母娘靠灶，锅铲直跳，鸡蛋壳子直摺。”新女婿吃着丈母娘亲手做的蛋茶，心中感念这从未有过的温暖。

新春佳节，新媳妇要为公婆送“早茶”，一般是清蒸鸡蛋。这一天，公婆照例是躺在床上不起来。他们吃着新媳妇端来的蛋茶，平日里所有的辛劳和不满，便都随着屋内升腾的热气而消散了。

在丹徒，如果晚辈不经意间得罪了长辈，也有“端茶赔礼”的习俗。晚辈烧了“茶”，亲手端给长辈，从此，便和好如初。

以蛋为“茶”，以枣子、糕团、糖果为“茶”，处处可以看出丹徒人“明礼”的传统。在21世纪的今天，这些习俗所体现的丰富内涵仍然在中华茶文化中折射出灿烂夺目的光辉。

莺飞草长话甲鱼

鳖，又称甲鱼，繁殖于河湖、池沼中，捕食鱼、虾、螺。鳖甲四周的软边肉质鲜美，叫“裙边”。甲鱼肉供食用，其甲可入药。

丹徒宝堰镇为鱼米之乡，盛产甲鱼。每当莺飞草长菜花盛开时节，甲鱼便源源不断地进入宝堰鱼市，此时不仅数量众多，而且体肥鲜嫩，捕捉也较方便，是食用的黄金季节。农历三月二十日左右捉甲鱼，以蚯蚓为引饵，“放长钩”；9 月，则以猪肝为饵，“短线钩”。寒冷季节，则身携鱼叉，人坐盆中，在水面上飘荡，根据经验判断甲鱼的潜伏位置，使用鱼叉捣戳。

甲鱼的捕捉已属不易，可口适味的烹饪则更难。宝堰镇不仅盛产甲鱼，而且在烹饪上也具有特色，制作讲究。解放前，宝堰街上有饮食店 10 多家，名气大的有兴乐园、松鹤园、东雅园、新生园等。而在烧甲鱼上棋高一着的，要数兴乐园。食用甲鱼选择一斤左右重的为最佳，用甲鱼制作的菜，常见的有清蒸甲鱼、白煨甲鱼、红烧甲鱼、海参合甲鱼、冰糖甲鱼、四喜甲鱼和参麦甲鱼……经过一番制作的甲鱼端上餐桌，鲜艳的色泽和扑鼻的香气即刻就把人迷住了。挟一块入口细嚼，柔嫩爽口，腴而不腻，诱人食欲，老少皆爱。如能放上一些蒜头合锅焖烧，此中蒜头的佳味更胜甲鱼肉一筹，食后余鲜凝舌。

甲鱼不仅可以烹制成佳肴名菜，而且还有很高的药用价值。我们的祖先就曾指出，“鳖肉凉肝热血”，“妇人素挟血热症见血瘕血漏，并疟疾诸症,服之得宜。若使中气有亏,谓可补中益气”。食用甲鱼还有病后补养、产妇养身增乳汁之功能。甲鱼外加人参、小麦、鲜莲子、茯苓、鸡脯肉、火腿、冬笋、淡菜、小白菜和调料加工制作的“参麦甲鱼”,听起来就令人垂涎。团鱼鸡脯,质地嫩香;淡菜冬笋,口味多样;人参莲子,交相争辉;汁浓汤鲜,可谓名菜佳肴。既能饱尝美味,又获治病解疾之利,此是何等畅快!

说起宝堰的红烧甲鱼,已是历史悠久。不仅方圆数十里内有名气,而且在外地也颇享盛誉。

先祖们创下的名气、取得的盛誉,已成为今日的无形资产。精明的宝堰人善于捕捉商机,已将宝堰甲鱼系列菜肴打进镇江城,并进军其他城市。以宝堰甲鱼为招牌的广告随处可见,于是在自己获利的同时,也使天南海北的食客品尝到这一特色美味,使他们记住这个地方——丹徒宝堰。

丹徒“对节”习俗琐谈

在丹徒,元宵节、端午节和中秋节被称为三大“人节”;与之相对的是清明节、中元节(农历七月十五)和冬至节三大“鬼节”。如果说,三大“鬼节”主要是对逝去亲人的缅怀追思的话,那么,三大“人节”所思念的则是离开家庭的亲人,其中包括刚刚嫁出去的女儿。自古以来,丹徒就有在三大“人节”到女儿家“对节”的习俗。

元宵节又称灯节,始于正月十三(上灯),止于正月十八(落灯)。有女儿出嫁的人家,要到女儿家对节,主要是送灯。两盏荷花莲子藕灯是不可少的,其内涵是:百年好合、怜爱子女、双双对对和红红火火。当然,还可以根据家庭经济情况送一些其他礼品。

端午节适逢仲夏,“对节”又称“送衣”。娘家要送一些夏令用品给女儿、女婿,主要是暖席(草席)、凉席、枕席和凉枕。同样,也可以根据情况送一些其他夏令代用品。

中秋节是炎黄儿女十分重视的节日。中秋节前,娘家要送一些应时果品给女儿、女婿,主要有完整的藕(有头有尾,节节相连,至少三节以上)、红菱、应时水果和月饼。当然,也可以送一些其他物品。

中国人讲究“礼尚往来”。娘家来“对节”,婆家不但要热情招待,也要回赠一些礼品,丰俭可视娘家礼品的档次及自己的经济情况而定。

娘家“对节”只是一年的事,而女儿、女婿以后则每年逢到节日都要回家省亲,孝敬老人,那是不能忘记,也不会忘记的。

如今,“对节”的习俗正悄悄地演变和消失,但是,随着社会的进步,关心儿女、孝敬老人的风气,只会向更完美的境界发展。

丹徒民谚四则考

在丹徒农村,流传着许多民间谚语,其内涵之丰富令人惊叹。上至天文,下至地理,远至三皇五帝、秦皇汉武,近至张玉书等贤相名士、革命先烈。许多谚语言简意明,也有的由于流传久远,人们能大体上领悟其意义,但对其由来却不甚了了。

"赶了茅山,丢了九里"

"赶了茅山,丢了九里"这则民谚的含义是"顾此失彼"。用农村老太太的话说就是,顾了这一头,丢了那一头。既然如此,那么其语源又为什么牵扯到"茅山"和"九里"这两个地名呢?原来,这要从每年农历三月十八的茅山庙会说起。庙会,既是善男信女云集寺观、虔诚顶礼膜拜的节日,也是贩夫走卒赶场做买卖的好时机。他们在新春闲暇时节,往往是有庙会必赶、有发财机会必钻的。可惜,三月十八这一天,邻近茅山的九里也有庙会。当然,其规模是小于三茅祖师荫护的茅山的。故而赶了茅山庙会,就丢了九里庙会,只能顾此失彼了。

"茅山的菩萨,照远不照近"

"茅山的菩萨,照远不照近"这则民谚,是讥讽社会上有些人对家门口的人不关照,对毫无关系的外人(远,没有关系之意)反而关怀备至。问题是,这茅山的菩萨又是怎么牵连进来的呢?原来,这得从一种宗教现象说起:大凡有名的寺观,总是远方的香客多,附近的香客少。这就像著名旅游景点总是外来游客居多一样。远方的香客在茅山菩萨面前许了愿,其中一部分由于诸多原因遂了心愿,又回到茅山来还愿。道观的道士们又必然会利用这些例子来做宣传。于是茅山附近的乡民慨叹菩萨只降福于远客,对他们这些“邻居”并未带来福祉。这样,这条民谚就说开了。

“张网沟的驴子,两头赶”

“张网沟的驴子,两头赶”是一则高桥民谚,其意思是:忙了这件事又要忙那件事。用乡间老翁的话说,就是“忙了这头又去忙那头”。那么,这则谚语又出自何处呢?张网沟,即今江都县张网镇。前清时期,新老洲地区(高桥称老洲,江都称新洲。洲,江中泥沙堆积之地)的人外出均以独轮车或健驴代步。而张网沟就有这种驴行,让人租用,颇类于今日车行的租赁业务。其驴训练有素,租驴人骑上它到了目的地,把缰绳往它脖子上一绕,驴就会自己跑回驴行,堪称识途老“驴”。这样,“张网沟的驴子,两头赶”的民谚就传开了。后来,又衍生出了现在的寓意。

“荷花池打架,轮不到你(我)的藕”

荷花池原址在高桥南面,濒临长江主航道,在高桥汽渡码头西边200米左右。解放初其遗址还在。清朝末年,荷花池还依旧例驻扎税警,负责检查溯江而上的货船,收取税费。一陈姓人家在此开设了一间小杂货店,门前有一条石板路。荷花池在八百里的下江(江苏安徽境内长江)很有名气。过去经过高桥的轮船(姚桥班、高桥班)的船票上,也只称荷花池而不称高桥。据乡间长者云,荷花池是开沙或大、小沙的旧地名,后来沙洲崩坍又涨沙成顺江洲,遂以旧地名命名,但荷塘已不复存在。既然荷花池无荷藕,那么,发生争斗自然也争不到藕了。“荷花池打架,轮不到你的藕”是一句劝人的话,意为:事情与你无利害关系,你何必掺和进去?“荷花池打架,轮不到我的藕”则是一句自叹之辞,表示事不关己,高高挂起。

丹徒方言中的吴语词汇

丹徒,从历史地理的角度被称为“吴头楚尾”。毛泽东同志有诗云:“浪下三吴起白烟”。三吴,据《通典》释为:会稽、吴兴、丹阳;据《名义考》释为:苏州(东吴)、润州(中吴)、湖州(西吴)。丹徒古为吴地,其语言应为吴方言。但是,由于古代几次动乱,北人南迁,江淮次方言已经在丹徒方言中占主要地位(南乡荣炳、宝堰、上会等乡镇和东乡紧邻丹阳市的乡镇除外)。吴方言的影响在丹徒方言中,甚至说江淮次方言的方音中仍随处可见。下面仅从词汇来举一反三。

1. 人称类

(1) 伯子:吴语俗称“丈夫的哥哥”为伯子。

(2) 老婆:吴语俗称妻子为“老婆”。

(3) 家里:吴语俗称妻子。

(4) 奶奶:吴语,对已婚妇人之尊称。

(5) 公婆:吴语称“丈夫的父母”为“公婆”。

(6) 郎中:吴语称医生为“郎中”。

(7) 亲眷:吴语称亲戚为“亲眷”。

2. 器物类

(1) 好东好西:吴语有时把“好东西”一语说成这样。

(2) 狼犺:吴语,指“巨大难容”的样子。清吴文英《吴下方言考》:

“今吴谚谓物之大而无处置放者曰‘狼抗’。”

（3）茶食:吴语称糕饼一类为“茶食”。

（4）杌子:吴语称方凳为“杌子”。

（5）下处:吴语称旅客借寓之处。

（6）天井:吴语称室外院落为“天井”。

（7）堂屋:吴语称正室的中间叫“堂屋”。

3. 婚姻男女类

（1）做亲:吴语称结婚为“做亲”。

（2）过门:吴语指“出嫁”。

（3）拖油瓶:吴语指再嫁的妇女带到后夫家去的子女。

（4）爬灰:吴俗语,《常谈丛录》云:“俗以淫于子妇者为‘爬灰’,盖这‘污媳’之隐语,‘膝’‘媳’同音,扒行灰上,则膝污也。”

4. 日常口语类

（1）落得:吴语,其义项很多,主要有“意外得到”“安然得到”等意思。

（2）偏生:吴语,其义项亦多,主要有“偏是”“偏偏”等意思。

（3）莽撞:吴语称“行为鲁莽”为“莽撞”。

（4）推班:吴语,俗称“差一点”为“推班”。

（5）认账:吴语,“承认”之意。

（6）有些油水:吴俗语,作“有好处（利益）可图”解。

（7）生怕:吴语,作“只怕”解。

（8）寻开心:吴俗语,“取笑”“找乐趣”的意思。

（9）有清头:吴语,“头脑清楚”。

（10）省得:吴语,“免得”的意思。

5. 时间类

（1）开年:吴语,即“明年”。

（2）晏:吴语,“晚”“迟”的意思。

（3）年把：吴语，“把”，约计之词，即“有余”的意思，如“一点多钟”叫“点把钟”。“年把”，即“一年多”的意思。

（4）旧年：吴语称“去年”。

6. 俚语类

（1）稂不稂、秀不秀：吴语，“不伦不类”的意思。

（2）大头脑：吴语，讥称“有权力的人”。

（3）挺尸：吴语，俗骂“人躺在床上不动”叫“挺尸”。

（4）屙屎：吴语俗称“大便”。

顺手拈取一些词汇，印证一下丹徒古为吴地的事实。但是，随着教育的普及和普通话的推广，年轻一代已经很少使用这些词汇。此处记下来，也可算是丹徒语言的“掌故”了。

“长江三鲜”名闻遐迩

刀鱼、河豚和鲥鱼被称为“长江三鲜”。

丹徒的百里江面，从西向东，江中有世业、江心和高桥三个沙洲，江滩平缓，水流缓慢，西有焦山屹立江中，二水中分，水势湍急，东有龟山头扼阻江水。江水转而北去，洄流急旋。江中虫藻麇集，为洄游鱼类提供了丰富的食饵。鱼群至此多徘徊不前。“长江三鲜”迎春而来，伴春而去，是古县丹徒春天的一道亮丽的风景线。

刀　鱼

清道光年间，寓居丹徒的蒙古族诗人清瑞在他的《竹枝词》诗中写道：“才交春月捕春刀，赶上灯时(指正月中旬，上灯时节)价值高。试看纤鳞谁得早，过江先生进商豪。”此诗形象地写出了时届立春，丹徒江上就见刀鱼的情况。每年一到这个季节，江面上帆樯点点，机声隆隆；江滩簖网排排，罾罟密布，渔家儿女就迎来了一年一度的春汛。这时，伴着春潮，伴着渔歌，刀鱼就从那道道网罟中出水了。

刀鱼又叫江刀。《养鱼经》云：“刀鱼狭薄而首大，长者盈尺，俗呼为刀鲚。”据老人介绍，每年立春到谷雨，刀鱼成群溯江而上，直奔小孤山产籽，随后复经扬子江入海。当其过境之时，鱼阵随潮而下，渔人举网以待。每见罾罟出浪之时，刀鱼扬鳍鼓鬣，银光璀璨，蔚为奇观。

渔家人常说:“刀鱼不过十六两(一斤)。”这就告诉我们,刀鱼个体不重。现在,一般把重100克以上者称为“头刀”。这种鱼长约盈尺,是刀鱼中的上品。50~100克的称为“二刀”,是刀鱼中最常见的。30克以下的则叫“刀鱼碴子”,一般就不上待客的餐桌了。清初著名诗人、学者朱彝尊有“京口刀鱼尺半肥”之句,那大概不是寻常百姓的桌上菜肴了。丹徒有一首民谣云:“一尺二寸,百姓无份;三寸四寸,偶尔一顿。”

刀鱼肉质细嫩,味极肥美雅正,美食家认为吃刀鱼主要是尝它的味。制作刀鱼的烹饪方法多样。主要有红烧和清蒸两种。但处理方法却有别于其他鱼类,不去鳞,不剖腹,用一根筷子顺腮根外侧插入鱼腹中,挑出内脏,洗净即可。红烧时,先入油锅煎一煎,然后放酱油、料酒、葱姜等调料,配上佐料,烧几分钟即可食用。一盘上席,红汤中鳞黄如金,肉白似玉,未曾举箸,色香味已令人食欲大增。清蒸时,将刀鱼和各种佐料、调料一起放入盘中,隔水清蒸十几分钟,汤白如奶,肉白如脂,尝一筷肉嫩且肥,味道鲜淡宜人。不过,无论红烧还是清蒸,燕竹笋都是不可或缺的佐料,这样,才能鲜上加鲜,才是道地的淮扬风味。

诗人清瑞在《鲂鱼》诗中这样写道:“扬子江头雪作涛,纤鳞泼泼形如刀。渔人举网巨浪里,银光耀彩腾光毫。鼓鬣扬鳍出浪早,灯街人卖贵而少。诚知价贵物亦稀,烹来能尽几人饱?”生动地写出了捕刀鱼的季节和艰难,刀鱼出水的形状、色泽及物稀为贵的市场状况,为我们留下了历史的实录。

说来也是怪事,古往今来,画鱼的名作不少,但刀鱼入画倒很难见到。这也难怪,画活鱼才有灵性和意境,刀鱼一出水就死,又有谁愿意去画呢?但作为丹徒人,总有一种为刀鱼抱憾的情愫。前不久,在乡梓前辈砚斋先生家见到秦邮画家车竹隐先生的一幅《刀鱼竹笋图》,刀鱼几尾,银鳞熠熠生辉,竹笋数支,根叶带泥含露,透出画家对生活情趣的热爱和追求。我久久流连,胸中之憾顿时释然。

河　豚

河豚和刀鱼一样,也是洄游鱼类。它们生活在海洋,到淡水中产卵。河豚一般比刀鱼上市时间略迟,在农历惊蛰到清明之间。和刀鱼一样,清明一过,河豚就身价大跌了。北宋诗人苏东坡有诗云:“蒌蒿满地芦芽短,正是河豚欲上时。”生动地道出了河豚上市的节令。

丹徒有“拼死吃河豚”的民谚。它一方面告诉我们,河豚有剧毒,另一方面也说明了河豚极为鲜美,值得人们拼死去尝一尝。确实,河豚有一种特殊的鲜美和诱人的香气,是其他美味佳肴所不能相比的。这种特殊的鲜味和香气挥发性极强,往往“一家烧河豚,香飘半个村”。

由于河豚有剧毒,烹调河豚需请行家里手处理。剧毒所在,主要存于河豚体内三个部分:一是眼睛,二是血液,三是河豚子。老百姓以“血麻子胀眼睛花”概括吃河豚中毒的症状。因此,吃河豚一定要将其眼睛摘除干净,将其血液漂清爽,卵巢要小心除去,不能有半点残留。

丹徒河豚的烹调历史悠久,考究色泽,讲究佐料,重油重糖。一般要配以咸肉(火腿更佳)、河蚌、竹笋、菜薹,注重火候。上桌用海碗,肥肥整整的河豚周围衬着深红色的咸肉,白嫩的河蚌、竹笋,碧绿的菜薹,色相绝佳,加之扑鼻的河豚香气,引人先尝为快!

河豚的毒让吃者多少有些心悸,因此,在丹徒有“河豚不请客”的古训。如果你在丹徒人家作客吃到河豚,那就是说,主人已真正把你视如家人了。不过,你尽可放心,因为丹徒吃河豚,烹制厨师都要当着大家的面先吃一小碗,以示安全,过半小时才装碗上桌。

四五十年前,丹徒的河豚产量很大,价格也十分便宜。不但街市上天天有售,而且每天落潮之后,渔人肩挑手提,走村串户,沿门兜售。可是,近一二十年来,由于环境的污染和掠夺性捕捞,河豚的产量已逐年锐减。物以稀为贵,河豚价格已令人咋舌,吃河豚,在寻常百姓眼里已是一种奢侈、一种排场。近几年,虽然河豚人工养殖已经起步,但滋味毕竟不能和大自然的奉献同日而语，这可能是由于缺少千里洄游洗礼的缘故。

期盼原汁原味的丹徒河豚再进寻常百姓家！

鲥　鱼

鲥鱼是丹徒的特产。鲥鱼，为淡水鱼鲜之冠，是鱼鲜中的佼佼者。鲥鱼，自古以来一直是贡品。20 世纪 60 年代前，丹徒的鲥鱼每年产量几十吨，丰产年份逾百吨，在全省一直名列前茅。

据史料记载，当年康熙帝南巡，著名文学家曹雪芹的祖父曹寅曾专程陪同皇上到焦山江上亲用钓网捕鲥鱼。从此，丹徒鲥鱼名声大振。康熙尝了刚出水的丹徒鲥鱼，齿颊留香，念念不忘，要曹寅任“贡使”，曹寅承办了近 20 年的“贡鲥”，以冰装出水鲜鲥，以“限时辰廿二，经行三千里”的高速，飞马驰送京师，佐供“御膳”。过了季节，还经常把“腌鲥”从镇江装船沿运河送入京师宫廷。每年春夏之交，京师王公贵族，以食鲥为美、为快为荣。

鲥鱼以初见为上品。曹寅在《鲥鱼》诗里这样写道：

手揽千丝一笑空，夜潮曾识上鱼风。
涔涔江雨熟梅子，黯黯春山啼郭公。
三月齑盐已次第，五湖虾菜例雷同。
寻常家食随时节，多半含桃注颊红。

下有自注：“鲥，初至者名头膘，次名樱桃红。予向充贡使，今停罢十年矣。”旨在申明他家作为“寻常家食”的鲥鱼多是次潮货，不敢食用专供御膳的“头膘”。但是，我们由此诗亦可窥知鲥鱼捕捞的季节、最好的捕捞天气和鲥鱼的品类等。

鲥鱼的烹调方法有很多，但和其他鱼类烹调的最大区别是不去鱼鳞。也就是这个精擅烹调的曹寅，在他写的七律《和毛会侯〈席上初食鲥鱼〉韵》中提示了烹调鱼不可去鳞的特色：“乍传野市和鳞法，未敌豪家醒酒方。”这是首次披露这种出自老村汉的烹饪方法。考察之所以这样烹调的原因,古人云:“鲥鱼味美,在皮鳞之交,故食不去鳞。”究其实,是鲥鱼的鳞中富含脂肪和磷,能熬出有异香的金色鱼油,去之岂不可惜？丹徒素有烹饪考新媳妇的习俗,据说有一人家以鲥鱼为题,“命题”烹饪。那新娘子下灶不久即捧出一碗清蒸鲥鱼,果然香气四溢。婆婆筷子一碰,见鱼身刮得光溜溜的,脸色立刻晴转阴,等鱼吃完了,才发现鱼鳞一片片被白色丝线穿好,在碗底放成一“如意”状,这样吃起来方便,又不减其味,新媳妇因此得到了全家的称赞。

丹徒的“红烧鲥鱼”和“清蒸鲥鱼”都是上了中国菜谱的,均为苏式菜系中的“淮扬名菜”。“红烧鲥鱼”素油煸煎、文火慢烹,急火收汤,竹笋为佐,汤色深红。鲜嫩的鱼肉、牙黄的笋片、翠绿的葱花,给人以色彩缤纷、雍容华贵之感,仿佛是饮食家族中的贵妇人。“清蒸鲥鱼”隔水上笼,鱼身上铺以香菇、竹笋,大火清炖,其色洁白,其汁如乳,其味隽永,给人以高雅的印象,好似饮食家族淡妆的良家闺秀,方法不同,特点一致:腴而不腻,入口一抿即化。

高超的烹饪艺术使鲥鱼增添了更多的美感。映入眼帘的是纷呈、和谐的色彩,扑入鼻窍的是别具一格的鱼香,早已诱起人极强的食欲。然后才是品尝滋味,大快朵颐。无怪乎庚辰本《石头记》(《红楼梦》)第54回在一句赞美文字中,用“则又如三月于镇江江上啖出网之鲜鲥矣”作比。外国友人对丹徒鲥鱼也赞叹不已。

在丹徒东乡,夏至节俗称“交时”。每逢这一天,经济稍宽裕的人家都要吃鲥鱼,以求“走时”(交好运)。但是以后,鲥鱼产量一年比一年低,吃鲥鱼越来越难了。近几年,有关方面采取了环保、禁捕等一系列措施,鲥鱼产量已有所回升。

人们期待着丹徒鲥鱼再现昔日的辉煌,能为丹徒的鲥鱼捕捞史、烹饪史写出更加华美的篇章。

宝堰香干味可口

宝堰地方物产颇多,香干就是当地的传统特产之一。宝堰万源酱园的香干是传统产品,分方、圆两种,黑里呈黄,富有光泽,咸淡适度,韧性耐嚼,香味可口,是直接食用或烹调配料的佳品。

宝堰香干制作讲究,主要原料选用上好的黄豆,掺入适量的八角(每三十斤黄豆约掺八角二两)磨成豆浆。经过筛浆、煮浆、点卤、翻板,制成老豆腐,用小蒲包或布包包好上榨压机制成干块,把干块入锅煮沸、灼白,起锅晾干,再用好酱油加入少量食盐、桂皮,煮沸停火,待熟酱油的温度降到30摄氏度左右时,将白坯香干放入浸泡一夜,捞出即成色、香、味俱全的宝堰香干。

宝堰香干价廉物美,历来畅销镇江、丹阳乃至沪宁线上的广大城乡。

1950年美帝国主义发动侵略朝鲜的战争,把战火烧到鸭绿江边,我国人民同仇敌忾,派出最可爱的人——中国人民志愿军赴朝参战,这就是历史上有名的抗美援朝运动。中国人民志愿军赴朝以后,食品供应是个重要而且复杂的问题,既要便于运输、携带,又要美味可口,富有营养,宝堰香干正具有这些特点。1952年,江苏省土产公司委托万源酱园加工一批香干,全店职工知道这是为最可爱的人加工的食品,格外精工制作。交货以后,运往苏州烘干检验,竟无一块酥碎。运到朝鲜后,深受志愿军指战员的喜爱。

后　记

岁月悠悠，沧海桑田。

古邑丹徒已走过了3000余个春秋。在这漫长而悠远的历史长河中，远祖先民们用智慧和汗水奋发开拓创造，大自然又以它神奇的力量造化天成，使丹徒这方热土，积淀了深厚的文化底蕴，形成了优良的文化传统，哺育了灿若星河的贤才俊杰，一批融人文景观与自然景观为一体的佳境胜迹名闻遐迩。而这一切对今天的丹徒人来说，是不可再生的资源，是极为宝贵的财富。

2002年，丹徒撤县建区。为展示丹徒的悠久历史，发掘丹徒历史的精神内涵，弘扬丹徒独特的地域文化，我们编辑出版了《古邑春秋》一书（江苏古籍出版社，2002年）。光阴似箭，斗转星移。如今，丹徒经济社会有了长足的发展，丹徒新城已成为长三角上一颗璀璨的明珠。2005年镇江市区划调整，将姚桥、大路、丁岗三镇划归镇江市京口区，丹徒区部分乡镇也做了调整。由于《古邑春秋》成书时间仓促，后也发现了一些缺憾。基于此，我们决定再版此书，并改书名为《春秋丹徒》，书中增补了一些内容，调整了部分章节，校正了旧版的一些讹误，以期能以更加完美的面貌呈现在读者面前。

《春秋丹徒》一书由夏金城任副主编。为便于读者了解原著风貌，新版的《春秋丹徒》中，我们保留了李忠杰先生的原序。刘文平先生为本书作了新序。宗家顺先生为本书题写了书名。这些都使《春秋丹徒》增色不少。本书再版过程中,得到了多方面的支持和帮助。濮永顺、宋坤荣、殷明、董帅、孙建平、梅云香、王小军、卞美岗、林炳雷、徐润福、刘韵参与了编写。强健、周志龙、卞祖玉仔细阅读了再版文稿,提出了宝贵意见,并字斟句酌地进行了修改,热情可炙。丁庆平、左广斌、邢永青、杨宪华、吴呈昱、陈大经、佘佳虎、张孝才、张春龙、周明生、单荣林、袁曾亭提供了图片资料。徐东军创作了篆刻作品。在出版过程中,还得到了江苏大学出版社领导、责任编辑和校对人员的大力支持与帮助。值此,谨向所有关心、支持和参与本书编写出版工作的人员一并表示诚挚的谢意。由于编者水平所限,书中若有不当之处,敬请读者不吝赐教。

张国金

2016 年 8 月